蔡宗齐文学理论研究书系

中国历代文论要略
第三册

理解论要略

蔡宗齐 / 著

上海古籍出版社

理解论要略　目录

总述 ……………………………………………………………… 1
第一章　先秦：类比和复原理解论的肇始 ………………… 16
　　第一节　赋诗、引诗的类比用《诗》法 ………………… 17
　　第二节　孟子复原式解《诗》理论 ……………………… 25
　　第三节　《孔子诗论》复原式解《诗》实践…………… 32
第二章　汉代：类比理解论的兴盛 ………………………… 40
　　第一节　《毛诗大序》断章取义的类比解《诗》法…… 44
　　第二节　《毛传》和《郑笺》解释《诗序》三个策略… 54
第三章　六朝：复原理解论发展的新方向 ………………… 68
　　第一节　刘劭源于人物品藻的观文观诗法 ……………… 71
　　第二节　刘勰诗文结构分析法 …………………………… 76
第四章　唐代：汉儒类比理解论的延续 …………………… 83
　　第一节　汉儒解诗法在《文选注》等中的承继和发展… 87
　　第二节　白居易等人的意象类比解诗法 ………………… 96
第五章　宋代：复原理解论的系统建构 …………………… 107
　　第一节　欧阳修《诗本义》：解《诗》本末说和解《诗》
　　　　　　新法 ……………………………………………… 113

第二节　朱熹复原理解论：体大思精的理论体系…… 124

第三节　朱熹由虚到实的文本理解：动态的结构分析
………………………………………………………… 128

第四节　朱熹文本理解由虚到实的基础：文本空隙之"兴" ………………………………………………… 138

第五节　朱熹由实至虚的超文本理解：征实的"文意"与至虚之"志"的融合 …………………… 142

第六节　《诗》超文本理解须用的熟读法和涵泳法 …… 147

第七节　吕祖谦等宋代文章学中散文结构分析法 …… 157

第六章　元明清：道德和历史类比理解论 …………… 165

第一节　郝敬等人的道德类比解《诗》法 …………… 166

第二节　魏源的历史类比解诗法 ……………………… 177

第七章　元明清：复原理解论 ………………………… 188

第一节　吴乔等人的观文见人读诗法 ………………… 188

第二节　元人律诗结构分析法 ………………………… 196

第三节　魏浣初等人的意脉解《诗》法 ……………… 202

第四节　徐增等人的动态"起承转合"解诗文法 …… 207

第五节　吴淇、方玉润等人的新"以意逆志"解诗、解《诗》法 ………………………………………… 219

第六节　沈德潜、姚鼐等人的讽诵涵泳读诗法 ……… 236

第八章　明清：读者再创造理解论 …………………… 252

第一节　钟惺等人再创造理解论的宏观建树 ………… 254

第二节　谢榛等人再创造理解论的微观建树 ………… 260

第三节　戴君恩臆想式解《诗》 ……………………… 268

第四节　梁启超等移情自化的读诗法、读小说法 …… 277

理解论要略选录典籍书目 …………………………………… 287

总　述

　　文学作品的接受包括读者或说接受者两类本质不同的活动：一种是寻求理解作品的内在意义，然后向他人解读、诠释自己所理解的意义。另一种则把注意力转向领略和描述作品所唤起的主观体验与感受。对两种接受模式的论述，在古代文论中林林总总，甚为丰富，但总括而言，关注作品意义的前者，可以统称为"理解论"，而着眼于主观感受的后者，则可以称统称为"审美论"。本书对历代理解论展开较为系统的研究，而审美论则需日后用另一部专书来讨论。

　　在中国本土学界中，有关作品意义接受的讨论通常使用"解释""阐释"或"诠释"，但"理解"一词则很少见到。其实，在中文里，"理解"是与解释、阐释、诠释有所不同的活动，理解活动主要是针对接受者自身而言的，而解释、阐释、诠释则旨在帮助他人（主要是预设的读者）理解作品而进行的活动。若用后者来描述先秦时期赋诗、引诗的活动，显然是不合适的，因为当时《三百篇》主要是用于类比的语料，而不是等待解释、阐释的对象。赋诗、引诗是一种独特的、以《诗》为媒体的双向理解活动。与中文的情况相反，英文中"interpretation"（理解）一字的涵义宽泛灵活，既可以指读者自我的理解，亦可向他人解释、阐释自己所理解的意义。因此，在西方文论中，theory of interpretation 通常包含了自我理解和向他人解释作品的双重意义。本书所用"理解实践""理解论"两词，引用了 interpretation 所含的这种宽泛的双重意义。

研究中国文学理解活动的历史，绝对不能像研究西方理解论那样把注意力都集中于就此专题所写的专论。假若如此，我们的研究材料就变得贫瘠单薄，寥寥无几。刘勰《文心雕龙·知音》是最早的、也是唯一关于纯文学理解的专论，而欧阳修《诗本义》则是以《诗经》诠释为主题写成的系统专论，其中既有理论性甚强的本末论，又有三百首的单篇细读，其中包括对《毛传》《郑笺》解读的批判和欧阳修自己的重新解读。虽然这两部著作的形式极具系统性，内容也富有原创，但它们的影响力却比不上以几篇序言、语录等系统性不那么强的体式写成的作品。序言体中最著名的自然是《毛诗序》和朱熹《诗集传序》。语录体中影响力最大的无疑是孟子"以意逆志"和"知人论世"之谈，以及《朱子语类》中有关"以意逆志"和读诗方法的言论。除了这些筚路蓝缕的开山之作以外，各个时代里最重要的文学理解论也多以系统性不强的形式发表，除了序言、语录两体之外还有诗学指南类的作品，其中包括唐代诗格诗式以及明清时代为学子编纂的诗歌评点选集。鉴于以上所说的文献特点，本书将把重点放在对各代序言、语录、选本点评类作品的研究，一方面积极寻觅尚未发现的真知灼见，一方面重新审视大家所熟悉的术语、概念、命题，挖掘出新的理论意义，两路并进，力图重构出各种各样独特的理解论以及其所衍生出的对种种具体作品的解读法。除了理论陈述之外,本书还将研究历代重要的理解实践活动,其中包括春秋战国的赋诗引诗活动,汉唐鸿儒对《诗经》和《文选》的传笺,宋代文章家的散文点评,明清《诗》、诗文、小说评点,等等。这些理解活动不仅直观地呈现层出不穷的读诗解文之新法,而且还为我们深挖各时期理解实践和理论的深刻意义奠定了坚实的基础。

传统文学理解论的发展经历了先秦、汉、六朝、唐、宋、元明清六个阶段。就理论建树的总体走向而言,这六个时期的理解论是沿着类比式理解(analogical interpretation)、复原式理解(reconstructive interpretation)、创作导向的理解论(creation-inducing interpretation)三条不同的进路发展的。其中,从先秦到清代,文学理解的实践和论述基本上是沿着类比式与复原重构式两条主线展开的,而这两种理解模式之间的竞争在明清时期愈演愈烈,催生了一种超越了两者而与创作相通的理解模式。

类比式理解可以视为一种横向理解模式,以表层文本类比文外的社会、政治、道德。在从春秋战国到唐末一千多年间,类比式理解在《诗经》学领域一直占有垄断的地位,没有任何挑战者。最早的类比理解实践是春秋战国时期盛行的赋诗和引诗。在赋诗活动中,《诗三百》只是语料库,每首诗或选段的意义由赋诗者通过作品内容与现时外交场景的类比所赋予,而文本自身的字面意义并不受到重视。由于赋诗普遍涉及礼乐表演,我们可以说,赋诗使用一种具有即时表演特征的类比理解,英文可称为 performed interactive analogical interpretation。在战国时期走向鼎盛的引诗活动,《诗三百》仍旧被当作语料库来用,但类比活动的场合则有巨大的变化,从国与国之间公开外交活动,一变为师生之间面对面的交谈,或者是著者与读者思想交流的虚拟空间。类比的对象也有同样深远的变化,从即时的、直接影响国运的一国之志,变为讲者、作者想要说明的抽象义理。基于以上特点,我们可以说,引诗使用了非表演的,以教导为目的的类比理解,英文可称为 nonperformed illustrative-analogical interpretation。

到了独尊儒学的汉代,第三种类比理解应运而生,即以《毛序》《毛传》《郑笺》为代表的断章式类比诠释(fragmented analogical-exegetical interpretation)。"诠释"总是对文本而言的,正好用来说明,汉儒已经将《诗经》的文本作为理解的对象,而不再是用于征引的语料库。而"断章诠释"这一标签可以说明汉儒诠释诗篇的特点,即认为诗中某些个别物象或话语旨在类比周代特定时期里的人物事件,并将此类比看作诗篇的意义。这种断章式类比诠释的影响极大,一统汉唐《诗经》学的天下,而唐人不仅将类比式解《诗》法发挥到极致,还用之于纯文学的诗歌批评。并总结出一套约定俗成、内外层次分明的意象类比指南。白居易、贾岛、徐夤等人从以往创作经验中提取各种天地、山川、日月、星辰、草木、虫鱼、夫妇等意象及其惯常匹配的政治伦理道德指义,建构出庞大的意象—指义的对应系统,并收入他们的诗格、诗式的学诗指南之中。同时,开元五臣吕延济、刘良、张铣、吕向、李周翰还运用道德类比法来重注萧统《文选》。

然而到了宋代,理解论的发展出现了一个大转向。北宋欧阳修、南宋朱熹等鸿儒一拥而上,竞相列举毛、郑解《诗》之荒谬,终将断章类比诠释拉下神坛,用复原式理解取而代之,奉为解《诗》的不二法门。如果说汉唐断章类比诠释呈现了一种从表层文本到外部人事的横向理解模式,那么宋儒的复原式理解论则是与之相反的纵向理解模式,由文本表层深入到其底层所蕴藏的作者思想情感,并视之为文本的真正意义。

复原理解的模式最早见于战国晚期,上博简《孔子诗论》便明显呈现了寻找文本自身意义的倾向。《孔子诗论》对诗篇的评价虽关乎政治伦理,却是基于诗作文本本身作出判断。孟子"以意逆志"之说无疑可以视为复原式理解活动的理论总结,因为它指出了复原理解必须遵循的基本原则,必须在全文的语境中理解词语的意义,以确保对作品的理解复原了作者之志。在汉唐一千多年间,复原理解在《诗经》学中完全没有立足之地,而只是在《诗经》学之外的观人观文活动中略有发展。从汉魏到齐梁,"情性",即作者的精神世界、精神状态成为时人观人观情的主体对象,刘劭的人物品藻、曹丕的"文气说"、刘勰论"体性"、萧统评陶潜诗,都从不同侧面探究言语和文学作品与作者情性的密切关联。为了革除"察举"与"辟雍"两种选拔人才方式所产生的流弊,刘劭《人物志》试图建立品鉴人真实情性的复原理解的系统。人物品鉴将人的身体外部特质与其性格或精神活动挂钩,由人物的言语深切体察作者内在德性,然后一一延展到儒家伦理思想,体现了从外到内,从文本到人的理解过程。六朝复原理解的另一个发展是刘勰《文心雕龙·知音》所勾勒的观文模式。《知音》篇可谓中国文学批评史上较为系统分析读诗、解诗过程的专论。该文总体框架也受到《人物志》的影响,也认同作者的内在之情能通过观其外在诗文而被发现,这种理路与人物品藻如出一辙,体现了复原重构式的阐释逻辑。的确,《知音》所提出的"六观"很可能受到了《人物志》第九章"八观"说影响。刘勰虽然提出"六观"说,但我们找不到任何文献证明,当时就有人进行类似"六观"复原理解法阅读文学作品。刘勰《知音》所阐发的复原理解论,似乎源自他本人先知先觉的洞察,但他的先见之明对后世的阅读实践和理论并没有产生实质性的影响。

复原理解模式的真正建立是在宋代,也就是孟子提出"以意逆志"复原理解原则的一千三百多年之后。孟子这一复原理解的基本原则,经历如此漫长的冬眠而被宋儒唤醒并奉为圭臬,在很大程度上是因为孟子"以文害辞""以辞害志"的判断正好道出了宋儒对以毛、郑为代表的汉唐类比解《诗》法的极度不满。欧阳修在《关雎论》一章中就明确用"以文害辞""以辞害志"来定义汉唐穿凿附会的类比解《诗》法。在不同时期宋儒群体中,几乎没有哪一位硕儒不对类比解《诗》法嗤之以鼻,口诛笔伐者也屡见不鲜。然而,宋儒对汉唐理解传统的犀利批判并没有落入门户之见的窠臼,这主要是他们具有强烈的理论建构意识,有破更有立。在这方面厥功至伟的是北宋的欧阳修和南宋的朱熹。欧阳修《诗本义》这本书极有特色,在内容和形式上均有重大的突破。此书《本末论》一章以本末这个哲学范畴为框架,清晰地勾勒出解读《诗经》者必须了解的四重视野,即诗人之意、太师之职、圣人之志、经师之解,这一观点似乎可视为汉斯·罗伯特·姚森的期待视域理论(Hans Robert Jauss's theory of horizon of expectations)的先声。对于欧阳修而言,四重视野有本末之分,诗人之意和圣人之志是本,是解《诗》者复原理解的目标;而太师之职和经师之解是末,是解《诗》者的参考。欧阳修认为毛、郑之说是经师之解中的末者,只是等待他来"破"的靶子而已。笔者认为,欧阳修在"立"方面最大的贡献在于摸索出一种通过串通诗篇上下文来准确把握"诗人之意"的法。在解释结构断裂的《野有死麕》一诗时,他向我们透露了他串通诗篇上下文的秘法,即对四种"作者之体"的把握。欧阳氏所说的"作者之体"近乎西方新批评家常说的"point of view",即诗人与诗中叙述、诗中说话人自述以及其他文本内容所建立的关系。《诗本义》的形式本身就充分彰显了欧阳修复原理解论破立兼备的特点。此书中细读诗篇的每一章无不包括"论"和"本义"两大部分,前者对毛、郑误读一一列举并加以剖析,后者则是欧阳修沿着四种"作者之体"的思路,梳理出每首诗贯穿各部分之间的脉络,从而复原其本义。一篇篇如此细致深入的细读,汇聚一起,洋洋大观,构成了古代文论中第一个融作品细读和理论总述为一炉、富有系统性的文学理解论。

朱熹为宋代理学的集大成者,这是学界的普遍共识,而就复原理解论的发展而言,他也是一位集大成者,而且是方方面面都有原创性突破的集大成者。与欧阳修以破为胜的《诗本义》相比,朱熹《诗集传》以立为胜的特点尤为突出。在《诗本义》的"义说"部分,欧阳修依据上下文进行串讲,旨在用坚实的例证来证明毛、郑断章取义、穿凿附会之荒谬,但没有从理论的高度总结出这种复原理解的原则。朱熹《诗集传》的路子大相径庭,是以我为主、以立为主。首先,高屋建瓴,在序言中建立了复原理解的原则,包括"章句以纲之""训诂以记之""讽咏以昌之""涵濡以体之"四个不同维度。然后,书的正文一以贯之地运用章句和训诂二法,结合对传统的赋比兴说的改造,对305首诗逐一详尽解读,新意美不胜收,堪称取得颠覆性的突破。至于如何使用"讽咏""涵濡"二法,虽然难以在《诗集传》诠释中窥出端倪,但朱熹与弟子对此二法谈论甚多,紧扣孟子"以意逆志"作出精湛的解说,所有这些都详细记载于《朱子语录》之中。在第五单元的点评中,著者将就其四维度的关系做出一个原创的判断,即章句、训诂是探究把握文本整体意义的妙法,而讽咏和涵泳则是超越文本、从"意"直"逆"作者之志的途径。以上的提要应足以证明,朱熹复原理解论"体大思精",在中国理解论上实无出其右者。

元明清时期,理解论进入了爆炸性发展的阶段,类比理解论和复原理解论不断推陈出新,演变出许多前所未有的理解方法。更重要的是,明清之际还见证了一种崭新的、与创作直接相通的理解论之兴起。这种理解论足以与类比和复原理解论分庭抗礼,因为它不仅开辟了一条崭新的理解的路径,而且同样也发展出纷呈多样的理解方法。本部分设三个独立章节,分别讨论这三种理论,力求将繁杂的文献梳理清楚,探究三者各自的重大创新,并勾勒出它们各自的嬗变脉络。

这三种理解论各自沿着自己的进路蓬勃发展,但它们是否带有共同的时代烙印呢？若有的话,此时代烙印能否提供一种有助于揭示三种理论本质的视角呢？对于这两个问题,著者的回答都是肯定的。著者认为,三种理解论都带有共同的时代烙印,即是跳出传统经学的藩篱,从文学角度理解《诗》以及其它文学作品。更具体地说,所谓"文学角度"可以细分为审美和创作两个不同的角度。把握了三种理解论的倡导者如何采用审美或创作论的概念命题重新阐述理解活动,我们便可按图索骥,揭示出三种理解论以及隶属其下种种理解方法的创新之处。

元明清时期,类比理解论最重要的发展是全篇类比诠释法的兴起,此法的建立和发展都与引用审美命题有关。类比理解论的创立,元代鸿儒马端临（1254—1340）有筚路蓝缕之功。他认为《毛序》和朱熹解诗方法的不同之处在于：《毛序》是"文外求意",朱熹《集传》则是"文内求意",两者对比,高下立见,"文外求意"的《毛序》自然远胜于囿于"文内之意"的《集传》。他这个大判断,显然是基于六朝隋唐唯美诗学追崇"言外之意"的审美标准。当然,汉唐断章取义的类比理解论的弊病,马端临并非视而不见,而宋儒强调作品整体意义的合理性,他也心知肚明。因此,他选择不为断章取义类比法申辩,也不完全否定对作品整体意义的理解,而是抓住宋儒复原理解法所导致的"淫奔"说,紧紧不放。他根据孔子（前551—前479）所说的"一言以蔽之,思无邪",认为朱子"淫诗"说不能成立,虽然这些淫诗的表面意思说的是男女之情,但真正要表达的则是君臣之义。他强调必须用整首诗作类比,将全诗作为表达道德情志的工具。他注重整首诗自身完整意义，无疑是暗中吸收了宋儒复原理解论。

明代郝敬(1557—1639)遵从了马端临的路径，全力探寻全篇诗歌的"言外之意"。他强调要做基于作品整体的类比诠释，这种类比理解显然与汉唐的解《诗》方法截然不同，其支撑点不是孤立的、断章而得的物象，而是整首诗的通解。郝敬对类比解释论的重大贡献有二，一是将唯美诗学的辩体说引入《诗经》学，强调诗歌和其他文体不同，必须以表达"言外之意"为旨归，从而大大地提高了马端临用"言外之意"证明《毛序》神圣的合理性。二是郝氏又反向将儒家"温柔敦厚"伦理命题引入"言外之意"的审美命题之中，同时使得前者审美化、后者伦理化，乃至两者融为一体。的确，郝敬对"兴"的原创解释就是这两个命题完美融合的结晶。他首创的《诗经》两种性情说无疑也是"温柔敦厚"审美化进一步延伸的产物。郝敬不仅不否认《诗》有男女情诗，而且认为朱熹所谴责的"淫奔"之情的诗作往往是类比崇高君臣之情的最佳载体。

较之类比理解论，复原理解论在元明清时期的发展更加多元化，与文学审美论和创作论的关系也更为密切。总括而言，复原理解论是沿着朱熹从文本和超文本双层次解《诗》的路径发展的。在文本理解的层次上，结构分析法的发展经久不衰，呈现出一条从简到繁、从机械到动态的发展脉络。首先，在宋代文章学的影响下，元代杨载和范梈用起、承、转、合来区分律诗四联的不同功用，从而给律诗制定了一个结构定式。明末之际，魏浣初、张元芳、何大抡等人受到吕祖谦一脉贯通的古文点评的启发,发展出一套独特的意脉解经法。此法的特点是拈出一个呈现诗篇主意的词,然后分析诗中各章如何紧扣此主意,从不同的角度一步步来发挥主意。魏浣初用"忧"解《小雅·小弁》、何大抡用"怀人"解《周南·卷耳》就是典型的例子。稍后,金圣叹、金的挚友徐增、李调元等人则成功地将起承转合从死法改造为活法。古人时常将此改造归功于金氏点铁成金之天才,但其实不然,金和徐解律诗、长诗、小说是有规律可循的。他们都接受起承转合的四段分,但同时引入如"顿挫""虚空"等富有动势的术语来描述章节之间的转接,并用抒情的笔法来形容结构动势所带来的无限美感。徐增用"顿挫"来解读王翰绝句《凉州词》乃是精妙绝伦的典范。

在超文本理解的层次上,明清批评家也有引人瞩目的斩获,主要表现为对朱熹讽诵涵泳说同时进行"实化"和"虚化"的改造。所谓"实化"指刘大櫆、姚鼐等人细化吟诵涵泳的对象的努力。如果说朱熹只是泛泛地谈文本的吟诵涵泳,他们则引入桐城派文章结构体系,引导如何"因声求气",进而再步步深入到句法、章法、篇法这些征实的层次。所谓"虚化"主要是指明末钟惺和谭元春、晚清方玉润等人将吟诵涵泳之目的从"逆志"改变为"通神"。虽然朱熹吟诵涵泳所逆之志,与汉唐文论所说"诗言志"之志,已经大为虚化了,但仍旧带有明显的道德意涵。但对钟、谭、方三人而言,吟诵涵泳最终的理想结果是与作者神交情融。钟谭所追求的是一个独特的神交,即进入达到巅峰瞬间的作者神思,藉此神交自己也写出出神入化的作品。方玉润所追求的则是与《诗》原作者的"情融",一种没有被历代政治诠释,尤其是《毛序》所玷污的、近乎纯粹审美的、最为深切的共情。方玉润《诗经原始》的"原始"所指,非此情莫属。

晚明之际见证了再创作式理解论的诞生。在很大程度上,这种理论的形成是对类比理解论和复原理解论的重大超越,因为它强有力地挑战了作者的权威,视读者的创作能动为作品理解的关键。先前所有的理解活动,无论是使用类比或者复原模式,都是在作者之志的大框架中进行的。对历代类比理解论而言,《诗》的作者之志早由《毛序》作者运用富有想象类比而获得,并用精准的概念予以确定。直至晚清方玉润,后代经师无不将《毛序》所定的诗人之志奉为圭臬,而他们解《诗》的不同见解主要是针对毛、郑的笺疏而提出的。同样热衷于使用类比方法的文学批评家为数不少,他们解读文学诗篇,几乎无不照着葫芦画瓢,像汉唐经师那样断章取义,穿凿附会。对宋代以来的复原理解论而言,《毛序》所言与文本乖戾不合,绝非作者之志,而解《诗》者必须先使用训诂和结构分析方法来揣摩诗篇全文之"意",然后再讽诵涵泳,以求体悟风人以及编《诗》古圣之志。文人将此法用于解读文学作品,读者自然有更多自由发挥的空间,久而久之,这种复原理解也自然会向自我创作方面发展,更何况纯文学的复原理解在其诞生之际就与文学创作有着不解之缘。吕祖谦《古文关键》是为指导举子在科场上写策论而作的,故特别注重追溯分析选文作者用思过程,对文章跌宕转折精妙之处着墨尤多,期盼读者咀嚼体会,深入脑海之中。我们可以想象,读这样的写作指南,心领神会者必定是从写作的角度来读,想象自己为作者,一步步完成整个创作过程。入明以后,这种揉入创作元素的复原理解论愈来愈受到青睐。复古派后七子之一谢榛提出"提魂摄魄"说,认为致力阅读学习盛唐诗,达到炉火纯青,就可神交盛唐大师,摄其魂魄为己有,写出同样不朽的作品。到了晚明,尽管复古派备受无情的鞭挞,但谢氏的观点仍大有市场,钟惺、谭元春、金圣叹不仅全盘接受,而且对读者与作者的神交作了更加细致的描写。复原理解论发展到此地步,可以说已经到了一个临界,即将要质变为一种以读者再创造为中心的创作论。

的确,钟惺、谭元春往前走了这一小步,提出《诗经》"活物"说,便开辟了以读者为中心的"再创造理解论"。他们认为,不同时代对《诗经》有不同的理解,每一种理解既有其合理性,又有其短暂的历史性。在历史的长河中,任何一种理解可能一时拥有权威地位,但终究会被另一种新的权威理解所取代。然而,正有赖于这一永无终结的交替过程,《诗经》才能成为永恒的"活物"。钟谭对《诗经》理解史所做出的这一总结,具有非凡的理论高度,可以与西方阐述学理论相互阐发。在清代,钟谭的理解史观产生了深远影响,引起了对《诗》理解史演变的关注,魏源、龚橙、皮锡瑞等人都从不同的角度做出了自己的阐发。

如果说钟谭的《诗经》"活物"说有何更基本的理论预设,那就是读者具有与作者同等的,甚至是更高的权威性。与欧阳修《诗》历史诠释本末论不同,他们没有将《诗》作者之意,或者编《诗》古圣之志看作理解的权威,而是将后代的解《诗》与之等量齐观。钟谭予以读者如此崇高的地位和权威,一方面是正面回应当时戴君恩等人所践行的"臆想式解《诗》法",另一方面又引导了稍后的王夫之将"兴观群怨"解为《诗》作者和当下读者共有的"四情"。王夫之直截了当地称:"作者用一致之,读者各以其情而得。"在小说批评领域,明清兴起的读者再创造理解论是以一种完全不同的形式来呈现。与诗歌不同,小说的情节和人物描写极为逼真,具有诗歌无法比拟的震撼力,因此读者或说观众的共情的对象不是作者,而是作品中的人物。共情所唤起的创造能动也因此截然不同,不是自己的作品创作,而是自我的灵魂重造。明蒋大器、李贽首先提出,读《三国》《水浒》可以使得读者以孝和忠义来重造自己的灵魂,而晚清的梁启超也十分关注传统小说对读者灵魂的影响,但作出了极为负面的评价,认为他们是毒害国民思想、造成中国贫穷落后的最大祸根。他还用佛教"熏""浸""刺""提"四个概念来描述这种移情自化的过程。不过值得注意的是,梁氏认为小说移情自化作用自身是中性的,正因如此,以西方政治小说所代表的好小说能够帮助国人自我改造,让民主、自由的意识占据自己的灵魂,成为具有现代意识、致力于建立新中国的国民。

上文勾勒了中国理解论沿着类比、复原、再创造三条相互交错的基本路径演变的历史轨迹,同时梳理了每一条路径上演变出来各式各样的具体理解方法。如本书目录所示,设专节讨论的具体理解方法共26种,其中历史最悠久的类比理解法有15种,历史稍短一些的复原理解法有8种,而到明清时期才兴起的再创造理解方法有4种。无论是探索三大类理解论的理论意义,还是评介隶属其下的理解方法,著者力图梳理清楚它们在各自系统中的承继脉络,并展示它们跨系统之间相互挑战、论辩、吸收、融合的方方面面。以上宏观与微观交错的分析,若放在世界文学的大语境中,著者观察到,中国理解论具有许多富有民族性的、值得其他批评传统借鉴的特点,这里就聊举几例。在类比理解论中,文本与具体历史政治事件和人物、与抽象的道德伦理有着绵延数千年的、剪不断理还乱的关系。在复原理解论中,作品理解方法层出不穷,从简单机械的结构划分,到追求言外之意、逆文外之志的讽诵涵泳,再到更富有审美性的自由臆想,直至寻求与作者神交情融,从而打开一条与创作论合流的路子。即使在历史短暂的再创造理解论中,我们也能看到中国的特色。例如,将《诗》解读中无休止的"轮回"看作《诗》自身为永恒"活物"的证据。以上这些观点在西方理解论传统中是看不到的。由此可见,中国理解论为世界文学理论研究作贡献的潜力有多么大。著者衷心希望,此书对中国理解论发展史能产生系统重构,希望有助于日后开展这项具有重大意义的跨文化比较研究。

第一章　先秦：类比和复原
理解论的肇始

先秦有两种文学理解方式：类比式和复原式。这时的类比方式可以用孟子的"以意逆志"来理解。虽然"以意逆志"在后世往往被视作复原式批评法，但是此命题实际上也可用来描述类比的理解实践，不同在于，这里"以意逆志"的"志"不是诗人之志，而是赋诗人之"志"，赋诗人赋三百首的篇章来明其个人和国家之"志"。同样，引诗人并不在乎诗歌的原意，而是要引诗来说明引诗人之旨。严格来说，赋诗引诗并不算是文本的诠释，因为这里的诗歌只是语料，用来表达用诗人之志或讲者之旨，与诗的原文没有太大关系。但这种用《诗》方法对后代解诗影响极深，所以我们通常会把赋诗引诗当作中国文学理解实践和理论的滥觞，值得展开研究。

第二种解释是复原建构式。在《孔子诗论》被发现之前，我们并没有复原式方法解诗的具体例证，只有孟子"故说诗者，不以文害辞，不以辞害志。以意逆志是为得之"之论（见《理解论评选》§004）。但若是看看《孔子诗论》，我们可以发现孟子的这种观点并非凭空而生。在这种解《诗》实践中，诗歌本身已成为诠释的中心,这里"以意逆志"的"志",并非用诗人之志,而是作诗人之志。为了解决这个问题,孟子提出了知人论世的观点,认为"以意逆志"须了解诗人生活的年代,要知道诗人生活的环境和诗歌背后的历史事件,才能达到"以意逆志"。这里的"意"指回到作品原意,也指读者的臆想,就是诠释的过程,而"志"则是诠释的目标。

前人一般认为,对《诗经》文本自身价值的研究到汉代才出现。《孔子诗论》的出土推翻了这一看法。和汉儒将《诗》与历史事件类比的做法不同,战国时期的《孔子诗论》显然更加重视《诗经》自身的文本,并且对文本的意义进行了各种各样的总结。这些总结,即使偶尔和道德发生关联,也不属于臆想类比。《诗论》中不少简文(见《理解论评选》§007)就没有把诗歌和社会现象联系起来进行等同或类比。又如《关雎》中的"以色喻礼",虽然和道德有关系,但其所讲述的是《诗》中人物的道德,而非对《诗经》文本进行某种道德化的阐释,也不是像孔子那样从《诗》中总结后人须要实现的"礼"。

第一节　赋诗、引诗的类比用《诗》法

先秦时期类比式用《诗》法主要体现为赋诗、引诗的传统,即把诗歌作为类比语料来表述赋诗人之志。此种赋诗虽依托于类比想象,倒也没有全然无视《诗》的本意,而是较为贴切地取《诗》中的人事言语进行类比,所以这时所说的"断章取义"并非贬义之词。"断章取义"原出自《左传·襄公二十八年》中卢

蒲癸"赋诗断章，余取所求焉"，杜预注此句曰："言己苟欲有求于庆氏，不能复顾礼，譬如赋诗者，取其一章而已"，之后他多于书中注明断章所取之义。直到汉代，此种类比式解《诗》法才真正地脱离了《诗》的本意，被解读为贴合社会伦理、政教的意义，"断章取义"一词从那时起也就带有了贬义的色彩。

"赋诗"多用于春秋时期的外交交往，如享、宴、食等场合，各诸侯国在会面时用《诗》中作品来委婉地传达信息。善用赋诗可以达到显著的外交目的，而误用《诗》的篇章不仅会导致外交的失败，还可能引来杀身之祸。例如，《左传·襄公二十七年》郑简公设享礼宴请赵文子时，七子赋诗，印段赋《蟋蟀》，中有"无已大康，职思其居。好乐无荒，良士瞿瞿"等句，体现了印段为人臣子的勤勉，赵孟因而回应"善哉，保家之主也！吾有望矣"，表达对印段的欣赏。而伯有赋《鹑之贲贲》四章，其中有"人之无良，我以为君"等直面批评君主的不当言论，被赵孟当场斥责："床笫之言不逾阈，况在野乎？非使人之所得闻也。"疑伯有对自己君主公然怨谤，事后复遭其预言不得善终："伯有将为戮矣。诗以言志，志诬其上，而公怨之，以为宾荣，其能久乎？幸而后亡。"（见《理解论评选》§001）这不仅说明赋诗人选择诗章的重要性，还展现了听者同样要以类比式想象法来解读、追寻赋诗人之志。

《左传·襄公二十七年》：

> 郑伯享赵孟于垂陇，子展、伯有、子西、子产、子大叔、二子石从。赵孟曰："七子从君，以宠武也。请皆赋，以卒

君貺,武亦以观七子之志。"子展赋《草虫》,赵孟曰:"善哉!民之主也。抑武也,不足以当之。"伯有赋《鹑之贲贲》。赵孟曰:"床笫之言不逾阈,况在野乎? 非使人之所得闻也。"子西赋《黍苗》之四章,赵孟曰:"寡君在,武何能焉?"子产赋《隰桑》,赵孟曰:"武请受其卒章。"子大叔赋《野有蔓草》。赵孟曰:"吾子之惠也。"印段赋《蟋蟀》,赵孟曰:"善哉! 保家之主也。吾有望矣。"公孙段赋《桑扈》,赵孟曰:"'匪交匪敖',福将焉往? 若保是言也,欲辞福禄,得乎?"

卒享,文子告叔向曰:"伯有将为戮矣! 诗以言志,志诬其上,而公怨之,以为宾荣,其能久乎? 幸而后亡。"叔向曰:"然。已侈! 所谓不及五稔者,夫子之谓矣。"文子曰:"其余皆数世之主也。子展其后亡者也,在上不忘降。印氏其次也,乐而不荒。乐以安民,不淫以使之,后亡,不亦可乎?"(CQZZZY, *juan* 38, p.1997)

"赋诗"主要表现在外交场合中,一方官员"赋"或献演某诗或其章节,通常以乐相配,表演者击节以和,或唱或诵。这样的表演常常是有所意指而发,而献演的物件亦常常有所意指而应。《左传·襄公二十七年》所载七子为赵孟赋诗事,即是一例。赵孟所受到的款待是一场围绕《诗经》演出的宫廷宴会。赵孟邀请七位作陪的卿大夫各自"赋诗",按他的说法,这个请求有两个目的:一是为了让七子可以完成国君赋予他们欢迎来宾的任务,顺便也表露一下对他这个客人的看法;二是可以让七子表达一下各自的志向。由这个请求引出七番宾主互动的赋诗,七子一一赋诗,而赵孟一一作答。

七人各自于心中检视《诗经》,从中选取最能表达他对赵孟的观感、并最能表达自己志向的一首诗或其中一个章节。赵孟对七人赋诗一一作答:他一边聆听,一边细品,并判断它们是否切合当时的情景——他密切关注着这些诗的弦外之音,试图从中揣摩出各人对他的态度及各自的志向。

用赋诗这种婉转的方式来进行宾主对答其实是一场相当冒险的游戏。一方面,赋诗的委婉可以用来传达一些不易直白表露的想法,又可令听者作出适宜的回应:引文中子展、子西、子产、子大叔、印段及公孙段等六人巧妙地利用了这一形式,既不着痕迹地赞扬了他们的嘉宾,又宣示了自己的志向,却不显得过分自大。对于六人兼含赞扬与言志的精彩赋诗,赵孟一则以示谦谢,一则以示推崇。但是另一方面,赋诗的不直接性又很容易造成误解,并导致严重的后果。如伯有所赋《鹑之贲贲》之诗句"人之无良,我以为君",即被赵孟视为对其君郑伯的公然怨谤。伯有赋诗的用意,是否果在谤君,已不得而知;他也许只是选诗不当而徒遭误解而已。然而选诗不当的后果已经造成:他当场遭到了赵孟的斥责,言其不得善终:"卒享。文子告叔向曰:'伯有将为戮矣。诗以言志,志诬其上,而公怨之,以为宾荣。其能久乎?幸而后亡。'"这番预言,三年之后竟然应验。

这七番赋诗中,无论是七子还是赵孟,他们都对所赋诗句的原意毫无兴趣,而是或各自想好藉诗句所要表达的讯息,或集中精神解读诗句可以传达的意思。七子以类比想象表达各自之志,而客人亦以同样的类比想象来追寻赋诗人之志。借用孟子的四字论断,七子类比赋诗的编码过程可被称为是"以意(臆)明志",而客人的解码过程可算是"以意逆志"实践的一例。

《左传》有记载的赋诗活动一直延续到孔子的年代,至于孔子用诗,一般称为"引诗"。与赋诗相比,引诗在类比想象的运作上有三处不同。一是使用情境从外交场合的公开表演变为不含任何表演成分的私下对话;二是传达信息从赋诗人的宽泛之志变为引诗人在对话中想表达的特定道德观念,也就是从"言志"变为"达意",故而"志"实际上已然等同于"意",如许慎(58—147)所释:"意,志也。从心音,察言而知意。"(SWJZZ, P.876)三是类比编码和解码并非通过纯粹的想象而完成。如孔子引《诗》是与学生讨论道德,藉着《诗》来说明自己的观点。在《论语·八佾》中,子夏问曰:"'巧笑倩兮,美目盼兮,素以为绚兮。'何谓也?"子曰:"绘事后素。"曰:"礼后乎?"子曰:"起予者商也!始可与言诗已矣。"(见《理解论评选》§002)"绘事后素"四个字体现了孔子的文质观,即文必须建立在质的基础上,而子夏的"礼后乎"进一步推断类比,将"礼"与本身性情加以联系,展现了他类比用《诗》在道德层次上理解诗句的能力。又如,子贡引"如切如磋,如琢如磨"(见《理解论评选》§002)就是来类比个人道德修养提升的过程,可被解为是用来类比个人修养之道德理想,其意指十分清楚。孔子言:"诵《诗》三百,授之以政,不达;使于四方,不能专对;虽多,亦奚何为?"(见《理解论评选》§003)从此句可以一窥先秦时期《诗》和语言之关系。"诵《诗》三百",即对《诗》的诵读与学习,建立一个可以"使于四方"的语料库,在需要时(如外交场合)即可凭记忆调取语料,通过类比来言志。孔安国解释孔子对《诗经》的四字评语"兴观群怨"时,用"引譬连类"来解释"兴",用"怨刺上政"来解释"怨",而皇侃认为"观"是"诗有诸国之风,风俗盛衰可以观览而知之也"[1],这一系列解释都与先秦赋诗、引诗的用诗法有密切关系,可以说是对此二种先秦时期类比用《诗》法的一个总结。

《论语》:

> 子贡曰:"贫而无谄,富而无骄,何如?"子曰:"可也;未若贫而乐,富而好礼者也。"
> 子贡曰:"《诗》云:'如切如磋,如琢如磨。'其斯之谓与?"子曰:"赐也,始可与言诗已矣,告诸往而知来者。"(《论语·学而》。LYYZ, 1.15, p.9)

这里类比的对象并不是讲话人之志,通过类比想表达的内容也并非外交场合上说话人和其所代表的国家之志,而是要表达抽象意义上的道德价值或道德概念。从"贫而无谄"到"贫而乐"、从"富而无骄"到"富而好礼"是道德价值上的递进程度,前者是内在的道德品性,而后者体现出对道德的主动追求,因此这两者有递进的关系,子贡则以《卫风·淇奥》所言切磋、琢磨的过程来形容这一递进关系。

---

[1] [魏]何晏:《论语集解义疏》,北京:中华书局,1985年,卷九,第245—246页。

比起赋诗,引诗陈述宣示,往往直取主题。子贡闻诗句而知雅意,故夫子"可与言诗已矣"。其随后所说的"告诸往而知来者"无疑是类比推断实践一例,他显然认为只要想象得不过分,类比推断是理解《诗经》的必要条件。

又:

> 子夏问曰:"'巧笑倩兮,美目盼兮,素以为绚兮。'何谓也?"子曰:"绘事后素。"
>
> 曰:"礼后乎?"子曰:"起予者商也!始可与言诗已矣。"(《论语·八佾》。LYYZ, 3.8, p.25)
>
> "唐棣之华,偏其反而。岂不尔思?室是远而。"子曰:"未之思也,夫何远之有?"(《论语·子罕》。LYYZ, 9.31, p.96)

从这三个例子我们可以看到孔子如何用《诗》,及其文学理解的实践。如第一段先讨论道德观念再谈诗句,开头子贡与孔子讨论"贫而无谄,富而无骄"与"贫而乐道,富而好礼"何者更优,很明显这是一个关乎道德的讨论,而子贡则用了《诗经》中的诗句来讨论这两者的关系,后者无疑胜过前者,是前者进一步的道德发展与提升,正如《诗经》所言,可以"如切如磋,如琢如磨"。很明显,这是将道德观念与诗句进行类比。而第二个例子与前者恰好相反,先谈诗句再类比道德,孔子因子夏所引诗句"素以为绚兮"想到"绘事后素",即绘画中用色的问题。然后子夏进一步推断类比,又将"礼"与本身性情加以联系。第三例开头所引的两句诗文本原是对唐棣的实际描述[1],然而引起孔子联想的并非男女之间的感情,而是自我追求的理想目的与实现这一目的的外在困难,孔子认为有志者事竟成,对理想的执着追求才是关键。

又:

> 子曰:"诵《诗》三百,授之以政,不达;使于四方,不能专对;虽多,亦奚以为?"(《论语·子路》。LYYZ, 13.5, p.135)

这段可视为夫子对赋诗的外交政治功用的总结。

又:

> 子曰:"小子何莫学夫诗?诗,可以兴,可以观,可以群,可以怨。"(《论语·阳货》。LYYZ, 17.9, p.185)

宋以前的注经学者多采用一种语义模式来解释孔子对《诗经》的四字评语(兴、观、群、怨)。此类例子最早可见于何晏(190—249)《论语集解》收录的汉代孔安国和郑玄(127—200)对此四字的解释。孔安国以"引譬连类"来解释"兴",认为"兴"也属类比,但和"比"相较,"兴"的类比关系不那么明显,

---

[1] 参朱熹注:"唐棣,郁李也。偏,《晋书》作翩,然则,反亦当与翻同,言花之摇动也。而,语助也。此逸诗也,于六义属兴。上两句无意义,但以起下两句之辞耳。其所谓'尔',亦不知其所指也。"可见《唐棣》首二句只是对唐棣的实际描述,作用在于起兴。见氏著:《论语集注》,《景印文渊阁四库全书》本,卷五,第8页。

且并非约定俗成的类比。在《论语集解义疏》中,皇侃(488—545)进一步阐明了孔安国对"兴"的解释:"若能学诗,诗可令人能为譬喻也。"郑玄以"观风俗之盛衰"来解释"观"。在解释郑玄对"观"的理解时,皇侃以周代为语义背景,认为"观"的对象即《诗经》中所言及的社会风俗:"所谓诗有诸国之风。风俗盛衰可以观览而知。"孔安国又释"群"为"群居相切磋","怨"为"怨刺上政"。

第二节　孟子复原式解《诗》理论

战国时期,《诗经》之应用主要是引诗,然而热衷于在自己著作中引诗的孟子却提出了一种与引诗截然不同的复原式解《诗》法,即"以意逆志"的读书法。"以意逆志"是孟子对赋诗"断章取义"脱胎换骨的神来之笔,其绝妙之处在于对"意"与"志"两个概念的全新用法。简而言之,孟子的"以意逆志"便是告诫《诗经》的读者要参照诗篇产生的历史语境,寻找其整体的"文意",而不是执泥于孤立之"辞意"(即字、句意)去误读诗篇。"以意逆志"的"意"字包括了动词与名词义,孟子认为读诗的过程既有读者主观的探索("意"之动词义),亦有文本客观的内容("意"之名词义),只有两者完全的动态结合才能促成完美的"以意逆志"。不过,试图以纯文本逆作者之志,其困难远非赋诗与引诗可比。因为所逆者古人之志也,已相隔数百年,又没有赋诗、引诗时对面之人来及时纠正解读中的错误,故而可以想见其挑战性。

以纯文本逆求作者之志的困难程度,从咸丘蒙解《小雅·北山》诗(见《理解论评选》§004)便能看出。在与孟子的问答中,咸丘蒙的解诗方式可称为"断诗取意"。不过,与那些"断章取义"的赋诗者或引诗者不同,咸丘蒙的读诗未能为所"断"诗句提供一个新的语境,以使孤立的诗句在即时的人际交流中重新获得连贯、完整的意义。在赋诗与引诗中,诗句脱离语境(所谓"断章")之后,总是会被置于一个新的语境,即社交场合人际应对的语境之中去。虽然脱离原有语境会导致"文意"(即诗原本的总体意义)丧失,语境再造则能够利用"断章"之诗句与即时社交场景的某种模拟性,使其契合新的语境,从而获得新的意义——这未必不是失之东篱,收之桑榆也。由于这类"断章"的诗句依赖于语境的再造,其原来文本的"文意"已无关紧要,而此断章诗句本身的"辞意",也只能起到联结起自身与其新语境的作用。

不过,在读诗这一解读行为中,读诗者并不能像赋诗那样,用宾主之间的互动来为"断章"的诗句再造语境,故读诗者无论解读诗的哪一部分,均须将其置于该诗之整体中,否则就可能严重地歪曲诗的原意。咸丘蒙即是一个典型事例:如果不是忽视了诗文全体这一语境,他不至于径取其表面意义,而将本来宣泄的民怨错解成天子威势的描写了。

孟子非常清楚,咸丘蒙错解《北山》诗句的根源在于其对"断章取义"这种解释方式的滥用,所以他在文中发出两个重要的告诫:"故说诗者,不以文害辞,不以辞害志。"由上下文来看,此中之"辞",并非指单一的字或词,而是指诗中"断章"出来的

"句",即如咸丘蒙所引"王臣"之句。孟子随后说的话,亦表明其所言之"辞",也指的是"句":"如以辞而已矣。《云汉》之诗曰:'周余黎民,靡有孑遗。'信斯言也,是周无遗民也。"(见《理解论评选》§004)换言之,孟子告诫《诗经》的读者要构建全体之"文意"(即"以意"),而非孤立之"辞意"(即"以辞而已"或以"断章"解之),来作为解读诗歌的语境。这一告诫充分表明孟子的阅读观综合了"意"的动词与名词意义,即对孟子而言,读诗的过程,既有读者主观的探索("意"之动词义),亦有文本客观的指引("意"之名词义),只有透过两者完全动态结合所得来的文本理解才能促成"逆志"。

孟子对"志"的重新界定与其对"意"的改造如出一辙。正如其用整体之"文意"取代孤立之"辞意",来审视作为解释的原始材料一样,孟子以《诗经》中古代诗人之志,而非后代赋诗、引诗者之志,来充当解释诗的基本框架。在改造意、志这两个概念之根本的基础上,"以意逆志"(见《理解论评选》§004)的过程亦在其本质上发生了深刻变化:在赋诗与引诗中,"以意逆志"代表了一个再创造的解释过程,即诗句脱离其原有文本及历史背景,置身于一个现场表演的语境中,并通过这些诗句与新语境的对应,间接地表达赋诗者与引诗者的志向;与此相反,读诗行为中的"以意逆志"则本质上是一个恢复本有语境的、复原式的解释过程。在静默阅读的历史背景之下,这一过程关注诗篇的整体意义,而非孤立的诗句,并将诗篇视为原作者之"志"的全面表述。针对复原式解诗的这一结构性困难,孟子提出的解决方案是尽可能多了解原作者的生平与其生活世界,从而减少读诗者与作者之间的时空距离。孟子这一方案以"知人论世"（见《理解论评选》§005）这一言简意赅的称法流传至今。

孟子"以意逆志"（见《理解论评选》§004）四字堪称古代解释学中最为辉煌的金句。随后近千年，各个不同的文学批评流派都对此大为推崇，称其为"尽说诗之道""千古谈诗之妙诠""说诗者之宗"。由此可知，"以意逆志"在中国文学批评史上影响极大，长久以来各家各派都奉其为圭臬。然而西方文学批评史上并没有类似的情况，某一派所信奉的至理名言，于其他批评流派而言，往往只是攻击对象而已，绝少会是共同遵循的宗旨。

为何孟子的"以意逆志"会被这么多批评家认同？在笔者看来，"以意逆志"之所以能"放诸四海而皆准"，大概与古代汉语作为一种不带情态标记的语言，因而具有丰富的模糊空间有着很大关系。第二个字"意"是多义字，可指"概念、推测、象、文意"等；第三个字"逆"则被认为是"主动追寻"或"被动等待"；第四个字"志"常被释为道德意愿或情感之倾向。同时，"以意逆志"一语中没有物主代词，此句法的模糊又进一步加强了语义的模糊。没有物主代词就无法断定孟子所说的是谁之"意"、谁之"志"。历代以来，中国传统批评家不断地挖掘利用"以意逆志"中语义和句法的模糊性，藉以重新阐发孟子的论断，进而为各自的解释找到理论根据。对他们来说，为了提升自己解释的地位，使之在整个文论传统中占有一席之地，以孟子这位儒家先哲的名言来论证自己的理论无疑是最好的选择。

《孟子·万章上》：

> 咸丘蒙曰："舜之不臣尧,则吾既得闻命矣。《诗》云,'普天之下,莫非王土；率土之滨,莫非王臣。'而舜既为天子矣,敢问瞽瞍之非臣,如何？"曰："是诗也,非是之谓也；劳于王事,而不得养父母也。曰此莫非王事,我独贤劳也。故说诗者,不以文害辞,不以辞害志。以意逆志,是为得之。如以辞而已矣,《云汉》之诗曰：'周余黎民,靡有孑遗。'信斯言也,是周无遗民也。"(MZYZ, 9.4, p.215)

这段引文将"意"的两种名词意义置于鲜明的对比之下：一种是咸丘蒙所见的辞句字面之意,另一种是孟子所强调的全篇之文意。咸丘蒙解读《北山》诗句时,脱离整体诗文,只见其表面句意,遂认定天下百姓均为舜之臣民,虽舜父瞽叟亦不能外之。相对于咸丘蒙执着于孤立辞意的做法,孟子则着眼于诗文全体。兼采《北山》及诸诗之意,孟子认为咸丘蒙之解读属于误读,原因在于《北山》中"莫非王臣"一句是一种夸张的修辞手段,是百姓被迫承担所有劳役时,对这种不公正待遇所发的怨诉。

孟子在此指出：咸丘蒙错解《北山》诗句,源于赋诗引诗传统中"断章取义"解释方式的过度影响,这里的"辞"并非单一的字或词,是指诗中"断章"而出的"句"。孟子强调对《北山》诗句的理解当立足于对全诗大意的把握上,不可被片段化的辞义所干扰。所以他告诫称："故说诗者,不以文害辞,不以辞害志。"这充分表明孟子的阅读观综合了"意"的动词与名词意义，即读诗的过程实为读者主观探索和文本客观指引，是这两者的动态结合。

《孟子·万章下》：

> 孟子谓万章曰："一乡之善士斯友一乡之善士，一国之善士斯友一国之善士，天下之善士斯友天下之善士。以友天下之善士为未足，又尚论古之人。颂其诗，读其书，不知其人，可乎？是以论其世也。是尚友也。"（MZYZ, 10.8, p.251）

阅读文本时，"以意逆志"是颇为困难的，因为古人之志已相隔百年，且无赋诗、引诗时听众互动的口头语言或身体语言，时时纠正赋诗引诗行为的错误，所以试图以纯文字之意逆作者之志，其困难远非赋诗与引诗可比。针对这一困难，孟子提出的解决方案是尽可能多了解原作者的生平与其生活世界，从而减少读诗者与作者之间的时空距离，即"知人论世"。对孟子而言，只有了解作者的生平及其生活世界，逆作者之志或与作者精神交流才可能实现。不过，尽管孟子提出的复原式解释具有相当的合理性与可行性，他本人却甚少采用。他的理论似乎与他的实践脱节，所以他读诗并不太着眼于诗本身，多数时候似乎更热衷于引诗，摘引孤立的诗句，以表达自己的、而非诗人的观点。直到宋代，孟子的这种复原式解释法才得到广泛接受和使用。

以上两段中,我们可以看到对《诗经》的另一种处理。在《孟子》著作中,对《诗经》的引用大部分还是与《论语》及其他前人的引诗方法类似。但有趣的是,这两段所表达的理解论不是关于引诗的用法,而是要追求诗中文本之意。"不以文害辞,不以辞害志",说的是揣摩文字不能止于文字和修辞而忽略了文中本意,所以应该"以意逆志"(见《理解论评选》§004),前面所举的例子就属于"以文害辞,以辞害志",以文字的修饰掩盖了辞要表达的意义,即字面的意思掩盖了诗人要表达的情感。下一段(见《理解论评选》§005)是要解决诗歌理解的语境问题,赋诗、引诗都在人与人交往的即时互动语境中展开,正是由于这一语境,有很多没有明显类比关系的诗句能得以使用和理解。而读者阅读文本,是没有与他人的互动的,孟子因此提出要了解作诗人的时代和生平,即"知人论世"。这是面对理解文本新挑战时的解决方法,只有通过了解作品产生的年代和诗人的生活才能理解文本。在这样的环境下,解诗人才能做到"不以文害辞,不以辞害志",才能做到"以意逆志"。

《孟子·公孙丑上》:

> "何谓知言?"曰:"诐辞知其所蔽,淫辞知其所陷,邪辞知其所离,遁辞知其所穷。——生于其心,害于其政;发于其政,害于其事。圣人复起,必从吾言矣。"(MZYZ, 3.2, p.62)

孔子也曾提及"知言",把"知言"视为"知人"的方法[1],得

---

[1] 杨伯峻:《论语译注》,北京:中华书局,1980年,第211页。

以见微知著。孟子提及的"知言",同样是一个见微知著的过程,即从文辞的内涵、风格得到整段言辞内外所带来的显隐启示,知言的背后实则亦由知人所支撑,观其言而知其人,知其人而能识其外发的言行。

第三节 《孔子诗论》复原式解《诗》实践

复原重构式的解《诗》方法的特点在于将诗歌本身作为理解的中心。从一定层面来说,孟子提出的"以意逆志"正适用于这种理解方式,他所指的"志",非赋诗人之志,而是"诗之志",即诗歌本身的意涵。在《孔子诗论》面世以前,仅有孟子这句"不以文害辞,不以辞害志。以意逆志,是为得之"(见《理解论评选》§ 004)可作为先秦时期复原式解《诗》法存在的孤例。《孔子诗论》的出土则令孟子"以意逆志"的理解方式有源可溯,同时解开了一个谜团:为何孟子提出"以意逆志",但《孟子》中却并没有复原式解诗的实践。

上博简《孔子诗论》仅保存下 29 支竹简的内容,共计千余字。这些数量有限的竹简评论《诗经》作品的范围却格外广,有 58 篇之多,其中还有今本《诗经》未见的篇目,其内容结构大体分为"诗序""讼""大夏"(即"大雅")"小夏"(即"小雅")"邦风""综论"六部分。并且每支简文中都有对多首诗篇的评论,这些都体现出高度的概括性与总结性。《孔子诗论》的评语有的讨论《诗》的宣泄等功用(如涉及《木瓜》《杕杜》两篇的简文),也有正面讨论情爱的内容(涉及"二南"中的八篇),它们在多个层面体现出醒目的整体观。这一整体观体现在对整部《诗》功用的评论："诗无吝志,乐无吝情,文无吝言。"(见《理解论评选》§007)也可见诸揭示《诗经》宣导隐微情志的总体基础上。《诗论》也有具体对《诗》中某一国风的评论,如评《邦风》："其纳物也,博观人欲焉,大敛材焉,其言文,其声善。"(见《理解论评选》§007)点明《邦风》博观兼采风物人情,乃至汇聚人才之特性。简文还会继而深入到对某系列篇目的采选、并层层深入地进行评价(如《小雅·节南山之什》中的七篇、"二南"与《邶风》中涉及情爱的篇目),也会有具体针对某一诗歌作品的评论,如"《将仲》之言不可不畏也"(见《理解论评选》§007)。

《孔子诗论》解诗均从文本自身出发,立足于文本阅读而作评论,基本没有在无证据的情况下将诗义与道德伦理、社会政治挂钩。这显然已经突破断章取义式的赋诗引诗法,对三百篇本身作探讨。例如涉及《小雅》这类变雅的简文,《孔子诗论》在对其哀怨情绪的把握上也是基于对诗中文字所描述的现象、当事人具体的社会遭遇及言语,去推测其感情。这与《毛诗序》论"变风变雅"时先设下"王道衰,礼义废,政教失,国异政,家殊俗"[1]的宏观大前提是十分不同的。《毛诗序》的解读无疑具有强烈的认知预设,要求在此宏观且层级分明的社会形势下展开对每首诗篇的分析,且必须将其与具体的社会历史人物事件一一挂钩,以此比附前设的大判断。《孔子诗论》的解读与此完全不同,它完全尊重所要解读的诗歌文本,既不会强行牵连到"王

---

[1] [唐]孔颖达《毛诗正义》,载《十三经注疏》,卷一,第271页。

道""礼义"等抽象的道德判断,也不会用力坐实诗句的人事指涉。如简十六谈《甘棠》虽指出是在美召公之德,也未引向具体的某时某事(见《理解论评选》§007)。即便评《关雎》"以色喻礼"等内容和道德有关,其所讲述的范畴仍是《诗经》文本中人物的道德,而非跳出文本进行某种道德化的阐释,也不是警示后人要实现"礼"。就此而言,《孔子诗论》的发现足以表明当时已有相当成熟的复原式解《诗》文本的阅读实践。

在基于诗篇文本的人物情境做解读之外,《孔子诗论》还会从读者阅读反应的角度进行评述,会基于读诗人自身的爱好与态度,对诗篇内容加以评点。例如简二十一、简二十二中以孔子之口曰"《宛丘》吾善之,《猗嗟》吾喜之,《鸤鸠》吾信之,《文王》吾美之,《清庙》吾敬之,《烈文》吾悦之"云云,都是直接表露读者喜好之语,且言简意赅,都凝结为"善之""喜之""信之""美之"等单一动词(见《理解论评选》§007)。而"《宛丘》曰'洵有情,而无望',吾善之。《猗嗟》曰'四矢反,以御乱',吾喜之"之类,则是摘选篇中的个别辞句加以评点,这一做法或许也可视为后世摘句评点的滥觞。

不过,此前学术界对《孔子诗论》的真伪尚存疑虑。《论语》是公认可表达孔子思想的著作,但其中并无任何迹象表明孔子有"以意逆志"的解《诗》思想,因此《孔子诗论》中的言语是否真的出自孔子是缺乏佐证的。近几年怀疑似乎渐止,大家均默认《诗论》由孔子所作。若果真如此,那么《孔子诗论》在整个阅读史的发展中就担当着承前启后的重要角色。在以下简文诗例的分析中,我们可以看出《诗论》为《毛诗序》作了过渡,是开始阅读、研究《诗》文本自身的标志,并真正推动了《诗》的研究走向体系化。

《孔子诗论》:

> [简一] 行此者,其有不王乎?孔子曰:"诗无吝志,乐无吝情,文无吝言。"(SBCJSPJDJ, p.11)

吝志、吝情、吝言,皆分指隐而未发的情志或言意,此简强调"诗无吝志",便在总体层面揭示出《诗》的宣泄情志之功。

> [简三]《邦风》其纳物也,博观人欲焉,大敛材焉,其言文,其声善。(SBCJSPJDJ, p.33)

这里指出《邦风》可以博观风物,采民情、汇人才,且简明扼要地对其文辞和声情做出"文"和"善"的评价。这几句简文的内容对《邦风》系列组诗做出提纲挈领性的总体评价,也可看作此后《毛诗》序纲领性解《诗》的先声。

> [简四] 曰:《诗》其犹平门欤?贱民而逸之,其用心也将何如?曰《邦风》是也。民之有戚患也,上下之不和者,其用心也将何如?(SBCJSPJDJ, p.30)

据李零释文,"《诗》其犹平门欤?贱民而逸之,其用心也将何如",或指《邦风》如城之便门,能与四方往来,贱民亦可自由出入。而"民之有戚患也"等句则指《小雅》对朝政之失的抨击，对民间疾苦的反映。

［**简八**］《十月》善谇言，《雨无正》《节南山》皆言上之衰也，王公耻之。《小旻》多疑，疑言不中志者也。《小宛》其言不恶，少又佞焉。《小弁》《巧言》则言谗人之害也。（*SBCJSPJDJ*，p.25）

简八所涉及的篇章在此后《毛诗序》中被称为"变雅"，只不过相较于《毛诗》，《诗论》并未上纲上线，将篇什所指具体明确到各种历史人物和事件，且亦未上升为"王道衰，礼义废，政教失，国异政，家殊俗"的宏大判断，而仅仅只从当事者出发进行解读，因此体现出颇为鲜明的尊重文本、复原解《诗》特点。

［**简十一**］……情爱也。《关雎》之改，则其思益矣。《樛木》之时，则以其禄也。《汉广》之智，则知不可得也。《鹊巢》之归，则离者［**简十六**］□也。《甘棠》之褒，美召公也。《绿衣》之忧，思古人也。《燕燕》之情，以其独也。孔子曰：吾以《葛覃》得氏初之诗、民性固然，见其美，必欲反，一本夫葛之见歌也，则［**简十**］《关雎》之改，《樛木》之时，《汉广》之智，《鹊巢》之归，《甘棠》之褒，《绿衣》之思，《燕燕》之情，曷曰动而皆贤于其初者也？《关雎》以色喻于礼，［**简十四、简十五**］……两矣。其四章则逾矣。以琴瑟之悦，拟好色之愿；以钟鼓之乐……（*SBCJSPJDJ*，pp.15 - 16）

《诗》的主题本来不受道德教化的垄断,如《孔子诗论》就承认《诗》跟"情爱"(简十一)有关。据李零解读,这里《关雎》歌君子妃配,《樛木》咏君子多福,《汉广》叹有女难得,《鹊巢》贺女子嫁人,《甘棠》美召公之德,《绿衣》起古人(故人)之思,《燕燕》悲远行在即,则"动而皆贤于其初",盖能纳性于礼。简文中孔子从《葛覃》以葛美见服,感念师氏、父母,看出的是"氏初之诗,民性固然"。而"民性"何在,就在于"见其美,必欲反"(反其本)。所以这些篇目与评语都涉及对原初美好社会秩序与风俗的赞扬。

简十所谓的"《关雎》以色喻于礼",在"以琴瑟之悦,凝好色之愿;以钟鼓之乐"中得到了展开敷述。即要将贪爱之心纳入琴瑟钟鼓的礼乐之内,使其不逾规矩,使好色之愿就如琴瑟之悦一般。这种纳性于礼的解读既没有断然抹杀情爱之本性,同时也施以一定分寸的道德审视,且一直保持着尊重文本本身的原则。

[**简十七**]《东方未明》有利始,《将仲》之言不可不畏也,《扬之水》其爱妇烈,《采葛》之爱妇……(SBCJSPJDJ, p.24)

[**简二十一**] 贵也。《将大车》之嚣也,则以为不可如何也。《湛露》之益也,其犹酡欤?孔子曰:"《宛丘》吾善之,《猗嗟》吾喜之,《鳲鸠》吾信之,《文王》吾美之,《清庙》吾敬之,《烈文》吾悦[**简二十二**]之,《昊天有成命》吾□之。《宛丘》曰'洵有情,而无望',吾善之。《猗嗟》曰'四矢反,以

御乱',吾喜之。《鸤鸠》曰'其仪一兮,心如结也',吾信之。'文王在上,于昭于天',吾美之。"(*SBCJSPJDJ*, p.29)

简二十一对《宛丘》等篇什的评语在文辞简练的同时,还十分富有个人主观感受色彩,这种解读在现有同时期文献中独具一格,虽然季札观乐也同样有主观性的点评,但评语仍涉及对所观之乐的客观化描述,且敷之以具体的判断依据,而这里简文透露出的只有纯粹的个人阅读爱好,不会刻意和政治艺术性建立关联。简二十二选《宛丘》《猗嗟》《鸤鸠》中的个别诗句对诗篇整体艺术特点进行评价,这种解诗方式与后世摘句评点的诗文评模式颇为相近,或可视为后者之嚆矢。

【第一章参考书目】

周裕锴著:《中国古代阐释学研究》,上海:上海人民出版社,2003年,第一章《先秦诸子论道辩名》,第6—57页。

周光庆著:《中国古典解释学导论》,北京:中华书局,2002年,第六章第一节《孟子创建的以意逆志说》,第345—360页。

周兴陆著:《中国文论通史》,上海:上海人民出版社,2021年,第3—26页。

蔡宗齐:《从"断章取义"到"以意逆志"——孟子复原式解释理论的产生与演变》,《中山大学学报》2007年第6期,第44—50页。

毛宣国著:《汉代〈诗经〉阐释的诗学研究》,湖南:湖南人民出版社,2015年,第一章第二节《孔子、孟子、荀子的〈诗经〉阐释与汉代诗学》,第三节《〈孔子诗论〉与汉代诗学》,第43—58页。

尚学锋著:《中国古典文学接受史》,济南:山东教育出版社,1999年,

第一章《先秦的文学接受》，第 33—49 页。

李春青：《"经义"的生成——关于经学阐释学的目标与方法问题》，《中国社会科学》2023 年第 3 期，第 76—97 页。

Steven Van Zoeran. *Poetry and Personality: Reading, Exegesis, and Hermeneutics in Traditional China*. Stanford: Stanford University Press, 1991. See Chapter 1 "The Discovery of the Text," pp.24–79.

Geaney, Jane. "Mencius's Hermeneutics." *Journal of Chinese Philosophy* 27.1 (2000): 93–100.

Gu, Ming Dong. *Chinese Theories of Reading and Writing: A Route to Hermeneutics and Open Poetics*. Chapter 1 "Theories of Reading and Writing in Intellectual Thought." Albany: State University of New York Press, 2005.

Shen, Vincent. "Wisdom and Hermeneutics of Poetry in Classical Confucianism." In *Dao Companion to Classical Confucian Philosophy*, edited by Vincent Shen, 245–262. London: Springer, 2014.

Saussy, Haun. *The Problem of a Chinese Aesthetic*. California: Stanford University Press, 1993.

第二章　汉代：类比理解论的兴盛

《诗经》在先秦时期主要是赋诗、引诗等类比表达的语料。战国时期，《诗经》之应用形式中，硕果仅存者惟引诗而已。然而在引诗如日方中之时，一种崭新的《诗经》解读方式——读《诗》，就已经出现了。出土楚简《孔子诗论》中对具体诗篇的评论虽然只是只言片语，但却都体现出对诗篇文本整体意义的把握，而且书中完全没有赋诗、引诗文献必定涉及的文本之外的人际交流活动（§007）。所有这些特点都表明，《孔子诗论》是纯粹阅读文本的产物。这些楚简的发现，无疑解开了孟子本人专事引诗，但又能提出复原式阅读法之谜。《孔子诗论》的发现表明，读《诗》在当时可能已是相当常见的活动，成为孟子建立"以意逆志"说的基础。

到了汉代，读《诗》、注《诗》的活动如火如荼，成为儒者趋之若鹜的盛事，鲁、齐、韩、毛四家诗应运而生。《汉书·艺文志》言："三家皆列于学官，又有毛公之学，自谓子夏所传，而河间献王好之，未得立。"鲁、齐、韩三家为今文学家，在西汉立为官学，并置博士，晚出的毛诗属民间的古文经学，但受到东汉朝廷的重视。毛诗有《毛诗序》和《毛诗故训传》（下称毛《毛传》）两大部分。《毛诗序》作者不详,众说纷纭,或认为是孔子弟子子夏,或认为是汉初鲁毛亨(即大毛公),或认为是其侄毛苌(小毛公),或归之东汉卫宏,但也有学者认为,《毛诗序》的撰写从先秦延续至两汉,非出自一人之手[1]。有关《毛诗故训传》的作者争议相对少些,多数人视为毛亨或毛苌。就文本内容而言,《毛诗序》和《毛传》是实际性质不同的书,前者务虚,多是对诗篇宏旨的判断,而后者较为务实,以字词训诂为主,独标兴体,用"兴"来标注诗文,但在《关雎》等个别诗篇也有详细的意义阐发。

《毛诗序》是历代诗经学和论诗者讨论最多的著作之一。《毛诗》由305篇诗及各篇诗序这两个相互紧密关联的部分组成。开篇《关雎》的长序被称作《大序》,因为它将《诗经》视作一个整体,详述其起源、创作过程及功能,其他诗前的简短序言被称为《小序》。大序和小序合称《毛诗序》或《毛序》,尽管它们很可能并非毛氏本人所作。历代都有学者认为,与305篇诗编排成一个整体之前,这些诗序原本是作为自足的文本而存在的,这些序的不同部分被归到生活年代相距数百年的历史人物名下。也许因为与以孔子为源头的显赫谱系挂上了钩,《毛诗序》很快成为经典,地位几乎与《诗经》相伴。

汉儒解《诗》与孟子"以意逆志"(见《理解论评选》§004)、"知人论世"(见《理解论评选》§005)之读诗法有何关系?这

---

[1] 有关《毛诗序》作者诸说,参见清代永瑢等所编《四库全书总目》,北京:中华书局,1965年,卷一五,第119页。

是近现代批评家颇为关注的问题。王国维(1877—1927)曾指出:"汉人传诗,皆用此法,故四家诗皆有序。序者,序所以为作者之意也。《毛序》今存,鲁诗说之见于刘向所述者,于诗事尤为详尽。及北海郑君出,乃专用孟子之法以治诗。"[1]《毛诗序》作者显然受到了孟子思想的影响,认为要解诗须要按照诗歌区域定出诗之来源,并将诗歌与具体的历史事件、人物相系。例如,他这样论《周南》之世:"然则《关雎》《麟趾》之化,王者之风,故系之周公。南,言化自北而南也。"[2]《毛诗序》将文王治地定为"周南"之区,从而为挖掘这十一首诗的社会政治寓意定下了基调。《毛诗序》认为,由于这些诗作于文王之世,它们体现文王之德,并表现出"王者之风","化自北而南也"。换言之,与孟子所说一样,了解成诗之"时"与"世",就能有效地窥测诗歌的道德意义。

相较于上述之"论世"而言,"知人"难度更大。《诗经》所收均为无名氏的作品,已无考证作者生平的可能;但是诗中必须有一个作者,才能为复原式解释提供一个必要的历史背景。《颂》与《大雅》常有切实的历史人物,可以替代作者而提供解释根据。这类历史人物并不难找到,亦有其可信度,因为诗篇的中心人物总是一个历史的,或传说中的英雄。《国风》则不然,这类诗通常不牵涉历史人物,故不易与历史事件或历史人物挂上钩,因而也就不易找到作者的替代品。当然,这并不影响《毛诗序》为诸诗寻找作者替代品而努力,在实在找不到的时候,注

---

[1] 郭绍虞、王文生编:《中国历代文论选》,上海:上海古籍出版社,2001年,第88—89页。
[2] 孔颖达《毛诗正义》,载《十三经注疏》,卷一,第272页。

释者就索性自行创造一个人物。"周南"中开头八首诗的评注，均集中在"后妃"这一妇女典范的形象上，而这一由注释者创造出来的形象，正是《毛诗序》解释的基础。这种不依据文本的虚构，显然背离了孟子读诗的另一条原则，即"不以文害辞，不以辞害志"，没有认真地从文本方面推演诗之意。相反，《毛诗序》使用的是春秋赋诗那种类比方法。稍有不同的是，春秋赋诗是以古人之诗喻今日赋诗人之志，而《毛序》解诗则以诗外之史事来解诗，认为风人是在借古讽今。

尽管《毛诗序》这种讽喻式的解释十分牵强附会，《毛传》和另一部重要笺注作品《郑笺》仍不遗余力地为其进行辩护。他们的辩护常常用到三个策略，第一个是将自然意象寓言化；第二个是断章取义的诠释，即从史事与语言的相似之处着手将《毛序》的解读合理化；第三种策略是将一首诗或其一部分加以内化，将其中的实写变为虚写。这三种策略的范例将在下文中讨论。

《韩诗外传》则继承了今文学派的微言大义。其言："夫《关雎》之人，仰则天，俯则地。幽幽冥冥，德之所藏；纷纷沸沸，道之所行。虽神龙化，斐斐文章。大哉《关雎》之道也，万物之所系，群生之所悬命也。"（见《理解论评选》§014）将《关雎》此篇上升到宇宙与人类的本源问题，贴合汉代的谶纬之说和天人合一思想。虽与毛诗同为类比式解诗，但《韩诗外传》的解读与《诗经》原意更为遥远，王世贞（1526—1690）《读书后》卷五称其"大抵引诗以证事，而非引事以明诗"，此种解释更加令人难以信服。

第一节 《毛诗大序》断章取义的
类比解《诗》法

相较于诗歌本身,《毛诗序》更感兴趣的是诗歌如何为统治者和普通百姓的伦理行为和社会政治活动提供指导。《大序》中"故正得失,动天地,感鬼神,莫近于诗"(见《理解论评选》§008),此句将诗歌与政治紧密联系起来;"先王以是经夫妇,成孝敬,厚人伦,美教化,移风俗"(见《理解论评选》§008),又将诗歌与伦理系统连接起来。以《关雎》此篇为例,我们可以看到《诗序》作者是如何不遗余力地揭示文本之下的社会道德政治。首先他说"《关雎》,后妃之德也"(见《理解论评选》§008),将此篇看作是对王妃无私德行的赞美,这里的"后妃"被许多注家直接称为是文王的正妃太姒。接着"风之始也,所以风天下而正夫妇也"(见《理解论评选》§008),这里的"风"是动词,有教化之义,即是说这种理想的夫妻关系有教化天下的意义,是所有夫妇的典范。在现代人来看,夫妻关系是隐私,而古代儒家则奉其为国君实现德治的根基,将其置于人际关系同心圆的中心。可是,《关雎》这种追求淑女式的求偶描写很难让人将其与后妃之德挂钩,《诗序》的作者决心将此诗的抒情主体改变性别——将追求淑女的君子想象成采选小妾的正妃。"是以《关雎》乐得淑女,以配君子。爱在进贤,不淫其色。哀窈窕,思贤才,而无伤善之心焉。"(见《理解论评选》§008)此句"乐得淑女"的主语是王妃,而"不淫其色"就是说她不会沉溺于自己的美色，而是会"思贤才"，非常想求得贤淑的妃嫔，"无伤善之心"则赞美她的无私精神。至此，《诗序》成功地将此诗从浪漫的求偶故事转变为无私奉献的妻子为夫君选贤妃的道德故事。这种断章取义的做法曲解了诗文原本的意思，现在听起来十分牵强，但其中包含的教谕性的解读却令汉代的儒子们十分信服。

《大序》中有言："是以一国之事，系一人之本，谓之风。"（见《理解论评选》§008）这句话我们可以认为是从个人层面到国家层面进行的解读，也可以看作是从一个具体的人出发，如文王或者文王妃，然后将其和天下之事联系起来。这种说法很符合孟子的"知人论世"思想，《毛诗序》这样论《周南》之世："然则《关雎》《麟趾》之化，王者之风，故系之周公。南，言化自北而南也。"（见《理解论评选》§008）将文王治地定为"周南"之区，从而为挖掘这十一首诗的社会政治寓意定下基调。《诗序》认为：因为这些诗作于文王之世，它们得以体现文王之德，并表现出"王者之风""化自北而南也"。换言之，与孟子所说一样，了解诗成之"时"与"世"，就能有效探知诗歌的道德意义。然而，《诗序》并未严格遵守孟子的复原式解释原则，甚至可以说与复原式解《诗》法背道而驰。尽管《诗序》意识到"知人论世"（见《理解论评选》§005）之重要，也谈论《诗经》的起源与诗作者的意图，但他的解读过分脱离文本原意，多从某种伦理的，或社会政治的角度点出作品的主题，然后再以诗中个别意象或情节来努力解释和证明这一预设的主题。如下面所讲的《关雎》一诗，他以转换抒情主体性别来达到自己的解读目的，将一首辗转反侧求偶的情诗变成了无私正妃选拔贤妾的道德故事,这显然与孟子"以意逆志"(见《理解论评选》§004)的复原式解《诗》法背道而驰。

阅读《关雎》及其序,让我们印象最深的是诗与序之间的明显"背离"。诗作描写的是男性的抒情主体向一位窈窕淑女求偶。首章似乎将这位女子与河洲上的雎鸠鸟类比;其余四章则表现男子对女子的日夜思慕,并且想用音乐来取悦她,与此同时收获荇菜的场景亦反复出现。《诗序》作者完全忽略了上述求偶的生动细节,将夫妻关系而非求偶作为诗歌的主题。不仅如此,还将这首诗的抒情主体由男性变为女性,认为她是寻求妾室以服侍君王的妃子。

为什么《诗序》作者会完全无视诗歌中实际描写的内容,主观地改变诗歌的主题及抒情主体的性别?我们也许可以从《大序》的开篇找到这个问题的答案:

> 《关雎》,后妃之德也,风之始也,所以风天下而正夫妇也。故用之乡人焉,用之邦国焉。风,风也,教也,风以动之,教以化之。(见《理解论评选》§008)

毫无疑问,这段话揭示出《毛诗序》作者解读《诗经》时所持的道德和社会政治立场。相较于诗歌本身,他更感兴趣的是诗如何为统治者和普通百姓的伦理行为和社会政治活动提供一个综合指南。接下来《诗序》作者解释说,《诗经》中所有的篇章都明确地对各国、各时期政象风俗的好坏进行了含蓄但精确的赞美或讽刺。在他看来,《诗经》中的风或民歌为统治者和乡民之间提供一个完美的交流渠道,因为风诗的抒情方式委婉多讽,乡民可以讽喻朝政而不获罪,统治者可以不失颜面地察觉和改正自身的错误。

《诗序》作者一般是怎样进行其解读的呢?为了回答这个问题,让我试着重建其解释的过程。还是以《关雎》为例。在我看来,《诗序》作者在抵达他有关《关雎》含意的结论前经历了三个主要步骤。首先,他将《周南》和《召南》(合称二南)的起源地确定为西周天子从前的封地,因此他设想《关雎》和二南中的其它风诗都是颂美西周天子之作。其次,他着手将《关雎》与周文王(周朝的建立者,也是第一任周天子)联系起来。因为文王或他的王道被儒家认为是整个周朝的道德根基。因此《诗序》作者认为《关雎》作为《诗经》的开篇,只能是对文王夫妻和谐关系所体现的一种美德的颂词。配偶关系被现代人看作家庭私务,古代儒家则奉其为道德统治的不二根基,处于人际关系同心圆的中心。《诗序》道:"先王以是经夫妇,成孝敬,厚人伦,美教化,移风俗。"(见《理解论评选》§008)由此可见他的观点已经很明确了。

最后,他试图证明《关雎》是展示理想夫妻关系的范例,当然这并不容易。《关雎》对婚前求偶的描写很难与任何人对婚姻状态的理解协调一致。即使求偶的双方能代表丈夫和妻子,要想将儒家圣王周文王与一位迷恋淑女的年轻人视作同一人,作者仍面临难以解决的困难。然而,《诗序》作者作出了聪明的解答:将抒情主体等同于王妃,而将淑女等同于被王妃采选为王妃的女子。以上两者的重新定义使《诗序》作者得以将感性的求偶行为转变为无私奉献的妻子的道德故事：她为贤能不得擢升而担心，丝毫不沉溺于享乐。当然，对王妃的赞美最终是对君王的赞美，王妃的美德总是要归功于君王的道德影响和教化。尽管《诗序》作者并未明确地这样做，许多后来的注家直接将这位有德行的妃子等同于文王的正妃太姒。毫无疑问，《大序》对《关雎》以及其它风诗的这种解读让我们觉得十分牵强。但是汉代读者接受得毫无困难。对他们来说，正如风诗是教谕性的，《大序》和《小序》也同样令人信服且见解深刻。通过将这些序和305篇诗巧妙地整合到一起，毛诗取得了令人瞩目的成就：在跻身经典的过程中，将《诗经》的文本凌驾于其它文本之上。

从对以下所选的八首诗评注来看（见《理解论评选》§009），《毛诗序》其实并未严格遵守孟子的复原式解释原则，尽管也试图"知人论世"，也谈论《诗经》的起源与诗作者的意图。如上所述，孟子的复原式解释总体上是一种用归纳的方法发现作品意义的过程，即读者在解读一首诗的过程中，检讨其"文意"或本有之意，以期揭示蕴涵于其中的作者的意图。与此相反，《毛诗序》的解读实质上是一种用演绎的方法为作品赋予意义的过程，即注释者通常在解释一诗之初，从某种伦理的，或社会政治的角度点出作品的主题，然后再以诗中情节的发展来解释和证明这一预设的主题。这样就不难理解何以《毛诗序》常常会故意忽略一些诗的非常明显的本意，而硬削其足以适预设主题之履了。

品读《毛诗》诸序，我们禁不住赞叹作者在化普通民歌为后妃赞歌时所表现出的娴熟技巧,同时也禁不住要指出:诸诗中历史人物无一不是注释者想象的产物,而后妃之为诸诗主角,纯粹出自作序人之想象,亦应为不争之事实。八首诗中找不出任何与后妃相关的文字,作序人也没有提供任何可资佐证的史料,却带着似乎已是众所周知的态度,径直视后妃为诸诗的中心人物,并以此为基础对《诗经》进行评注。这样,本来被孟子用来防止任意解读的历史背景,却被《毛诗序》当作一件顺手的工具,用来包装其对诗歌主题不加节制、完全主观的篡改。作序人以想象中的历史事件替换掉孟子"知人论世"(见《理解论评选》§005)一语中至为神圣的历史性。单就这一点来看,《毛诗序》之所谓对历史性的强调,其实只是对孟子式解释的一种效颦之举而已。笔者认为,《毛诗序》至多也不过是"赋诗"解释的一个变种;与赋诗者一样,注释者根本不在乎一诗之本意,在毫无依据地篡改文意时亦丝毫不手软;赋诗者或仅仅是"断章取义",《毛诗序》则干脆另起炉灶,将一首细腻婉转的抒情诗硬生生改造成一篇了无情趣的道德说教。

简而论之,《毛诗序》代表了另一种"以意逆志":"以碎片式的类比阅读臆想诗人之志"。其间的类比法很大程度上是春秋赋诗类比法和孟子复原式解释法的混合体。

《毛诗大序》:

> 《关雎》,后妃之德也,风之始也,所以风天下而正夫妇也。故用之乡人焉,用之邦国焉。风,风也,教也,风以动之,教以化之。诗者,志之所之也,在心为志,发言为诗,情

动于中,而形于言,言之不足,故嗟叹之,嗟叹之不足,故永歌之,永歌之不足,不知手之舞之,足之蹈之也。情发于声,声成文谓之音。治世之音安以乐,其政和;乱世之音怨以怒,其政乖;亡国之音哀以思,其民困。故正得失,动天地,感鬼神,莫近于诗。先王以是经夫妇,成孝敬,厚人伦,美教化,移风俗。故诗有六义焉:一曰风,二曰赋,三曰比,四曰兴,五曰雅,六曰颂。上以风化下,下以风刺上,主文而谲谏,言之者无罪,闻之者足以戒,故曰风。至于王道衰,礼义废,政教失,国异政,家殊俗,而变风变雅作矣。国史明乎得失之迹,伤人伦之废,哀刑政之苛,吟咏情性,以风其上,达于事变,而怀其旧俗者也。故变风发乎情,止乎礼义。发乎情,民之性也;止乎礼义,先王之泽也。是以一国之事,系一人之本,谓之风;言天下之事,形四方之风,谓之雅。雅者,正也,言王政之所由废兴也。政有小大,故有小雅焉,有大雅焉。颂者,美盛德之形容,以其成功,告于神明者也。是谓四始,诗之至也。然则《关雎》《麟趾》之化,王者之风,故系之周公。南,言化自北而南也。《鹊巢》《驺虞》之德,诸侯之风也,先王之所以教,故系之召公。《周南》《召南》,正始之道,王化之基。是以《关雎》乐得淑女,以配君子,爱在进贤,不淫其色;哀窈窕,思贤才,而无伤善之心焉,是《关雎》之义也。(MSZY, juan 1, pp.269–273)

《毛诗大序》的内容体现出鲜明的道德政治解诗立场。诗歌在序作者这里的价值不在于其文本自身,而是要为统治者和普通百姓的伦理行为和社会政治活动提供一个综合指南。《诗序》作者先是揭示出《诗经》各篇什都在不同层面反映出各国、各时期的政象风俗,并予以赞美或讽刺。《诗》之国风在统治者和乡民之间连接起一个完美的交流渠道,乡民可以用委婉多讽的风诗讽喻朝政,统治者可以体面地察觉问题,改正错误。《诗序》作者还将《周南》和《召南》的起源地定义为西周天子从前的封地,于是《关雎》等二南之诗都成为颂美西周天子教化之作,都代表着王者的风化。

《毛诗序》:

> 《关雎》,后妃之德也。风之始也,所以风天下而正夫妇也。……是以《关雎》乐得淑女,以配君子。爱在进贤。不淫其色。哀窈窕,思贤才,而无伤善之心焉。是《关雎》之义也。(MSZY, juan 1, pp.269-273)

《毛诗序》的评注有其统一的形式。如这里所选八首诗所示,评注总是先列举诗名,然后标出后妃形象的某一侧面,并将其定格为该诗的主题。第一与第四两首言后妃之事文王,第二首言后妃之本,或其妇道,第三首言后妃之待下以仁,第五首言后妃之子孙众多,第六首言后妃之正夫妇关系,第七首言后妃之化百官,第八首言后妃之和睦家庭。每首的主题介绍完之后,接着是用诗中某一细节或物象加以印证,进一步赞颂后妃的德行。

《关雎》的评注是《毛诗序》讽喻式解诗的最著名的例子。

从字面来看,这首诗本来只是一首关于贵族青年思慕美丽女子的情诗,然而在《毛诗序》中,说话主人公变成了后妃,一首普通的爱情诗从而被转化成一篇比喻后妃为夫寻找贤美嫔妃的作品[1]。这一讽喻式的解读手法亦见诸以下对《卷耳》的评注。

> 《葛覃》,后妃之本也。后妃在父母家,则志在于女功之事。躬俭节用,服浣濯之衣。尊敬师傅,则可以归安父母,化天下以妇道也。(MSZY, juan 1, p.276)

《葛覃》本来描述了新婚女子期待归省父母的激动心情,但是《毛诗序》将女主角处理成作为妇女楷模的后妃,从而将该诗转化为对女子德行的赞颂。

> 《卷耳》,后妃之志也。又当辅佐君子,求贤审官,知臣下之勤劳。内有进贤之志。而无险诐私谒之心。朝夕思念,至于忧勤也。(MSZY, juan 1, p.277)
> 《樛木》,后妃逮下也。言能逮下,而无嫉妒之心焉。(MSZY, juan 1, p.278)

《葛覃》《卷耳》没有主人公,但是《毛诗序》利用诗歌主要意象的比喻功能,成功地将二诗与后妃联系起来。如《樛木》本来只是祈祷财福,但是在《毛诗序》作者眼中,诗中树枝垂地的

---

[1] 孔颖达释"贤"字为"贤女",并认为此诗讲述后妃之为文王选"贤女"也。见《毛诗正义》卷一,《十三经注疏》,第 273 页。

物象竟成为赞美后妃的比喻：树枝之低垂一如后妃之纡尊于百姓也。

《螽斯》，后妃子孙众多也。言若螽斯不妒忌，则子孙众多也。（MSZY, juan 1, p.279）

《桃夭》，后妃之所致也。不妒忌，则男女以正，婚姻以时，国无鳏民也。（MSZY, juan 1, p.279）

《兔罝》，后妃之化也。《关雎》之化行，则莫不好德，贤人众多也。（MSZY, juan 1, p.281）

《芣苢》，后妃之美也。和平则妇人乐有子矣。（MSZY, juan 1, p.281）

以上《桃夭》《兔罝》《芣苢》三诗各自只是描述了家庭或社区中的活动，与后妃几乎谈不上什么关系，但是在《毛诗序》的解读中，这些活动却表现了后妃教化下民众生活幸福的状况。不论后世的态度是扬是抑，亦不论其影响是益是害，《毛诗序》自由任意的解释风格对《诗经》研究本身，以及对大而言之的诗歌研究，均产生了自由化的影响。在它所建立的模式中，主人公可以被解读为某一特定的历史人物，诗的内容可以被解读为这一人物德行的表现，而在这样的解读过程中，一首普通的诗歌轻而易举地被赋予了道德的寓意。可以说，《毛诗序》的出现，开创了中国文学评论史上利用假想的历史来进行讽喻式解释的先河。

董仲舒（前179—前104）《春秋繁露·精华》：

> 难晋事者曰:《春秋》之法,未逾年之君称子,盖人心之正也。至里克杀奚齐,避此正辞而称君之子,何也? 曰:所闻《诗》无达诂,《易》无达占,《春秋》无达辞,从变从义,而一以奉人。(CQFLYZ, pp.94 – 95)

引《诗》、赋《诗》这种断章取义的类比诠释方法,受语境、诠释者思想差异的影响,类比的对象也会存在区别,因而产生各种各样的诠释。《韩诗》断章取义所类比的往往是天地宇宙五行云云,与《毛诗》多类比于社会政治现实十分不同,这一点也能体现出古文经学与今文经学的知识观念背景的差异。卢文弨(1717—1796)就曾如此形容韩婴的用《诗》:"各有取义,而不必尽符乎本旨。"[1] 钱钟书同样认为"西汉人解《诗》亦用斯法,观《韩诗外传》可知"[2]。就这一层面而言,"《诗》无达诂"确实很符合当时的汉儒解诗风气。

第二节 《毛传》和《郑笺》解释《诗序》三个策略

在汉代,《毛诗序》已经具备相当程度的经典性。例如,著名的《毛传》就鲜有偏离《诗序》的解读,东汉鸿儒郑玄(127—200)所著的《郑笺》也是如此。在很多方面,《毛传》和《郑笺》都可以看作是《诗序》的脚注。两位作者几乎用尽所有才华和

---

1 [清]卢文弨:《抱经堂文集》,北京:中华书局,1990年,第28页。
2 钱钟书:《谈艺录》,北京:生活・读书・新知三联书店,2001年,第292页。

精力为《毛序》道德政治的解读进行辩护,力图使之合情合理。

《诗序》对305篇诗作的解读,穿凿附会,毫无顾忌,而《毛传》作者和郑玄为支持其论断绞尽脑汁,也堪称足智多谋。现在让我们来看《毛传》和《郑笺》在将《诗序》给出的解读合理化时喜欢采用的三种解释策略,分别以《关雎》《野有死麕》《将仲子》三首与爱情有关的诗篇为例。通过列示三首爱情诗是如何被解读为对历史上个人行为和国家统治加以肯定或否定的例子,我们可以看到汉代注家想要将《诗经》经典化的抱负和努力。有鉴于《诗经》自汉代以来就获得了不可动摇的经典地位,他们无疑实现了其目标,并且令人印象深刻。但是,《诗经》本身也是一部文学著作。《诗序》《毛传》和《郑笺》不可避免地会受到文学批评家的诟病。他们长期以来因为无视如此活泼自然的爱情诗篇的美丽,并且将其简化为无趣、单调的道德教材,因而遭到非难,是完全可以理解的。迄今,很少有人会停下来思考一下,这三部《诗经》学巨著是否也有尚未被发现的文学价值。虽然它们对这三首情诗所作的道德政治解读是不合情理的,很难为之辩护,但是这些负面评价遮掩了一个完全被忽略、颇有讽刺意味的事实:产生这些解读的过程本身是令人欣赏的文学想象。三部《诗经》学对每篇风诗旨意的想象是"文学的",因为这一想象有赖于对丰富的语义和句法的歧义的精心利用。而对文句歧义的运用,现在普遍被视作是诗歌文本产生"文学性"的关键。

想想《毛诗序》作者和郑玄是如何利用人称代词的缺少来转换诗中抒情主体的性别吧——《关雎》中苦恋的年轻男子被

说成后妃,《将仲子》中热恋的年轻女子被指认是郑庄公。如果没有利用代词省略所产生的语义上的含混,《诗序》作者和郑玄就不可能用这样一种方式将两首诗寓言化。如果他们所使用的语言是英语——英语中如果一句话缺少明确的主语或毫不含糊的预设的主语(例如在一个祈使句如"开一下窗户"中,预设的主语是"你")会根本讲不通——他们又怎么能随意转换抒情主体的性别,以实现其寓言化的意图呢?当然不可能!他们会像西方的寓言家一样无能为力,后者受制于主谓宾结构的要求,因而丧失了玩转换性别魔法这一独特权力。

这让我们注意到有关中国文学研究的一个显著问题,即非屈折性的汉语与中国诗歌艺术这二者之间的内在关系。在西方语言世界有关中国诗歌的研究里,已经有很多关于中国古典诗歌中习惯性地省略人称代词所获得审美影响的讨论,尤其是唐代以后那些用高度浓缩、控制的风格写作的诗篇。像杜甫(712—770)这样伟大的诗人就自觉地在对偶句中利用省略主语来造成诗歌在解读上的多义性,其中每一种解读都用自己的方式强化了诗歌的主题。迄今为止没有得到注意的是,最先对由主语省略而生的歧义加以精心利用的,是汉代的《诗经》注家,而非六七个世纪以后的唐代诗人。

第一种策略:自然意象寓言化。

在《毛传》《郑笺》合理化《诗序》给出的解读时,采用了三种解释策略。第一种策略是将自然意象寓言化。在笺释《关雎》时,《毛传》把对《关雎》的描写标记为"兴"或"兴象"

（见《理解论评选》§011）。"兴"字面上的意思是"兴发"或"唤起"。孔子说"诗可以兴"[1]，毛公则很可能是第一个将"兴"用作名词来阐释《诗经》第一章开头的自然意象的。一般来说，兴象与紧随其后的情感状态是同时出现的，并且兴象与随之而来的情感状态之间显示出时空的和情感的联系，尽管二者之间的关系有时可以做一种模糊的类比解释。如果说汉以后的批评家倾向于探究兴象的审美效果，毛公则只对它与接下来的类比关联感兴趣。甚至当笺注《关雎》篇首章时，他将对关雎的描述视作对后妃的颂词。在接下来的两行中，他解释说："鸟挚而有别……后妃说乐君子之德，无不和谐，又不淫其色，慎固幽深，若关雎之有别焉。然后可以风化天下。"（见《理解论评选》§011）通过将关雎和后妃的生活方式进行类比，毛亨设法将关雎改造为后妃之德的象征符号，为《诗序》的道德和社会政治的解读提供了支持。

《毛传》《郑笺》评《关雎》：

关关雎鸠，在河之洲。【传】兴也。关关，和声也。雎鸠，王雎也，鸟挚而有别。水中可居者曰洲。后妃说乐君子之德，无不和谐，又不淫其色，慎固幽深，若关雎之有别焉，然后可以风化天下。夫妇有别则父子亲，父子亲则君臣敬，君臣敬则朝廷正，朝廷正则王化成。【笺】云：挚之言至也，谓王雎之鸟，雌雄情意至然而有别。窈窕淑女，君子好逑。【传】窈窕，幽闲也。淑，善。逑，匹也。言后妃有关雎之德，是幽闲贞专之善女，宜为君子之好匹。【笺】云：怨耦曰仇。言后妃之德和谐，

---

[1] 杨伯峻：《论语译注》，北京：中华书局，1980年，第185页。

则幽闲处深宫贞专之善女,能为君子和好众妾之怨者。言皆化后妃之德,不嫉妒,谓三夫人以下。

参差荇菜,左右流之。【传】荇,接余也。流,求也。后妃有关雎之德,乃能共荇菜,备庶物,以事宗庙也。【笺】云:左右,助也。言后妃将共荇菜之菹,必有助而求之者。言三夫人、九嫔以下,皆乐后妃之乐。参,初金反。窈窕淑女,寤寐求之。【传】寤,觉。寐,寝也。【笺】云:言后妃觉寐则常求此贤女,欲与之共己职也。

求之不得,寤寐思服。【传】服,思之也。【笺】云:服,事也。求贤女而不得,觉寐则思己职事当谁与共之乎!悠哉悠哉,辗转反侧。【传】悠,思也。【笺】云:思之哉!思之哉!言己诚思之。卧而不周曰辗。

参差荇菜,左右采之。【笺】云:言后妃既得荇菜,必有助而采之者。窈窕淑女,琴瑟友之。【传】宜以琴瑟友乐之。【笺】云:同志为友。言贤女之助后妃共荇菜,其情意乃与琴瑟之志同,共荇菜之时,乐必作。

参差荇菜,左右芼之。【传】芼,择也。【笺】云:后妃既得荇菜,必有助而择之者。窈窕淑女,钟鼓乐之。【传】德盛者宜有钟鼓之乐。【笺】云:琴瑟在堂,钟鼓在庭,言共荇菜之时!上下之乐皆作,盛其礼也。(MSZY, juan 1, pp.273-274)

第二种策略:断章取义的章句移植。

"断章取义"指的是一种古老的实践,即将《诗》的章句从其原本的上下文中抽出来,在外交场合下为朝廷或者侍臣使用,以实现其特定的目的。在这种情境下,《诗》的章句产生出新的与其原始文本无关的意义,并且必须在这一正在进行的外交对话的新语境下取得新义。在《将仲子》这首诗的笺释里,郑玄对《诗经》古老的赋诗实践进行了聪明的改造。这首诗的小序看起来比上文已经讨论过的《关雎》诗序更不靠谱。我们不禁好奇,这首情诗和对宽恕其幼弟共叔段(前754—?)恶行的郑庄公(前757—前701)的谴责究竟有何关联。

　　这首诗表现一位年轻女子在心里向自己的爱人发出呼唤,她(在想象中或者实际上)看到心爱之人突破一个个障碍离她越来越近。她的话由一个请求("将仲子兮")、一个警告("无……无……")和一个爱和惧的表达("仲可怀也……之言,亦可畏也")组成。如果说这些句子巧妙地包含着她畏惧、思慕和担忧的复杂情感,重章叠句又将其戏剧性增加到最强。三章中每章第二句通过地点的变化——从"里"到"墙"再到"园"——由远及近,捕捉到所欢之人穿越重重障碍不断接近她的物理运动。然后是每章第五句和第七句中提到的人物的变化,揭示出其精神运动正朝着(与物理运动)相反的方向:她所畏惧的"人言"从她的父母扩展到兄弟,一直到所有的村人。在《诗经》以及(实际上)任何时地的民歌中,我们很少看到重章叠句在相反方向上产生两个同时运动的高潮(身体的和精神的)。为此我们可以说,《将仲子》是《诗经》中最令人难忘的一首风诗。

　　完全忽略这一对即将来临的幽会的戏剧化描写,《诗序》作者将《将仲子》看作是郑庄公对其大夫祭仲相关忠告的欠考虑的拒绝的寓言式描写。为了替这一牵强的类比辩护,郑玄大胆地作出属于他自己的性别转换。他将说话者（显然是一位沉溺于爱情的女性）等同郑庄公，相应地，将说话的对象（女性所欢之人）等同祭仲。将说话者和说话的对象这样替代之后，郑玄继续"断章取义"。首先，他将"无逾我里，无折我树杞"（见《理解论评选》§012）这两句抽出来，将其放到庄公和祭仲之间的冲突场景中。这让他能够将这两句诗解读为庄公对祭仲的断然拒绝——"不要动我的亲人"和"不要伤害我的兄弟"。用同样的方式将第四到八句重新置放到合适的场景中，郑玄将这些诗句变成庄公对自己宽恕不义兄弟的解释："我的兄弟共叔段是惹了些麻烦。我怎么敢溺爱并且宽恕他呢？我不惩罚他是因为我的父母……在父母的压力下，我不敢听从您的建议。"郑玄将《将仲子》中的诗句与两个历史人物的对话相勾联，从而将整首诗转变为名副其实的政治寓言。

《毛传》《郑笺》评《将仲子》：

《将仲子》，刺庄公也。不胜其母，以害其弟。弟叔失道而公弗制，祭仲谏而公弗听，小不忍以致大乱焉。【笺】庄公之母，谓武姜，生庄公及弟叔段。段好勇而无礼，公不早为之所，而使骄慢。

将仲子兮，无逾我里，无折我树杞。【传】将，请也。仲子，祭仲也。逾，越；里，居也，二十五家为里。杞，木名也。折，言伤害也。【笺】云：祭仲骤谏，庄公不能用其言，故言请，固距之。无逾我里，喻言无干我亲戚也。无折我树杞，喻言无伤害我兄弟也。仲初谏曰："君将与之，臣请事之。君若不与，臣请除之。"岂敢爱之？畏我父母。

【笺】云：段将为害，我岂敢爱之而不诛与？以父母之故，故不为也。仲可怀也，父母之言，亦可畏也。【笺】云：怀私曰怀，言仲子之言可私怀也，我迫于父母有言，不得从也。

　　将仲子兮，无逾我墙，无折我树桑。【传】墙，垣也。桑，木之众也。岂敢爱之？畏我诸兄。【传】诸兄，公族。仲可怀也，诸兄之言，亦可畏也。

　　将仲子兮，无逾我园，无折我树檀。【传】园，所以树木也。檀，强韧之木。岂敢爱之？畏人之多言。仲可怀也，人之多言，亦可畏也。（MSZY, juan 4, p.337）

第三种策略：化实为虚的诗章解读。

　　对诗章进行化实为虚地解读，即是将一首诗看作是抒情主体想象的片段，而不是对一个现实场景或事件的描绘。郑玄对《野有死麕》诗的笺释是这方面的好例子。这里，序和诗的本义之间的偏离甚至比前面两首还要厉害。序所说的正与诗歌中所描述的内容相反。这首诗描述了一次正在进行的幽会（与《将仲子兮》中即将到来的幽会正相对），当女孩子半心半意地拒绝其所欢的爱抚时，整首诗达到高潮。然而《毛序》认为这首诗表现的是对放荡行为的厌恶（"恶无礼也"）。这违反直觉的解读，显然受到序作者历史—地理决定论信念的影响。既然这是一首来自《召南》的风诗，而《召南》是召公的封地，他就推论这首诗一定是对该地良好社会风俗的颂词。因此，他对这首诗加以赞美，但是没有像平常一样作出解释。

解释的任务留给了汉代两位著名的注家。在《毛诗序》的理解框架下,《毛传》和《郑笺》不仅丰富了此诗的理解,还进一步解释了"恶无礼也"的含义。为了替这篇牵强的序进行辩护,毛氏迈出了第一步,识别出暗含在诗中的对正当礼仪的违背。"无礼者,为不由媒妁,雁币不至,劫胁以成昏,谓纣之世。"他还观察到,"凶荒则杀礼,犹有以将之。野有死麕,群田之获而分其肉。白茅,取洁清也"。"杀"字不是现代汉语中杀掉的意思,而是减少之意,由于有动乱和饥荒所以"礼"分崩离析,《毛传》已经暗示了此诗中关于礼仪的内容(见《理解论评选》§013)。郑玄更进一步,将每一句诗都解释为对礼仪的遵守或者背离。他响应毛氏"劫胁以成昏"(见《理解论评选》§013)的说法,认为诗的末二句(字面上是半心半意地指责所欢的爱抚)解读为女性憎恶男性强暴的果断表达。不管怎样,要这样解读,与诗中的其它句子有极大的矛盾。之前的诗句,抒情者很明显用了一种轻柔的、充满爱意的劝说口吻。在第四句,年轻的对象被称为"吉士",很难想象这样的称呼会施诸任何劫胁女性之人。如何消除这样的矛盾,让诗歌适合序所说的"恶无礼"之说?郑玄想出了一个极富独创性的解答:将整首诗(末二句除外)看作是某个人渴望理想婚礼的想象的数个刹那。根据他的说法,1—2 和 5—6 句描述的"野有死麕"事实上是"贞女之情,欲令人以白茅裹束野中田者所分麕肉,为礼而来"(见《理解论评选》§013)。相似地,3—4 和 7—8 句中描写的美丽女子乃是"有贞女思仲春以礼与男会,吉士使媒人道成之"(见《理解论评选》§013)的内心影像。为了强调这一场景是想象中的而非实际的,郑玄补充说,"疾时无礼而言然"(见《理解论评选》§013)。换句话说,想象这些场景,不仅是为了实现未达成的愿望,而且还传达了对社会的批评。

结合《毛传》"凶荒则杀礼,犹有以将之"(见《理解论评选》§013)之言,《郑笺》进一步进行说明,"乱世之民贫,而强暴之男多行无礼"(见《理解论评选》§013),就是说乱世之中有很多施暴的男人,"故贞女之情,欲令人以白茅裹束野种田者所分麕肉,为礼而来"(见《理解论评选》§013),这里他将"野有死麕,白茅包之"(见《理解论评选》§013)这一句作虚写来解释,不是说实际上存在这个事情,而是说女子想象有一个男子他把鹿肉裹好作为礼物来求婚。而下文"有女怀春,吉士诱之"(见《理解论评选》§013),《郑笺》解释"有贞女思仲春以礼与男会","疾时无礼而言然"(见《理解论评选》§013),春天是一个发情的季节,像《牡丹亭》等描写男女情爱都在春天,"思"就是想象,郑玄认为这是女子的心理活动,即言在文王的教化之下,虽身处乱世中,女子仍然希望能用遵守礼节的方式与男士相会。后面几句的解释比较平直,大多都是对字、词的注解。最后一章"舒而脱脱"(见《理解论评选》§013),《郑笺》解释是女子自己的美好想象活动,她"欲吉士以礼来",紧接着话锋一转说"又疾时无礼",言女子同时十分憎恨当时的风气和"强暴之男",所以她对那些无礼的行为进行训斥。郑玄对这些诗句的"内化"阐释,似乎是支持《诗序》牵强解读所给的解释中最合理的一例。

《毛传》《郑笺》评《野有死麕》:

《野有死麕》,恶无礼也。天下大乱,强暴相陵,遂成淫风。被文王之化,虽当乱世,犹恶无礼也。【传】无礼者,为不由媒妁,雁币不至,劫胁以成昏,谓纣之世。

野有死麕,白茅包之。【传】郊外曰野。包,裹也。凶荒则杀礼,犹有以将之。野有死麕,群田之,获而分其肉。白茅,取絜清也。【笺】云:乱世之民贫,而强暴之男多行无礼,故贞女之情,欲令人以白茅裹束野中田者所分麕肉,为礼而来。有女怀春,吉士诱之。【传】怀,思也。春,不暇待秋也。诱,道也。【笺】云:有贞女思仲春以礼与男会,吉士使媒人道成之。疾时无礼而言然。

林有朴樕,野有死鹿。白茅纯束,【传】朴樕,小木也。野有死鹿,广物也。纯束,犹包之也。【笺】云:朴樕之中及野有死鹿,皆可以白茅包裹束以为礼。广可用之物,非独麕也。纯,读如屯。有女如玉。【传】德如玉也。【笺】云:如玉者,取其坚而絜白。

舒而脱脱兮,【传】舒,徐也。脱脱,舒迟也。【笺】云:贞女欲吉士以礼来,脱脱然舒也。又疾时无礼,强暴之男相劫胁。无感我帨兮,【传】感,动也。帨,佩巾也。【笺】云:奔走失节,动其佩节。无使尨也吠。【传】尨,狗也。非礼相陵,则狗吠。(MSZY, *juan* 1, pp.292-293)

《野有死麕》出自《国风·召南》,《召南》与《周南》相近,地同俗同,同为《国风》之正。召与周邑同在岐山阳,是周文王的领地,他生活的时代是商的最后一朝,末代君主商纣王在历史上是一位暴君。因此按照《毛诗序》设定的时间与地点,《野有死麕》就可以讲这时期很重要的淫风问题。"强暴相陵",即男士对女士施暴,或女士跟随男士私奔。"奔"字在当时没有"跑"

的意思,私奔指的就是不经过父母之命、媒妁之言的男女私自结合,《野有死麕》里面就是这样的内容。而《诗序》虽然注意到了这一点,却给出了较为含糊的解释:"恶无礼也"。是谁"恶"?谁在对这种"无礼"表示厌恶并进行批评?很明显,如此模糊的语辞创造出很大的诠释空间。"被文王之化,虽当乱世",则是说这种"无礼"的现象发生在社会政治分崩离析的时候,但是由于受到文王的教化,在文王领地中的百姓们能够对商末这种不讲礼仪的风气表示厌恶。这就是《诗序》给这首诗定的一个理解框架。

《韩诗外传》:

> 子夏问曰:"《关雎》何以为《国风》始也?"孔子曰:"《关雎》至矣乎!夫《关雎》之人,仰则天,俯则地,幽幽冥冥,德之所藏,纷纷沸沸,道之所行,虽神龙化,斐斐文章。大哉《关雎》之道也,万物之所系,群生之所悬命也,河洛出《书》《图》,麟凤翔乎郊。不由《关雎》之道,则《关雎》之事将奚由至矣哉?夫六经之策,皆归论汲汲,盖取之乎《关雎》。《关雎》之事大矣哉!冯冯翊翊,自东自西,自南自北,无思不服。子其勉强之,思服之。天地之间,生民之属,王道之原,不外此矣。"子夏喟然叹曰:"大哉《关雎》,乃天地之基地。"《诗》曰:"钟鼓乐之。"(*HSWZJS*, *juan* 5, pp.164 – 165)

《韩诗》在此通过设为问答,藉孔子之口,将《关雎》推为"万物之所系,群生之所悬命",是天地之根基,乃至《河图》、

《洛书》、六经之道皆出于《关雎》。

赵岐(108—210)《孟子章句》：

> 文,诗之文章所引以兴事也。辞,诗人所歌咏之辞。志,诗人志所欲之事。意,学者之心意也。孟子言说诗者当本之志,不可以文害其辞,文不显乃反显也。不可以辞害其志,辞曰"周余黎民,靡有孑遗",志在忧旱灾,民无孑然遗脱不遭旱灾者,非无民也。人情不远,以己之意逆诗人之志,是为得其实矣。(MZZS, juan 9a, p.2735)

赵氏所说的"人情",是指人共有的情性,而此情性是"学者之意"与"诗人志所欲之事"沟通,乃至与其吻合的基础。

> 好善者以天下之善士为未足极其善道也。尚,上也。乃复上论古之人,颂其诗。诗歌国近故曰颂。读其书者,犹恐未知古人高下,故论其世以别之也。在三皇之世为上,在五帝之世为次,在三王之世为下,是为好上友之人也。(MZZS, juan 9a, p.2746)

【第二章参考书目】

徐复观著：《两汉思想史》,《徐复观文集》,北京：九州出版社,2014年,第7—18页。

于淑娟著：《韩诗外传研究：汉代经学与文学关系透视》,上海：上海古籍出版社,2011年。参韩诗与"仁"思想的发展关系,见第

63—70 页;韩诗与春秋时代孔门论诗的比较,见第 149—151、154 页。

向熹著:《诗经语言研究》,成都:四川人民出版社,1987 年。参以语言学分析韩诗,见第 8—14 页。

[美]余宝琳著:《讽喻与诗经》,《神女之探寻:英美学者论中国古典诗歌》,上海:上海古籍出版社,1994 年,第 5—26 页。

[韩]吴万钟著:《从诗到经:论毛诗解释的渊源及其特色》,北京:中华书局,2001 年。参毛诗解释的特点,见第 115—116 页;关于毛诗产生的历史传统,见第 138—143 页。

周裕锴:《中国古代阐释学研究》,上海:上海人民出版社,2003 年,第 75—95 页。

钱穆:《中国学术思想史论丛》,北京:生活·读书·新知三联书店,2009 年,第 108—161 页。

蔡宗齐:《诗与意识形态:〈诗经〉的经典化》,载蔡宗齐主编,张楣楣、李皖蒙译:《如何读中国诗歌:诗歌文化》,北京:三联书店,2023 年,第 83—96 页。

周兴陆著:《中国文论通史》,上海:上海人民出版社,2021 年,第 48—60 页。

第三章　六朝：复原理解论发展的新方向

到了六朝（从东吴222年建国到陈朝589年灭亡），《诗经》学固守汉儒的传统，没有发展出什么新的理解论。但在《诗经》学领域之外，两种与汉代类比解释论截然不同的复原理解论却应运而生。第一种是汉魏之际刘劭（活跃于200—240年）《人物志》所阐述的人物理解论，即所谓"人物品藻"。在这种理解论中，要理解的对象不是诗作所承载的一时一地之志，而是一个人的真实本质。言辞被视为人物秉性的外在表现，而对一个人的理解洞悉，是一个从外在身体特征及其言辞追溯其内在素质的过程。汉魏时期出现这种与传统观诗、读书迥异的人物理解论，无疑是刘劭诸人致力改革"察举"与"征辟"两种选拔人才方式的产物。这两种方式均以品德，尤其是孝行，为标准来衡量、选拔政府官员。但是由于品德鉴定极为主观，常常为人滥用而流弊丛生，故这一体制实施不久即蜕变成压制贤能、奖掖奸小的工具。有鉴于此，为了帮助国家发掘真正的人才，刘劭诸人殚精竭虑，制定了一套客观的、以内在素质与外在表现合为标准的人物品鉴规则。在其《人物志》第一章"九征"中，刘劭还提出了这种品评规则的哲学基础(见《理解论评选》§016)。

第二种理解论是刘勰(约465—约520或532)所独创的文学作品理解论。刘勰《文心雕龙·知音》(见《理解论评选》§018)是中国文学史最早和最有系统性的、以理解诗文为讨论对象的专论。这篇论文的总体框架显然受到了《人物志》的影响,因为刘勰认为"观文者披文以入情"(见《理解论评选》§018),也就是说可以通过观文进入文的背后,看到作者之情。这种可能源于人物品藻的观文理论显然是属于复原式。相较孟子的"以意逆志"之说,刘勰《知音》篇更加具体详尽,而且从正反两方面展开深入的论述。如果说孟子仅仅指出以文害辞、以辞害志的例子,刘勰则总结出阻碍人们正确理解文学作品的四大因素,分别是"贱同而思古""文人相轻""信伪迷真"以及"知多偏好"(见《理解论评选》§018)。刘勰认为这四点均是"文情难鉴"的罪魁祸首。即便如此,他仍乐观地表示正确认识和批评文学作品是可以做到的,这首先要做到"博观","凡操千曲而后晓声,观千剑而后识器"(见《理解论评选》§018),只有先博览群书才能在进行文学批评时做到"圆照"。其次要"平理若衡",即说对待文学作品要客观而不偏私。在这个基础上,他提出"先标六观":"一观位体,二观置辞,三观通变,四观奇正,五观事义,六观宫商。"(见《理解论评选》§018)这六观与《人物志》用以品鉴人物的"八观"颇为相似(见《理解论评选》§016),很可能是藉之以用于文学批评。刘勰的"六观"明显地展现了多层次结构分析的倾向。

另外,刘勰观文入情之说,也折射出六朝文人对"情"的新理解,即视之为作者内在精神旨趣,近乎英文里讲的 sensibility,

带有明显的审美特征。《人物志》建构由外而内的人物品鉴模式,已为观人入情说的兴起提供了理论基础。曹丕《典论·论文》讲"文以气为主"实际上要谈的是作者内在的性格和精神面貌。这里的"气"不是简单的生理概念,而是与思想、人的秉性有很大关系。所以说,每个人有独特的"气",这种文学作品的特点是不能通过血缘相传的,而是与作者在特定时代、地区生活经验有关系。这样一来,阅读就不能是脱离作者的活动了,而是要通过作品来感受作者的精神面貌,因此这种阅读模式无疑是一种复原式解诗法。不同的性格特征成为一种"体性",刘勰《知音》篇讲述得十分清晰,作者把自己的情感变成一篇文章,从情到文的过程就是写作(见《理解论评选》§018)。那么作为读者呢?那就是"披文以入情"(见《理解论评选》§018),此处的"情"是作者的情,可以说这是对孟子复原式解诗法的继承和发展。但这个理解的过程已经不是简单地寻找反映作者对社会政治现实态度之"志",而是要观察感受作品中所蕴藏的作者的精神世界。萧统《陶渊明集序》中说陶潜的作品"语时事则指而可想,论怀抱则旷而且真"(见《理解论评选》§017),这是说读到陶渊明论时事的诗作,就可以想象他是如何感受这些时事的,而"怀抱"所指并非是他某时、某地对某个事件的直接情感反应,而是讲他整个精神的状态。萧统说读其文之时"尚想其德,恨不同时"(见《理解论评选》§017),很明显是主张在阅读文本的时候,作者的人生或精神世界能够在他的脑海中浮现出来。

第一节　刘劭源于人物品藻的观文观诗法

刘劭(活跃于 200—240 年)《人物志》:

> 凡有血气者,莫不含元一以为质,禀阴阳以立性,体五行而著形。苟有形质,犹可即而求之。(*RWZ*, pp.31‑32)

此处刘劭将所有"有血气者"的生长发展过程规作"为质""立性""著形"三个阶段。依照对这三个阶段的分析,刘劭指出,与所有其他"有血气者"一样,人物的品鉴可以建立在完全客观的基础之上。

首先,他将人体的五种构成要素视为五行的征象:"木骨、金筋、火气、土肌、水血,五物之象也。五物之实,各有所济。"(《人物志》第一章)按照刘劭的理论,如果五行在其各自对应的人体成分中得到适当的分配,即可产生五种高尚的性格,谓弘毅、文理、贞固、勇敢、通微;这五种性格又构成儒家五种美德之基础:"弘毅也者,仁之质也。文理也者,礼之本也。贞固也者,信之基也。勇敢也者,义之决也。通微也者,智之原也。"(《人物志》第一章)

在建立起宇宙、人体、道德三者间的五种对应关系后,刘劭又将五种人体成分进一步扩充至九种体貌要素。他保留了前五种的"筋""骨""气",又后加了"神""精""色""仪""容""言"六种。他在下文解释了这九种体貌要素如何展示人的九种关键性格。

> 性之所尽,九质之征也。然则平陂之质在于神,明暗之实在于精,勇怯之势在于筋,强弱之植在于骨,躁静之决在于气,惨怿之情在于色,衰正之形在于仪,态度之动在于容,缓急之状在于言。(RWZ, p.43)

对刘劭而言,品鉴人物本质上是对九种体貌要素,或者说"九质"的考察。如果一个人的九质皆臻完美,则他必已具"纯粹之德",达到了圣人的境界("九征皆至,则纯粹之德也",刘劭《人物志》第一章);刘劭称这样的人为"兼才之人",应该被赋予治理国家的领袖责任。反之,如果九质中某一方面有不足者,则该人只是一个"偏杂之才"("九征有违,则偏杂之材也",刘劭《人物志》第一章),须综合其优劣强弱,授之以高低不等之职位。值得注意的是,刘劭认为"言"与其它八质一样,亦是一种生理成分:"心气之征,则声变是也。夫气合成声,声应律吕。有和平之声,有清畅之声,有回衍之声。"(《人物志》第一章)而将"言"与生理之"气"联系起来的做法,日后在曹丕的文学批评中也得以沿用。

通过这套逻辑,刘劭将宇宙与人体、生理与道德之间巧妙地联系起来,构筑了一个完备的三级人物品鉴体系。在这一体系中,因为五行与人体要素之间的对应,人的性格与行为被视为可预知的、客观的现象,故其客观性与分析性,不逊于古代任何其他研究人的性格与行为的理论体系。

刘劭的人物品鉴理论充分反映出汉代理论构建中追求大而备的时代特色,具有与董仲舒(前79—104)、王充(27—97)二人相同的强烈论辩色彩。董氏的理论描述了宇宙、人体、社会政治现象之间的感应关系,而王氏则研究了天象与骨相之间的对应关系[1]。不过,刘劭的理论远不像董、王二人的那样充满了宿命论味道:他既没有像董仲舒那样将人某些潜在特质的实现视为五行变化的必然结果,也没有像王充那样,认为上天赋予气之数量与质量预示了个人未来的命运;对刘劭来说,命运非关外在的骨相,他对人物性格的考察亦只着眼于人的道德行为,并以此来判断其是否适合某一职位。又,刘劭虽然像董仲舒那样,也试图在人体与道德之间寻找具体的对应关系,但他总是强调道德行为自身的能动,并以此来减弱这种对应的机械性。

> 八观者:一曰观其夺救,以明间杂;二曰观其感变,以审常度;三曰观其志质,以知其名;四曰观其所由,以辨依似;五曰观其爱敬,以知通塞;六曰观其情机,以辨恕惑;七曰观其所短,以知所长;八曰观其聪明,以知所达。(*RWZ*, pp.147 – 148)

在《人物志》第九章"八观"中,刘劭以其独特的构思,从实

---

[1] 见拙文 "The Multiple Vistas of *Ming* and Changing Visions of Life in the Works of Tao Qian," in *The Magnitude of Ming: Command, Allotment, and Fate in Chinese Culture*, pp.169 – 202, edited by Christopher Lupke. University of Hawaii Press, 2005.

际操作的角度,将其人物品鉴理论表现得更加灵活,也更加有效。除第二观外,其余七观均建立在多种相类或相对品行的互动之上。

第一,"观其夺救",考察善质如何为恶质所抑(夺),及恶质如何为善质所胜(救);第二,"观其感变",描述人在变化面前如何反应;第三,"观其志质",展示人的最佳品质(志质)如何在两种善质的相互促进间产生;第四,"观其所由",侧重讨论对虚伪表象的暴露,及对真实面目的揭示;第五,"观其爱敬",旨在探讨"爱"与"敬"两种善质之间所能达到的最大平衡点;第六,"观其情机",列出六种反映品德的情绪方面的倾向(情机);第七,"观其所短以知其长",探讨善恶二质间相互依赖的关系;第八,"观其聪明",探究智力在各种品德的形成过程中所起的重要作用。

由刘劭《人物志》,我们不仅可以清楚地观察到理解对象从《诗经》文本到人物品性的根本性转移,同时也能发现理解行为自身的质变。如前所述,赋诗与引诗是本质上相当主观的认知行为;无论是表演还是引诗,其目的不在于对诗的理解,而在于用诗来表达自己的,或揣测别人的意愿。即使孟子的"读诗"理论更加倾向对诗进行客观的解读,赋诗与引诗的巨大影响也未能被完全消除。作为第一个有影响力的"读诗"者,《毛诗序》的作者借还原史实之名,将解读变成一个讽喻式的说教行为。不同于上述诸人,刘劭坚持用客观、分析的态度来考察人物性格,几乎完全抛弃了此前缺乏凭据的主观臆测。

萧统(501—531)《陶渊明集序》:

有疑陶渊明诗。篇篇有酒,吾观其意不在酒,亦寄酒为迹者也。其文章不群,辞彩精拔,跌宕昭彰,独超众类,抑扬爽朗,莫之与京。横素波而傍流,干青云而直上。语时事则指而可想,论怀抱则旷而且真。加以贞志不休,安道苦节,不以躬耕为耻,不以无财为病。自非大贤笃志,与道污隆,孰能如此乎!

余素爱其文,不能释手,尚想其德,恨不同时。故加搜校,粗为区目。白璧微瑕,惟在《闲情》一赋,扬雄所谓劝百而讽一者,卒无讽谏,何足摇其笔端?惜哉!亡是可也!并粗点定其传,编之于录。

尝谓有能观渊明之文者,驰竞之情遣,鄙吝之意祛,贪夫可以廉,懦夫可以立,岂止仁义可蹈,抑乃爵禄可辞,不必傍游泰华,远求柱史。此亦有助于风教也。(QLW, juan 20, p.3067)

序文中萧统先道出自己对陶诗的理解:"有疑陶渊明之诗,篇篇有酒,吾观其意不在酒,亦寄酒为迹者也。"这个理解可以说是萧统以读者之意去复原作者陶潜之志的结果,而这个解释的过程源于自己对陶诗的热爱,终能循"知人论世"之途,了解陶潜其人之"贞志""安道苦节"与"怀抱"及其时之"时事",又从而得以明白陶诗"讽谏"之所在,得以弥补与陶潜"恨不同时"之遗憾。另外,萧统特别重视陶诗的教化意义,并较为侧重陶诗对读者个人情操与价值观的熏陶,这与前代学人同时看重诗歌对巩固治权的观念不同。而萧统对陶诗教化意义的阐明,来自于他个人消化陶诗内容后的感受,并不像汉代学者那样,经由《诗经》诗句与历史人物、事件或个别道德观念的类比来解诗。

第二节　刘勰诗文结构分析法

刘勰《知音》篇是古代文论中唯一以文学理解为主题的专论,提出了文学理解活动中的四不要和八要(博观、圆照、六观,见《理解论评选》§018)。仔细阅读此文,我们不断可以发现先前复原式观诗与观人传统中各种观点的痕迹。首先,其探索作者内心世界的做法,则似乎源于孟子"以意逆志"(见《理解论评选》§004)说;同孟子一样,刘勰也视阅读过程为单向的、由读者逆向推测作者本意的过程;他有关阅读带来审美快感的说法亦与季札、孔子评诗乐审美观如出一辙。观人传统的影响亦同样显著。刘勰的"六观"与刘劭的"八观"在名称上已明显相似。"六"与"八"还只是形似,而"观"则是方式上的相似,令人有神似之叹:刘劭在观人时由体貌透视到道德,刘勰则在观文中由文字透视到文情;尤为重要的是,在这种由外而内的透视过程中,刘勰与刘劭一样,不依赖主观之臆想,而依赖于对所观察对象客观的、循序渐进的分析。可以说,在对观察对象分析的条理性与缜密程度上,以及在对潜在组织规则的揭示上,刘勰的"六观"于刘劭的"八观"可谓一时瑜亮,难分轩轾。相信二刘这种"由外而内"的理解模式,与孔、孟从"知言"到"知人"的思想也有一定的承传关系。

刘勰文中所有重要观念均可溯源自观诗与观人传统,但是这并不说明刘勰思想中缺乏新意。作为一个文学批评家与思想家,刘勰的新意主要不表现在提出新的观念,而在于利用固有之观念以构建一个新的理论体系,能够将各种不同的解释方式和理论融合成一个全面的文学批评体系,绝非等闲之举;可以说,能像刘勰那样,以一篇短文的空间,系统地考察了从评论者的培养到评论效果等一系列关键理论问题的,在前既无古人,于后亦无来者。

刘勰(约465—约520或532)《文心雕龙·知音》:

知音其难哉!音实难知,知实难逢,逢其知音,千载其一乎!夫古来知音,多贱同而思古,所谓"日进前而不御,遥闻声而相思"也。昔《储说》始出,《子虚》初成,秦皇汉武,恨不同时。既同时矣,则韩囚而马轻,岂不明鉴同时之贱哉?至于班固、傅毅,文在伯仲,而固嗤毅云:"下笔不能自休。"及陈思论才,亦深排孔璋,敬礼请润色,叹以为美谈,季绪好诋诃,方之于田巴,意亦见矣。故魏文称"文人相轻",非虚谈也。至如君卿唇舌,而谬欲论文,乃称"史迁著书,咨东方朔";于是桓谭之徒,相顾嗤笑,彼实博徒,轻言负诮,况乎文士,可妄谈哉!故鉴照洞明,而贵古贱今者,二主是也;才实鸿懿,而崇己抑人者,班曹是也;学不逮文,而信伪迷真者,楼护是也:酱瓿之议,岂多叹哉!

夫麟凤与麏雉悬绝,珠玉与砾石超殊,白日垂其照,青眸写其形。然鲁臣以麟为麏,楚人以雉为凤,魏氏以夜光为怪石,宋客以燕砾为宝珠。形器易征,谬乃若是;文情难鉴,谁曰易分。

夫篇章杂沓,质文交加,知多偏好,人莫圆该。慷慨者逆声而击节,酝籍者见密而高蹈,浮慧者观绮而跃心,爱奇者闻诡而惊听。会己则嗟讽,异我则沮弃,各执一隅之解,欲拟万端之变;所谓"东向而望,不见西墙"也。

《知音》开篇,刘勰首先感慨文学解释之困难及有真知灼见者之难逢:"知音其难哉!音实难知,知实难逢,逢其知音,千载其一乎!"随后,刘勰告诫评文者要杜绝四种行为:第一,不要贵古而贱今,如始皇之囚韩非、汉武之轻相如;第二,不要崇己而抑人,如班固之嗤傅毅、曹植之排陈琳;第三,不要信伪而迷真,如楼护之谬传"史迁著书,咨东方朔";第四,不要让自己偏好之情致左右理性的判断。偏爱"慷慨""酝籍""浮慧""爱奇"四种情致的人,势必只懂得欣赏与此四类特质相符的文学作品,而对与之相异的则加以排斥。

凡操千曲而后晓声,观千剑而后识器;故圆照之象,务先博观。阅乔岳以形培塿,酌沧波以喻畎浍,无私于轻重,不偏于憎爱,然后能平理若衡,照辞如镜矣。是以将阅文情,先标六观:一观位体,二观置辞,三观通变,四观奇正,五观事义,六观宫商。斯术既形,则优劣见矣。

此段提出评文者应遵行的七件要务。第一"博观":"凡操千曲而后晓声,观千剑而后识器。故圆照之象,务先博观。""博观"实指文学批评的准备,而非实际的操作。刘勰认为,说文者应当浸润于文学作品中,以培养两种关键的素质,一为高雅之文学品味,一为客观之鉴赏态度——这两种素质有助于做到"平理若衡,照辞如镜"。这个准备工作充分完成之后,说文家就可以着手从事被刘勰称为"六观"的六种要务:"一观位体,二观置辞,三观通变,四观奇正,五观事义,六观宫商。斯术既形,则优劣见矣。"虽然"六观"涵盖了文学鉴赏的所有主要方面,但其各自的具体内容并非一目了然,因为刘勰仅仅提出"六观"的概念,却没有像刘劭那样逐个加以详尽的解释。

夫缀文者情动而辞发,观文者披文以入情,沿波讨源,虽幽必显。世远莫见其面,觇文辄见其心。岂成篇之足深,患识照之自浅耳。夫志在山水,琴表其情,况形之笔端,理将焉匿?故心之照理,譬目之照形,目瞭则形无不分,心敏则理无不达。然而俗监之迷者,深废浅售,此庄周之所以笑折杨,宋玉所以伤白雪也! 昔屈平有言:"文质疏内,众不知余之异采。"见异唯知音耳。扬雄自称"心好沈博绝丽之文",其事浮浅,亦可知矣。夫唯深识鉴奥,必欢然内怿,譬春台之熙众人,乐饵之止过客。盖闻兰为国香,服媚弥芬;书亦国华,玩泽方美;知音君子,其垂意焉。

赞曰:洪钟万钧,夔旷所定。良书盈箧,妙鉴乃订。流郑淫人,无或失听。独有此律,不谬蹊径。(*WXDLZ, juan* 10, pp.713–715)

刘勰在列举"六观"之后紧接着说:"夫缀文者情动而辞发。观文者披文以入情。"这句话为我们指出了揣摩六观具体内容的方向。既然说阅读过程是创作过程的反向活动,六观就可以理解为要从六个不同方面,以品评的姿态,沿着相反方向来再现创作过程。这样,刘勰对文学创作中一系列重大问题所作的详细阐述,无不可以归入六观的范畴之中:

接受过程 \ 创作过程	主要论题	有关篇章及句数
一观位体	风格 体裁 结构	体性第 27/23—62 定势第 30/35—70 熔裁第 32/7—44
二观置辞	内容语言	风骨第 28
	词句	熔裁第 32/49—72 章句第 34
	修辞	丽辞第 35 比兴第 36 夸饰第 37
	炼字	练字第 39
三观通变	作品与文学传统的关系	通变第 29
四观奇正	对立的风格标准	体性第 27 定势第 30
五观事义	典故	事类第 38
六观宫商	声律	声律第 33

从读者的角度来回顾上表第二栏中的论题,我们能够很容易地发现刘勰要求评论者在六观中分别考察什么,评价什么。

如上表所示,第一、二观同时涉及不同论题,显得相对复杂一些,而后四种观各自专注于一个论题,则直接得多。

刘勰认为,六观的功用有三种:第一,评论者能够克服时间与空间的障碍,而观察到远在异代的作者之文心。在包括《文心雕龙》在内的六朝文艺理论中,"心"不仅指作者用艺术手法表达的文情,而且也指表达创作过程中所显示的为文之心。由于六观反向再现了作者的创作过程,文学批评家自然就可探知作者文心之奥秘。第二,评论者可以观察到寓于文中的万物之理。因为如果作者笔端能够揭示此理,则读者必能在反向重建其创作过程时,同样感悟这一至理。第三,刘勰认为文学批评家在其评论过程中,能够获得极大的审美快感:"夫唯深识鉴奥,必欢然内怿。譬春台之熙众人,乐饵之止过客。"(《文心雕龙·知音》)为这三种益处,刘勰大力建议知音君子垂意于"观文"这一文艺评论活动。

刘勰以感慨知音难觅开篇,却以充满乐观的语气收尾:"沿波讨源,虽幽必显。世远莫见其面,觇文辄见其心。岂成篇之足深,患识照之自浅耳。夫志在山水,琴表其情,况形之笔端,理将焉匿?故心之照理,譬目之照形,目瞭则形无不分,心敏则理无不达。"

【第三章参考书目】

詹锳义证:《文心雕龙义证》,上海:上海古籍出版社,1994年。参有关《文心雕龙·知音》的注释,见第1853—1864页。

杨明刚著:《古代人文思潮与知音论的审美生成》,上海:上海人民出版社,2013年。参对知音篇的论述,见第246—251页。

缪俊杰著:《文心雕龙美学》,北京:人民文学出版社,1987年。参对知音篇细读,见第275—280页。

黄雁鸿:《才性论与魏晋思潮》,《中国文化研究》春之卷(2008年),第75—82页。

贾奋然:《论〈人物志〉"才性论"对〈文心雕龙〉的影响》,《中国文化研究》夏之卷(2009年),第132—138页。

李建中:《从品评文人到精析文心——汉魏六朝文艺心理学概述》,《社会科学研究》1991年第2期,第72—78页。

王运熙:《陆机、陶潜评价的历史变迁》,《东方丛刊》2008年第2期,第150—163页。

第四章 唐代：汉儒类比理解论的延续

隋朝统一后，受到李谔上书的启示，隋文帝下令文书里面不能用华丽的文辞，言"普诏天下，公私文翰，并宜实录"[1]。在这样的背景下，文学理解又回到了儒家诗教的传统。太宗时期，孔颖达是继承儒家解诗的集大成者。他的《毛诗正义》将《毛诗序》《毛传》和郑玄的笺注全部编辑在一起进行疏解。传，即对经文的解释；笺，是对经文和传更加详细的解释；疏，则更为详细，其遵循"疏不破注"，即在不违背《毛传》和《郑笺》的情况下，做一种综合的诠释，尤其是对《传》《笺》的一些缺漏、解释不足之处进行进一步说明。

孔颖达疏解《毛诗正义》是诗歌诠释史上的一大里程碑，从这以后，文学作品就开始按照这种模式进行注疏。唐代李善注萧统《昭明文选》就是一个例子。李善比孔颖达时代稍晚，主要活动于唐高宗时期。他注解《文选》的路数和孔颖达是极为吻合的，就是将文本中用到的言词引经据典一一罗列。实际上，

---

[1] ［唐］魏徵、［唐］令狐德棻：《隋书》卷六六，北京：中华书局，1973年，第1543页。

孔颖达、李善这种诠释的方法可以追溯到《毛传》，都是以训诂、释词为主，义理层面没有什么发挥。不过，在玄宗时期有五位大臣对李善《文选注》颇为不满，他们认为李善注支离破碎，只有对言词用语的解释，因此决定自己将诗义阐释补充上。宋人于是将他们六人的注解合订成《六臣注文选》，此"六臣"即唐代李善、吕延济、刘良、张铣、李周翰、吕向。

从六臣对《古诗十九首》的解读来看，五臣的注文与李善明显不同，他们继承《毛传》将自然物象加入政治含义的类比演绎法，其阐释十分穿凿附会。比如，对"青青河畔草，郁郁园中柳"句的解释，张铣曰："此喻人有盛才，事于暗主，故以妇人事夫之事托言之。言草柳者，当春盛时也。"（见《理解论评选》§019）从这简单的诗句解读出有才华的人怀才不遇的意思。而李善曰："郁郁，茂盛也。"他仅仅对诗句中关键的词进行解释，而没有武断地对诗义下结论（见《理解论评选》§019）。对比之下，五臣注仿效《毛传》的牵强比附可见一斑。不过，与《毛传》不同的是，五臣没有将《古诗十九首》与具体的政治事件联系在一起，这大概是由于《古诗十九首》的作者大多为无名氏，很难与具体的人或事件挂钩。

对于《咏怀》这种明确知道作者的诗歌文本，六臣的解读则又有不同。如对《咏怀》其一（夜中不能寐）篇，颜延年曰："嗣宗身仕乱朝，常恐离谤遇祸，因兹发咏，故每有忧生之嗟。虽志在刺讥，而文多隐避。百代之下，难以情测，故粗明大意，略其幽旨也。"（见《理解论评选》§020）颜延年是刘宋时期与谢灵运齐名的大文豪，他这里讲得十分清楚合理，也符合知人论世的思想,就是说他认为阮嗣宗表达的思想很含蓄、隐晦,因其"文多隐避"且时间比较久远,所以不能逐一与具体的事情挂钩进行解释,只能略知其大意。但五臣并不满足于此,他们一定要对每个意象进行诠释。如解释"夜中",吕延济说"喻昏乱",而解释"孤鸿",吕向则说"喻贤臣孤独在外",而解释"翔鸟",他又说"鸷鸟,好回飞,以比权臣在近侧,谓晋文王也"。可见,五臣注十分注重意象的类比解读,他们在发掘情感的背后往往跟着讥刺时政的解释,但对于阮籍《咏怀》,他们同样无法采用《毛传》那种附会的手法,将诗歌与阮籍生平具体事件联系在一起,只能比较抽象地联系到君臣关系。

　　唐代的意象类比解诗法体现出唐代仍然按照汉儒的思路解诗。在《诗经》的解释上,如孔颖达的《正义》,主要是对《毛序》《毛传》加以丰富,将类比理解理论发挥得淋漓尽致,并没有太多新的突破。在解释诗歌方面,虽然本部分所引的几段作者是否确为白居易、贾岛依然存疑,然而这几段仍然可以反映出唐人解诗的思路。下面所引旧题白居易所作的两段(见《理解论评选》§022、§023)是对汉人类比解读系统化的总结,尤其是在意象使用方面,即用什么意象可以表达什么道德上的意义,将道德观念和具体意象的比喻关系固定化,加以系统编目列举。当然汉人所用的意象往往是和具体事例相互联系,这里则是用意象或较为典型的场景来表达不同的道德意义,并将天地、山河、草木、鱼虫等意象称为外意,与其类比的道德则称为内意,强调内外意的相辅相成。无独有偶,同时期的贾岛、徐寅等人同样采用这种内外一体的意象类比解诗法,总结出一系列意象与道德人伦对应的关系链。

在这种将意象进行政治解读的基础上，白居易《金针诗格》把类似五臣注《文选》的解诗法梳理出来，编成一个指导诗歌创作的小册子。其中类似"日月比君后，龙比君位，雨露比君恩泽，雷霆比君威刑"（见《理解论评选》§023），把具体物象赋予的政治意义总结出来，并将这种诠诗的方法转变成一个创作指南。贾岛《二南密旨·论引古证用物象》也是如此："天地、日月、夫妇，君臣也，明暗以体判用。"（见《理解论评选》§024）中晚唐时期的这些诗格作品表明，当时的作诗者看到这些意象已经能够自然联系到政治意味。正由于诗人们已经处于这样一个思维范式之中，便总会在自己的诗歌创作中与政治价值体系进行一种潜意识的对话。

在这种诠释学实践的影响下，徐夤等人提出了"内意"和"外意"的两个概念，以"意"来总结意象的分类，他认为"意"有内外之别，徐夤《雅道机要·明意包内外》言："内外之意，诗之最密也。苟失其辙，则如人去足，如车去轮，其何以行之哉？赠人。外意须言前人德业，内意须言皇道明时。诗曰：'夜闲同象寂，昼定为吾开。'送人。外意须言离别，内意须言进退之道。"（见《理解论评选》§026）"外意"即诗歌文本的直接意义，就是感官对物象的反映，如"离别"，是具体的个人体验。而"内意"是文本所类比的道德含义，就是牵强附会地与社会道德政治联系在一起。这里对意象的归类应该是为作诗手册而编写的，用以指导学子写诗。这类意象和道德意义的分类目录，并没有太多强调诗作与具体历史事件的关系，这一点与汉代的类比方式较为不同。徐氏虽然认为"内意"更重要,但还是注重"外意"的审美感受。这种"内外意"的提出无形中也提示了诗歌创作者,要内外意兼得、温柔含蓄。"内意"与"外意"的观点在后来得到宋人梅尧臣的使用与引申,梅尧臣《续金针诗格·诗有内外意》云:"内意欲尽其理,外意欲尽其象,内外含蓄,方入诗格。"(见《理解论评选》§029)内意是表达一种价值、概念,其表达须得含蓄不露,这是继承了传统的诗教"温柔敦厚"。由此,他就将内外意统一起来,最理想的诗歌创作是两者融为一体,即道德阐发和艺术审美的相融。

第一节　汉儒解诗法在《文选注》等中的承继和发展

《文选注》各版本注释的差异反映了唐代诠释诗歌方法的演变,今存《文选注》常见为六臣注本,指的是李善注和五臣注(吕延济、刘良、张铣、吕向、李周翰)的合注本,今人虽对李善版本评价更高,但实际上,五臣注因简单易明的特点在科举方面更实用,于唐代更受重视。两者解诗的方法相异却互补。对五臣而言,他们更着重分析诗歌意象的寓意,多以文本自身为基础诠释原文,少有引典佐证,五臣注释情诗时,倾向套入牵强附会的政治解读,在《古诗十九首》其二"青青河畔草"及《古诗十九首》其十"迢迢牵牛星",五臣认为两诗均以妇喻臣,以夫喻君,诗义由男女之情转变为君臣之义,由此忽略了诗歌抒情的传统。总体而言,五臣注更接近《毛序》断章取义进行类比理解，强调诗歌政治用途的解读方式，其中张铣、刘良二人的注解比例相对更高，二人的诠释较其余三人而言更接近《毛序》的理解方式，例如阮籍《咏怀》其一"夜中不能寐"（见《理解论评选》§ 020）。

但不同之处在于，《毛序》直接将《诗》与历史事件联系起来，而五臣注在解读阮籍和曹植的诗歌时，并没有强行将诗歌对应历史事件或作者背景，可见五臣注比《毛序》更尊重文本内容。相比之下，李善注更少直接解读诗歌寓意，多为征引诗文或史传探究典故出处，在部分注释当中，李善虽将道德政治和诗歌意象联系起来，却能举出典故原文为论据，可信度更高，这种新的注释方法为读者保留更多解读空间，尊重诗歌原有的抒情功能，并未为情诗强行附上政教意味。

《六臣注文选·古诗十九首》：

【其二】青青河畔草，郁郁园中柳。善曰：郁郁，茂盛也。铣曰：此喻人有盛才，事于暗主，故以妇人事夫之事托言之。言草柳者，当春盛时也。盈盈楼上女，皎皎当窗牖。善曰：草生河畔，柳茂园中，以喻美人当窗牖也。《广雅》曰："嬴，容也。"盈，与嬴同，古字通。向曰：盈盈，不得志貌。皎皎，明也。楼上，言居危苦。当窗牖，言潜隐伺明时也。娥娥红粉妆五臣作装，纤纤出素手。善曰：《方言》曰："秦晋之间，美貌谓之娥。"《韩诗》曰："纤纤女手，可以缝裳。"薛君曰："纤纤，女手之貌。"毛苌曰："掺掺，犹纤纤也。"翰曰：娥娥，美貌。纤纤，细貌。皆喻贤人盛才也。昔为倡家女，今为荡子妇。善曰：《史记》曰："赵王迁，母倡也。"《说文》曰："倡，乐也。"谓作妓者。济曰：

昔为倡家女,谓有伎艺未用时也。今为荡子妇,言今事君好劳人征役也。妇人比夫为荡子,言夫从征役也。臣之事君,亦如女之事夫,故比而言之。荡子行不归,空床难独守。善曰:《列子》曰:"有人去乡土游于四方而不归者,世谓之为狂荡之人也。"翰曰:言君好为征役不止,虽有忠谏,终不见从,难以独守其志。(LCZWX, juan 29, pp.1-2)

【其五】西北有高楼,上与浮云齐。善曰:此篇明高才之人仕宦未达,知人者稀也。翰曰:此诗喻君暗,而贤臣之言不用。西北,乾地,君位也。高楼,言居高位也。浮云齐,言高也。交疏结绮窗,阿阁三重阶。善曰:薛综《西京赋注》曰:"疏,刻穿之也。"《说文》曰:"绮,文缯也。"此刻镂以象之。《尚书中候》曰:"昔黄帝轩辕,凤皇巢阿阁。"《周书》曰:"明堂咸有四阿。"然则阁有四阿,谓之阿阁。郑玄《周礼注》曰:"四阿,若今四注者也。"薛综《西京赋注》曰:"殿前三阶也。"良曰:交通而结镂文绮,以为窗也。疏,通也。阿阁,重阁也。上有弦歌声,音响一何悲。善曰:《论语》曰:"子游为武城宰,闻弦歌之声。"《说苑》:应侯曰:"今日之琴一何悲也。"铣曰:言楼上有弦歌亡国之音,一何悲也。谓不用贤,近不肖,而国将危亡,故悲之也。谁能为此曲? 无乃杞梁妻。善曰:《琴操》曰:"《杞梁妻叹》者,齐邑杞梁殖之妻所作也。殖死,妻叹曰:'上则无父,中则无夫,下则无子,将何以立吾节? 亦死而已。'援琴而鼓之,曲终,遂自投淄水而死。"济曰:既不用直臣之谏,谁能为此曲? 贤臣乃如杞梁妻之悼叹矣。昔杞梁妻叹曰:"上无父,中无夫,下无子,何以更生?"援琴鼓之,赴水而死也。清商随风发,中曲正徘徊。善曰:宋玉《笛赋》曰:"吟清商,追流征。"翰曰:清商,秋声也。秋物皆哀,以比君德衰,随此风起。徘徊,志不安也。一弹再三叹,慷慨有余哀。善曰:《说文》曰:"叹,太息也。"又曰:"慷慨,壮士不得志于心也。"不惜歌者苦,但伤知音稀。善曰:贾逵《国语注》曰:"惜,痛也。"孔安国《论语注》曰:"稀,少也。"向曰:不惜歌者苦,谓臣不惜忠谏之苦,但伤君王不知也。愿为双鸣鹄五臣作鸿鹄,奋翅起高飞。善曰:《楚辞》曰:"将奋翼兮高飞。"《广雅》曰:"高,远也。"良曰:君既不用计,不听言,不忍见此危亡,愿为此鸟,高飞于四海也。(LCZWX, juan 29, pp.3-4)

【其十】迢迢牵牛星,皎皎河汉女。善曰:《毛诗》曰:"睆彼牵牛,不以服箱。"又曰:"维天有汉,监亦有光。跂彼织女,终日七襄。虽则七襄,不成报章。"毛苌曰:"河汉,天河也。"济曰:牵牛、织女星,夫妇道也,常阻河汉,不得相亲。此以夫喻君,妇喻臣。言臣有才能,不得事君,而为谗邪所隔,亦如织女阻其欢情也。迢迢,远貌。皎皎,明貌。纤纤擢素手,札札弄机杼。善曰:《韩诗》曰:"纤纤,女手,可以缝裳。"薛君曰:"纤纤,女手之貌。"铣曰:纤纤擢素手,喻有礼仪节度也。札札弄机杼,喻进德修业也。擢,举也。札札,机杼声。终日不成章,泣涕零如雨。善曰:《毛诗》曰:"不成报章。"又曰:"瞻望弗及,泣涕如雨。"向曰:终日不成章,喻臣能进德修业,有文章之学,不为君所见知,不用于时,与不成何异也。泣涕,谓悲王室微弱,朝多邪臣,恐国之亡也。河汉清且浅,相去复几许。盈盈一水间,脉脉莫白切,五臣作眽眽不得语。善曰:《尔雅》曰:"脉,相视也。"郭璞曰:"脉脉,谓相视貌也。"良曰:河汉清且浅,喻近也,能相去几何也。盈盈,端丽貌。眽眽,自矜持貌。喻端丽之女在一水之间,而自矜持,不得交语,亦犹才明之臣与君阻隔,不得启沃也。(LCZWX, juan 29, p.6)

五臣注文选受到《毛诗》注的影响,继承其解读诗歌之风格,常于诗歌首句处定其幽旨。在对古诗十九首的解读中,五臣的绝大多数说法略显穿凿。在几乎没有依据的情况下，五臣笼统地将《青青河畔草》《西北有高楼》《迢迢牵牛星》三首诗断定为伤贤臣不为君王接纳之咏叹。譬如李周翰将"荡子行不归"理解成君王穷兵黩武。这缺乏有力的证据支持，更像是李公为效仿毛诗注"美刺"之风而附会谈之。此外，五臣注《文选》与《毛诗》注亦有显著差异。五臣在解读古诗十九首时，并未效仿毛诗，将文本与具体的历史人物和政治事件勾连，而更偏向于描述成模糊抽象的定义，可见五臣之解诗对毛公之解经有所扬弃。

　　本部分参考书目中所列当代学者的研究也有相似的观点——江庆柏于《〈文选〉五臣注平议》中如是评价五臣之解："由于传统诗教说的影响，牵强附会之处不能完全避免。"仲瑶在论文《〈文选〉五臣注的"王张"及其经学阐释思维和注解方式》中阐述："最能体现这种'微言大义'的是五臣对《古诗十九首》的注释。按十九首大抵为男女相思阔绝之篇，至五臣则皆引向美刺之义，如此曲意弥缝，可谓煞费苦心！"而钱志熙《论〈文选〉〈咏怀〉十七首注与阮诗解释的历史演变》则认为五臣解诗不仅穿凿比附，且在解阮籍《咏怀》十七首时常常将诗歌与历史事件联系："五臣的许多说法虽每被后世援引，但穿凿胶执之弊，实极明显。五臣之注《咏怀》，每于文外撷取片断史实，以为阮诗之各种意象，即为各种史实的符号与密码，这显然不符合诗歌的创作特点，尤其是不符合汉魏诗的艺术特点。"所以，五臣在解诗时所犯的穿凿附会之误，几乎成为人们的共识。

　　《六臣注文选》阮籍《咏怀诗》：

咏怀诗十七首　　五言。颜延年曰：说者阮籍在晋文代，常虑祸患，故发此咏耳。

阮嗣宗善曰：臧荣绪《晋书》云："阮籍，字嗣宗，陈留尉氏人。容貌瑰杰，志气宏放，蒋济辟为掾，后谢病去，为尚书郎，迁步兵校尉。"籍属文，初不苦思，率尔便作，成《陈留》八十余篇，此独取十七首。咏怀者，谓人情怀。籍于魏末晋文之代，常虑祸患及己，故有此诗，多刺时人无故旧之情，逐势利而已。观其体趣，实谓幽深，非夫作者，不能探测之。向注同。

【其一】夜中不能寐，起坐弹鸣琴。济曰：夜中，喻昏乱。不能寐，言忧也。弹琴，欲以自慰其心。薄帷鉴明月，清风吹我衿。善曰：《广雅》曰："鉴，照也。"铣曰：帷，帐；鉴，照也。孤鸿号外野，翔善本作朔鸟鸣北林。善曰：《广雅》曰："号，鸣也。"向曰：孤鸿，喻贤臣孤独在外。号，痛声也。翔鸟，鸷鸟，好回飞，以比权臣在近侧，谓晋文王也。徘徊将何见？忧思独伤心。善曰：嗣宗身仕乱朝，常恐罹谤遇祸，因兹发咏，故每有忧生之嗟。虽志在刺讥，而文多隐避，百代之下，难以情测，故粗明大意，略其幽旨也。翰曰：由此而忧思。（*LCZWX*, juan 23, p.1）

唐初的李善注和玄宗朝的五臣注，都一定程度上继承了《毛诗》的解诗体例：总纲在前，分解在后。并且在具体注解五言诗的内容上，也可见对《毛诗》注解《诗经》以己意逆志、联系政事等道德解诗手法的继承。李善注和五臣注都尝试寻找创作背景，比起李善博采众家的训诂疏通，五臣则执着于寻找具体本事以解释阮籍咏怀诗中的忧思和其身处的晋篡魏的时代政治生态，相较之下更多地受到《毛诗》解诗的影响。

李善多以解释词语、典故出处、训诂引文为主，多引事而不说意义。偶尔也会继承其所引用的沈约注释风格,串讲疏通诗句意思,更兼类比解诗,手法灵活,对于诗句的解释也多是基于诗句本身所反映的情感,而不会像五臣注,几乎总是将这种情感牵强附会地认为是时政的反映。吕延济、刘良、张铣、吕向、李周翰的五臣注,对于诗句的解释或归作抒情或归作讽刺,但往往注重讽刺的一面,即使发掘情感,背后也往往跟着讥刺时政的解释,所以对此种解诗方法的坚持,在阮籍咏怀诗这里,有时便流于附会。

咏怀第一首的六臣注释,颇有"开宗明义"的用意,让人联想到毛诗《关雎》的注解。吕延济将原诗中的"夜中"比喻为"昏乱",明显和后文"忧思"的注解相连,合并指向阮籍政治失意、因朝政黑暗而压抑的内心。李善本三处注释,两处引自《广雅》释词,"忧思独伤心"注释,认为阮籍的确通过本诗寄托了某些"忧思"。这也点明了后人解释阮诗时利用解诗"空间"之原因:朦胧的意境、自然意象引发的多元联想,其情旨所在,自然见仁见智。其实这一引注,也表达了李善本身对于阮籍咏怀诗意有所指的看法,和五臣的相去不远,或许只存在程度上的差别,在传统解诗方法占据主流的时代,这两种注本可看作互为补充的两版。

【其三】嘉树下成蹊,东园桃与李。秋风吹飞藿,零落从此始。颜延年曰:《左传》季孙氏有嘉树。沈约曰:风吹飞藿之时,盖桃李零落之日,华实既尽,柯叶又雕,无复一毫可悦。善曰:班固《汉书·李广赞》曰:"谚曰:'桃李不言,下自成蹊。'"《说文》曰:"藿,豆之叶也。"《楚辞》曰："惟草木之零落。"济曰：嘉，美也。蹊，道也。藿，犹叶也。言及秋风而零落也。言晋当魏盛时则尽忠，及微弱则陵之，使魏室零落，自此始也。**繁华有憔悴，堂上生荆杞。**善曰：言无常也。《文子》曰："有荣华者，必有愁悴。"班固《答宾戏》曰："朝为荣华，夕为憔悴。"《山海经》曰："零夕之山，下为荆杞。"郭璞曰："杞，枸杞。"铣曰：荆杞，喻奸臣。言因魏室陵迟，奸臣是生。奸臣，则晋文王也。**驱马舍五臣作舍字之去，去上西山趾。**善曰：西山，夷、齐所居，言欲从之，以避世祸。铣曰：西山，伯夷、叔齐隐处也。趾，山足也。言晋无始终，不及夷、齐，故上西山也。**一身不自保，何况恋妻子？**沈约曰：荣悴去就，此人本无保身之术，况复妻子者乎？向曰：言遇此时，不可相保。**凝霜被野草，岁暮亦云已。**沈约曰：岁暮风霜之时，徒然而已耳。善曰：繁霜已凝，岁亦暮止，野草残悴，身亦当然。《楚辞》曰："漱凝霜之纷纷。"《字书》曰："凝，冰坚也。"《毛诗》曰："岁聿云暮。"《苍颉篇》曰："已，毕也。"向曰：已，尽也。言霜凝岁暮，野草当尽，我值今日，身亦固然。此乃籍忧生之词也。（LCZWX, juan 23, pp. 2-3）

这一首注解彰显出李善隔靴搔痒式的模糊解释和五臣在清晰对应史事、比附政治的分歧。吕延济和张铣将秋风、荆杞意象分别认为是比喻晋遇强则弱、乘人之危的阴险和朝堂当道的奸臣（即司马氏）。喜欢将政治讽喻附会到诗句这点也见诸五臣对其他咏怀诗的分析，而李善则认为这些自然意象并没有非常清楚的指向，甚至在秋风的意象上没有明确表明他的观点是偏向于单纯的景色描写、别有用意的起兴、还是寓意最深的讽刺，他仅仅引述了沈约的"徒然而已"，提示了阮籍自身遭际和秋日萧索的相似性。

【其十一】灼灼西颓善本作隤日,余光照我衣。善曰:《楚词》曰:"日杳杳而西颓。"回风吹四壁,寒鸟相因依。铣曰:颓日,喻魏也。尚有余德及人。回风,喻晋武。四壁,喻大臣。寒鸟,喻小臣也。周周尚衔羽,蛩蛩亦念饥。善曰:《韩子》曰:"鸟有周周者,首重而屈尾,将欲饮于河,则必颠,乃衔羽而饮。今人之所有饮不足者,不可以不索其羽矣。"《尔雅》曰:"西方有比肩兽焉,与邛邛岠虚比,为邛邛岠虚啮甘草;即有难,邛邛岠虚负而走,其名谓之蟨。"郭璞曰:"蟨音厥。"向曰:周周、蛩蛩,同善注,以喻君臣相须而济,有晋不如于此。如何当路子,磬折忘所归?岂为夸苦瓜誉五臣作与名,憔悴使心悲。沈约曰:天寒,即飞鸟走兽尚知相依,周周衔羽以免颠仆,蛩蛩负蟨以美草,而当路者知进趋不念暮归,所安为者,惟夸誉名,故致憔悴而心悲也。善曰:《孟子》:公孙丑问曰:"夫子当路于齐,管、晏之功可复许乎?"綦母邃曰:"当仕路也。"《尚书大传》曰:"诸侯来受命,周公莫不磬折。"磬,乐器,其形典折。《吕氏春秋》曰:"古之人有不肯富贵者,由重生故也,非夸以名也,为其实也。"司马彪《庄子注》曰:"夸,虚名也。"郑玄《礼记注》曰:"名,令闻也。"翰:当路子,喻大臣也。皆磬折曲从,以媚晋氏,而忘致君之道。良曰:此人皆夸大与名誉,而致身趋附之地,使我憔悴而心悲。宁与燕雀翔,不随黄鹄飞。黄鹄游四海,中路将安归?沈约曰:若斯人者,不念己之矩翮,不随燕雀为侣,而欲与黄鹄比游。黄鹄一举冲天,翱翔四海,矩翮追而不逮,将安归乎?为其计者,宜与燕雀相随,不宜与黄鹄齐举。善曰:《汉书》:息夫躬《绝命辞》曰:"玄云决郁将安归。"济曰:燕雀,喻奸佞。黄鹄,喻贤才。言世人宁与奸佞相济,其要安于爵禄,不能与贤才尽力于君,而受其黜退也。(XJDLJZWX, vol.23, pp.1422-1423)

"宁与燕雀翔,不随黄鹄飞"一句的解释,李善和五臣的注解出现了完全相反的分歧。诗句中隐去的主语,是句子的主角,然而正是隐去的主语给注释提供了分歧的可能:黄鹄,李善引沈约注解释为志存高远的君子贤臣,宜与黄鹄为伍,燕雀则是短视的世俗群体,是被诗人鄙视的;他认为这句诗所指的人物应该如同阮籍具有贤能,不顾念自己是一直仰望空中的黄鹄,欲一飞冲天而不归。此句的五臣注出自吕延济,他虽同样将燕雀释为奸佞,黄鹄释为贤才,但这句诗的主语则被认为是歧路口已做出抉择的世人,宁愿短视与小人为伍而不愿志存高远,冒险跟随"黄鹄游四海"。五臣更倾向于将此句解释为指涉现实,而李善的立场应和其所引的沈约相似,更加偏向一种人生信条的展示与规劝。

第二节 白居易等人的意象类比解诗法

孔颖达的《毛诗正义》通过丰富《毛序》《毛传》《郑笺》的阐释,已将类比的解释理论发挥到极致。而从白居易开始,唐人纷纷将类比解《诗》的思维运用于诗歌批评,总结出一系列意象与道德政治指义的组合,使"用什么意象表达什么道德意义"的问题被归纳得清楚明白,乃至形成一种约定俗成的传统模式,成为诗格文献的组成部分,从而具有创作层面的指导意义。他们还将天地、日月、山川、夫妇、草木鱼虫等意象统归为"外意"的范畴,而这些意象背后所指的道德政治内涵则构成诗的"内意",强调内意与外意的相生相成。白居易、贾岛、释虚中、徐夤等人有关意象与道德政治关系的论述有由简至繁、由浅入深的发展。

孔颖达(574—648)《毛诗正义》：

> 正义曰：……"雎鸠，王雎也"，《释鸟》文。郭璞曰："雕类也。今江东呼之为鹗，好在江边沚中，亦食鱼。"陆机疏云："雎鸠，大小如鸱，深目，目上骨露，幽州人谓之鹫。而扬雄、许慎皆曰白鷢，似鹰，尾上白。"定本云"鸟挚而有别"，谓鸟中雌雄情意至厚而犹能有别，故以兴后妃说乐君子情深，犹能不淫其色。传为"挚"字，实取至义，故笺云"挚之言至，王雎之鸟，雄雌情意至然而有别"，所以申成毛传也。俗本云："雎鸠，王雎之鸟"者，误也。"水中可居者曰洲"，《释水》文也。李巡曰："四方皆有水，中央独可居。"《释水》又曰"小洲曰渚"，"小渚曰沚"，"小沚曰坻"。"江有渚"，传曰："渚，小洲也。"《蒹葭》传、《谷风》笺并云"小渚曰沚"，皆依《尔雅》为说也。《采蘩》传曰："沚，渚。"《凫鹥》传曰："渚，沚。"互言以晓人也。《蒹葭》传文云："坻，小渚也。"不言小沚者，沚、渚大小异名耳，坻亦小于渚，故举渚以言之。和谐者，心中和悦，志意谐适，每事皆然，故云"无不和谐"。又解以"在河之洲"为喻之意，言后妃虽悦乐君子，不淫其色，能谨慎贞固，居在幽闲深宫之内，不妄淫亵君子，若雎鸠之有别，故以兴焉。后妃之德能如是，然后可以风化天下，使夫妇有别。夫妇有别，则性纯子孝，故能父子亲也，孝子为臣必忠，故父子亲则君臣敬。君臣既敬，则朝廷自然严正。朝廷既正，则天下无犯非礼，

故王化得成也。(*MSZY*, juan 1, p.273)

孔颖达把"雎鸠"及"河之洲"这两个意象与道德伦理观念进行类比。前者承郑玄之说,类比为"后妃说乐君子情深,犹能不淫其色",而后者则类比为"能谨慎贞固,居在幽闲深宫之内,不妄淫亵君子",同时可与"雎鸠"意象的类比互相支持与呼应。以上意象的类比均可达到阐发《毛传》《郑笺》诠释的目的。

白居易(772—846)《金针诗格·诗有内外意》:

> 一曰内意,欲尽其理。理,谓义理之理,美、刺、箴、诲之类是也。二曰外意,欲尽其象。象,谓物象之象,日月、山河、虫鱼、草木之类是也。内外含蓄,方入诗格。(*QTWDSGHK*, pp.351-352)

白居易对"内意"与"外意"的区分:视"内意"为"理";"外意"为"象","内外含蓄,方入诗格",意味着外在意象与内在义理相辅相成,下文所引徐寅之说继承了此观点。两者相异之处请参看下文对徐说的评论。

白居易《金针诗格·诗有物象比》:

> 日月比君后。龙比君位。雨露比君恩泽。雷霆比君威刑。山河比君邦国。阴阳比君臣。金石比忠烈。松柏比节义。鸾凤比君子。燕雀比小人。虫鱼草木,各以其类之大小轻重比之。(*QTWDSGHK*, p.359)

这里列举了一系列古典诗歌中的意象比类传统,自然万物因其内外特性而被古人类比于各种人伦关系、情感事理,并随着约定俗成,逐渐成为一种作诗、解诗的思维传统。白居易可谓对意象类比解诗方式进行了理论的总结,将道德观念和具体意象固定的比喻关系加以系统列举,于是,用什么意象表达什么道德政治上的意义可谓一目了然。

贾岛(779—843)《二南密旨》:

> 四时物象节候者,诗家之血脉也。比讽君臣之化深。《毛诗》曰:"殷其雷,在南山之阳。"雷,比教令也。"他山之石,可以攻玉。"此贤人他适之比也。陶潜《咏贫士》诗:"万族各有托,孤云独无依。"以孤云比贫士也。以上例多,不能广引,作者自可三隅反也。(QTWDSGHK, p.379)

> 天地、日月、夫妇,君臣也,明暗以体判用。钟声,国中用武,变此正声也。石磬,贤人声价变,忠臣欲死矣。琴瑟,贤人志气也,又比廉能声价也。九衢、道路,此喻皇道也。笙箫、管笛,男女思时会,变国正声也。同志、知己、故人、乡友、友人,皆比贤人,亦比君臣也。舟楫、桥梁,比上宰,又比携进之人,亦皇道通达也。馨香,此喻君子佳誉也。兰蕙,此喻有德才艺之士也。金玉、珍珠、宝玉、琼瑰,此喻仁义光华也。飘风、苦雨、霜雹、波涛,此比国令,又比佞臣也。水深、石磴、石径、怪石,此喻小人当路也。幽石、好石,此喻君子之志也。岩岭、岗树、巢木、孤峰、高峰,此喻贤臣位也。山影、山色、山光,此喻君子之德也。乱峰、

乱云、寒云、翳云、碧云,此喻佞臣得志也。黄云、黄雾,此喻兵革也。白云、孤云、孤烟,此喻贤人也。涧云、谷云,此喻贤人在野也。云影、云色、云气,此喻贤人才艺也。烟浪、野烧、重雾,此喻兵革也。江湖,此喻国也,清澄为明,混浊为暗也。荆棘、蜂蝶,此喻小人也。池井、寺院、宫观,此乃喻国位也。楼台、殿阁,此喻君臣名位,消息而用之也。红尘、惊埃、尘世,此喻兵革乱世也。故乡、故国、家山、乡关,此喻廊庙也。松竹、桧柏,此贤人志义也。松声、竹韵,此喻贤人声偿也。松阴、竹阴,此喻贤人德荫也。岩松、溪竹,此喻贤人在野也。鹭、鹤、鸾、鸡,此喻君子也。百草、苔、莎,此喻百姓众多也。百鸟,取贵贱,比君子、小人也。鸳鸿,比朝列也。泉声、溪声,此贤人清高之誉也。他山、他林、乡国,比外国也。笔砚、竹竿、桂楫、桨、棹、橹,比君子筹策也。黄叶、落叶、败叶,比小人也。灯、孤灯,比贤人在乱,而其道明也。积阴、冻雪,比阴谋事起也。片云、晴霭、残雾、残霞、蟢蛛,此比佞臣也。木落,比君子道清也。竹杖、藜杖,比贤人筹策也。猿吟,比君子失志也。(QTWDSGHK, pp.379－381)

这里列举的是意象群,而不是以上白居易条目的单独意象。贾岛几乎将所有常用意象套上道德寓言式的解释。文中提及的意象,并不限于自然景物。即如"夫妇"与"君臣"均为人伦关系之一种,但两者之间仍可构成一个类比关系。又,除了视觉上的意象可作类比,听觉上的意象同样可以,如"钟声"及

"笙箫、管笛"便可跟"正声"类比,而"猿吟"可以类比为"君子失志"等;嗅觉方面,则有"馨香"类比为"佳誉"等。另外,意象与其类比对象也不一定只有一种单一的关系存在,如"飘风、苦雨、霜雹、波涛",既可与褒义的"国令"类比,也可类比为带有贬义的"佞臣",相信这种多元关系跟作品的不同语境有莫大关系。

释虚中(晚唐)《流类手鉴·物象流类》:

> 巡狩,明帝王行也。日午、春日,比圣明也。残阳、落日,比乱国也。昼,比明时也。夜,比暗时也。春风、和风、雨露,比君恩也。朔风、霜霰,比君失德也。秋风、秋霜,比肃杀也。雷电,比威令也。霹雳,比不时暴令也。寺宇、河海、川泽、山岳,比于国也。楼台、林木,比上位也。九衢、岐路,比王道也。红尘、熊罴,比武兵帅也。井田、岸涯,比基业也。桥梁、枕簟,比近臣也。舟楫、孤峰,比上宰也。故园、故国,比廊庙也。百花,比百僚也。梧桐,比大位也。圆月、麒麟、鸳鸯,比良臣、君子也。獬豸,比谏臣也。浮云、残月、烟雾,比佞臣也。琴、钟、磬,比美价也。鼓角,比君令也。更漏,比运数也。蝉、子规、猿,比怨士也。罾网,比法密也。金石、松竹、嘉鱼,比贤人也。孤云、白鹤,比贞士也。鸿雁,比孤进也。野花,比未得时君子也。故人,比上贤。夫妻、父子,比君臣也。檽窗、帏幕,比良善人也。蛇鼠、燕雀、荆榛,比小人也。蛮、蟋蛄,比知时小人也。羊、犬,比小物也。柳絮、新柳,比经纶也。犀象、狂风、波

涛,比恶人也。锁,比愚人也。匙,比智人也。百草,比万民也。苔藓,比古道也。珪璋、书籍,比有德也。虹蜺,比妖媚也。炎毒、苦热,比酷罚也。西风、商雨,比兵也。丝萝、兔丝,比依附也。僧道、烟霞,比高尚也。金,比义与决烈也。木,比仁与慈也。火,比礼与明也。水,比智与君政也。土,比信与长生也。(QTWDSGHK, pp.418-419)

虚中的论述十分详细,说明五行的意象跟甚么道德观念相类比。他论述的意象以自然界的生物、植物、现象和人类关系为主,不过也偶有列举人类日常生活所利用的器物,如"锁""匙"等。虚中对自然现象意象的政治道德类比,更是比贾岛来得丰富,时政状况、朝廷体制、君臣关系、人物善恶等方方面面,无不在物象的寓言编码之列。在他的编码系统中,意象与其类比对象之间的关系都是单一的。

徐夤(活跃于晚唐五代之际)《雅道机要·明意包内外》:

内外之意,诗之最密也。苟失其辙,则如人去足,如车去轮,其何以行之哉?

赠人。外意须言前人德业,内意须言皇道明时。诗曰:"夜闲同象寂,昼定为吾开。"

送人。外意须言离别,内意须言进退之道。诗曰:"遥山来暮雨,别浦去孤舟。"

题牡丹。外意须言美艳香盛,内意须言君子时会。诗曰:"开处百花应有愧,盛时群眼恨无言。"

花落。外意须言风雨之象,内意须言正风将变。诗曰:"不能延数日,开即是春风。"

鹧鸪。外意须明飞自在,内意须言小得失。诗曰:"雨昏青草湖边过,花落黄陵庙里啼。"

闻蝉。外意须言音韵悠扬,幽人起兴;内意须言国风芜秽,贤人思退之故。诗曰:"斜阳当古道,久客独踟蹰。"(QTWDSGHK, pp.438-439)

徐氏跟白居易对"内意"与"外意"的理解有很大的区别。如果说白居易把孤立、静态的景物看成"外意"的象,徐氏所讲的"外意"是富有动感和审美情趣的,如"音韵悠扬"的蝉声。同时,"外意"之象也拓宽了,包括人类日常生活中所经历的事情,如"赠人""送人"等。另外,徐氏还强调,各类主题都有其必须使用的外意、内意,并引用时人的诗句加以说明。

*王玄(约五代宋初时人)《诗中旨格》:(*号表示本节以外时期的相关论述)

李洞《野望》:"柳色舞春水,花阴香客衣。"此比贤人欲进也。(QTWDSGHK, p.458)

这联诗看起来似乎只是写景,但是有心者却能从柳枝与花气的浮动之态推想至贤人进取之心,可谓将意象类比的解诗法运用到极幽微的境地。

*王玄《诗中旨格·拟皎然十九字体》:

风韵朗畅曰高。廖融《寄天台逸人》:"又闻乘桂楫,载月十洲行。"此高字体也。

体格闲放曰逸。齐己《寄陆龟蒙》:"闲欹太湖石,醉听洞庭秋。"此逸字体也。

放辞正直曰贞。王贞白《题狄梁公庙》:"惟公仗高节,为国立储皇。"此贞字体也。

临危不变曰忠。齐己《送迁客》:"天涯即象州,谪去莫多愁。"此忠字格也。

持操不改曰节。贾岛《赠孟山人》:"衣褐惟粗帛,筐箱祇素书。"此节字格也。

确乎不拔曰志。贾岛《老将》:"旌旗犹入梦,歌舞不开怀。"此志字格也。

立性耿介曰气。杜牧《鹤》:"终日无群伴,溪边吊影孤。"此气字格也。

缘景不尽曰情。孟宾于《柳》:"去年曾折处,今日又垂条。"此情字格也。

含蓄曰思。《夏日曲江有作》:"远寺连沙静,闲舟入浦迟。"此思字格也。

辞温而正曰德。《赠徐明府》:"帘垂群吏散,苔长讼庭闲。"此德字格也。

防患曰诫。贾岛《送杜秀才东游》:"匣有青铜镜,时时照鬓看。"此诫字格也。

性情疎野曰闲。《赠隐者》:"静是延年本,闲为好道基。"此闲字格也。

心迹旷诞曰达。诗曰:"冷笑忘淳者,抄方染鬓髭。"此达字格也。

堪伤曰悲。刘得仁《哭贾岛》:"白日祇如哭,黄泉免恨无。"此悲字格也。

辞理凄切曰怨。齐己《闻吴拾遗与郑谷下世》:"国犹多聚盗,天似不容贤。"此怨字格也。

立言盘泊曰意。郑谷《送曹郎中赴汉州》:"开怀江稻熟,悦性露花香。"此意字体也。

体裁劲健曰力。朱庆余《早梅》:"自古承春早,严冬斗雪开。"此力字体也。

情中之静曰静。修睦《闲居》:"野鹤眠松上,秋苔长雨间。"此静字体也。

意中之远曰远。贾岛《姚氏林亭》:"窗含明月树,沙起白云鸥。"此远字体也。(QTWDSGHK, pp.468-472)

以上引文列出十九种风格,高、逸、贞、忠、节、志、气、情、思、德、诫、闲、达、悲、怨、意、力、静、远,王氏视风格之营造多与作品之内容、文辞有关,与意象之类比关系似乎不太明显。

* 梅尧臣(1002—1060)《续金针诗格·诗有内外意》:

内意欲尽其理,外意欲尽其象,内外含蓄,方入诗格。诗曰:"旌旗日暖龙蛇动,宫殿风微燕雀高。","旌旗"喻号令也;"日暖"喻明时也;"龙蛇"喻君臣也。言号令当明时,君所出,臣奉行也。"宫殿"喻朝廷也;"风微"喻政教也;

"燕雀"喻小人也。言朝廷政教才出,而小人向化,各得其所也。旌旗、风日、龙蛇、燕雀,外意也;号令、君臣、朝廷、政教,内意也。此之谓含蓄不露。(*QTWDSGHK*, p.520)

梅氏于此只是以更详细的说明去阐发白居易之说,正如梅氏《续金针诗格序》自言务"广乐天之用意"。

【第四章参考书目】

钱志熙著:《论〈文选〉〈咏怀〉十七首注与阮诗解释的历史演变》,《文学遗产》2009 年第 1 期,第 14—20 页。

仲瑶著:《〈文选〉五臣注的"主张"及其经学阐释思维和注解方式》,《暨南学报(哲学社会科学版)》2020 年第 1 期,第 80—89 页。

江庆柏著:《〈文选〉五臣注平议》,《郑州大学学报(哲学社会科学版)》1994 年第 4 期,第 34—39 页。

王立群著:《从释词走向批评——〈文选五臣注〉研究评析》,《中州学刊》1998 年第 2 期,第 80—84 页。

邬国平著:《文学训诂与自由释义——以李善注〈文选〉作为考察对象》,《中山大学学报(社会科学版)》2012 年第 3 期,第 17—27 页。

张万民著:《唐代比兴观辨析——以诗格为中心》,载《岭南学报》2021 年第 1 期,第 173—193 页。

钱志熙著:《唐人比兴观及其诗学实践》,载《文学遗产》2015 年第 6 期,第 56—68 页。

毛宣国著:《〈毛诗〉经学阐释与唐代"比兴"诗学观》,载《中国文学研究》2019 年第 4 期,第 91—100 页。

高晓成著:《试论晚唐"物象比"理论及其在诗歌意象化过程中的意义》,载《文学评论》2016 年第 6 期,第 41—49 页。

第五章　宋代：复原理解论的系统建构

宋代属于理解论走向自觉的时代，该时期批评家对以往整个解《诗》传统进行了回顾和批判，由此见证且参与了《诗经》阐释史上一个重要的发展。这种理解论的自觉主要呈现在两个层面，一是对过去批评传统的整理与评价，另一方面是宋人自己建立一套新的理解阐发系统。这两方面的自觉都集中围绕着批评《毛传》《郑笺》而展开。

对毛、郑挑战的开端可追溯到欧阳修的《诗本义》。欧阳修《诗本义·本末论》把历代递传的解《诗》内容划分为四个层次：作诗缘起的"诗人之意"；最初搜集、分类并标记诗歌的"太师之职"；《诗》成书过程中糅入旨在美刺的"圣人之志"；以及考求诗人之意、圣人之志的"经师之业"（见《理解论评选》§030）。在这四者中，诗人之意和圣人之志为本，太师之职为末，而后来的经师更是如此。即是说，认真地"达圣人之意""求诗人之志"才能够成为经师之本。经师当求其本而不可舍本逐末，妄自揣度诗义，而毛、郑则属这种末等经师。欧阳修认识到诠释传统存在四种不同层次的理解维度，但他尚未将这四重维度真正打通。对于"圣人之志",欧阳修也并未作出讨论,这也可能意味着他多少默认了《毛诗序》对每首诗道德含义的界定,但对《毛传》《郑笺》就具体文本所做的政治道德解释持否定态度。在姚斯(Hans Robert Jauss)的"期待视域"理论中,阅读文学作品不是脑袋空空地去理解,而是以前人对文本的不同理解为基础,在与前人不同的语境交叉重叠中生成新的认知,阅读与理解的"期待视域"在时空谱系中并不各自封闭,而是能彼此融合且衍生。欧阳修《诗本义》中提出的四重理解的维度似乎可与此相互对照。

虽然《毛诗序》在现代社会读起来十分穿凿附会,但是,由汉至宋这长达一千多年的时间里,却没有学者对其发出挑战,似乎都默认其经典的地位。宋人十分不认同汉儒类比式的解读,且已颇少再谈论"知人论世"(见《理解论评选》§005)的命题,而是重探孟子"以意逆志"(见《理解论评选》§004)命题在阅读情境下的实际内涵。孟子"以意逆志"论还较为抽象笼统,到了宋代,"以意逆志"命题的内涵才得到真正的阐发,变成一种系统的理解论。

宋人认为"以意逆志"中的"意"是读诗人之揣度,即解诗人在文意本身基础上的推断,所以此时的"意"已经包含诗文之意,可见宋人较为重视文本分析。欧阳修认为,原先《毛传》《郑笺》的解读总会过分放大个别词和意象的指义,不能识得整体的意义,反而落入"以辞害意"。"不以上下文理推之",故无法看到诗人之意,汉儒就只能沦为下等经师。欧阳修著《诗本义》,正是意在通过分析作品内部上下文之间的联系来重构复原"诗人之意"。所谓"上下文"就是对诗篇整体结构的考虑。从这角度来看,他发现《郑笺》《毛传》的解读与《诗》上下文的意思有冲突,因此是说不通的。欧阳修认为《郑笺》《毛传》完全不关心《诗》的开头、末尾、中间,就像脚踏西瓜皮走到哪算哪,走到一处就发挥一些自己的观点,这就导致其阐释的文意离散、前后错乱。《诗》的解读要上下文互为发明、诠释,如果只抓住一句而抛开上下文不提,那就无法真正的见到诗人之意。不过,在批评毛、郑割裂诗文本、前后矛盾之外,欧阳修尚未有意识地提出一套可供众人操作的阅读理论。欧阳修同样重视知人论世,但是他认为这里所说的"人",一定得是文本中所出现的"人",而不能是人为寓托的,读者主观加入的历史人物不能作为理解文本的支撑。

此后,郑樵继续辩驳汉唐解《诗》传统。郑樵的历史影响力不及欧阳修,但是他对朱熹是很有影响的,他的书《诗辨妄》已散佚而不存全书。从现存的逸文中能够看出,他挑战汉、唐《诗经》解释的一个通常做法,就是反对将自然物象与道德意义挂钩。以《关雎》为例,《毛传》首先将关雎列为"兴",郑樵就十分不解:"何必以雎鸠而说淑女也?"[1] 他认为将"关雎"和"淑女"意象挂钩是毫无根据的。而在讲《将仲子》时,他又说"莆田郑氏谓此实淫奔之诗",郑樵是一个福建人,所以他自称"莆田郑氏"。他认为《将仲子》这首诗就是一首淫奔之诗,跟历史上庄公、叔段毫无关系。"序盖失之,而说者又从而巧为之说,以实

---

[1] 郑樵撰,顾颉刚辑点:《诗辨妄》,北京:朴社,1936年,第13页。

其事,误益甚矣。"[1]因此,《毛序》在毫无文本证据的情况下便煞有其事地将其与历史人物挂钩,具有很强的误导性。

另外,宋人解诗时已经开始注意到诗篇整体的意义。所以如果说汉儒解诗主要是句解,那么朱熹解诗主要是章解,朱熹《诗集传》每一章加以赋、比、兴的标示,然后加以诠释,并开始注意到诗篇整体的意义。朱熹阅读实践和理论阐发在很大的程度上可以理解为把孟子解《诗》说发展成为名副其实的理解论。相较于孟子原语境只针对个别《诗经》作品提出"以意逆志"的方法,朱熹则将"以意逆志"发展为系统化、多层次的理论,他从多重维度界定文本的意义,关注到结构、用词、韵律等各层面,进而更强调对文本的关注。他还认识到诗歌存在无法透过文本本身理解的意义,即在理解征实之文意后所要追求的超文本的圣人之意。这需藉由声音诵读方能感知,因而需重视直觉的感悟、声音的表达——这就具有了超验的意味。

朱熹理解论最突出的特点在于,无论读者从文本中得到"意",或者得到"意"之后去逆作者之"志",都强调要立足于作品的语言。文本所承载的意义及其被读者理解的过程,都通过语言得以传递,而在语言文字之间会存在许多"空隙",它们得以让读者能够参与到意义的建构。读者之所以能参与意义的生成正有赖于言辞之间的"空隙"。朱熹在谈"以意逆志"中的"意"和"志"时,都很强调存在于语言之间的"空隙"。其理论主要从两个层次展开。

---

[1] 引自朱熹:《朱子全书·诗集传》,上海:上海古籍出版社,2002年,卷一,第370页。

第一层是文本的层次,关注如何通过这些文本间的"缝隙"来把握文本的意义。为此,他对"兴观群怨"理论的"兴"作了新的定义与论述。此前《毛传》《郑笺》《正义》等所讲的"兴"都立足于道德象喻层面,朱熹所论的"兴"则完全脱胎于文本内部,没有被注入道德伦理等内涵。他指出正是因为有"兴"的存在,《诗经》中复杂的情感得以体贴形象地被表达出来,而非诉诸抽象概念。

第二层是在文本基础上的"逆志"层面。这里要求必须掌握诗歌作品基本的文本意义,这个文本意义不是前人所主张的圣人之志。因为真正的圣人之志在朱熹看来与文本意义之间是存在空隙间距的,不能通过文辞或推理等手段得以联通。这个"志"不在文内,而在文本之外,所以朱熹所讲的"以意逆志"式的理解论包括一种超文本的理解。正因如此,他强调熟读的作用。因为光是通过逻辑性的阅读判断,无法获得圣人之志,即使得到了,也只是一个抽象概念,无法感受其蕴含的圣人心境与情怀,并将其内化。他主张的是通过对文本意义的反复熟读朗诵,自然能打通文本与文外意志的神妙关系,使圣人之志以非概念性的形式呈现在读者心中。

此前刘勰《文心雕龙·知音》篇已谈到"缀文者情动而辞发,观文者披文以入情"(见《理解论评选》§018),文可以呈现出作者情感的流动,但这在具体语言操作层面是怎样的,他在此没有论及。但是,朱熹在谈论该话题时已十分清楚。一方面,朱熹具体展示了阅读语境下如何做到从文辞进入文意的过程,同时还将视野提升到"超文本"的层面,即如何从"意"到

"志"。但是需指出的是，朱熹这套阅读理论与西方读者反应理论有很大区别。一方面，不同的理解维度并非随机生成，而是在融合过程中具有明显的方向性。而且往往会从基本层面的理解上升到超验的境界，从一种理性分析式的理解升格为超出语言分析层面的直观体认。

另一方面，朱熹对阅读的相关论述并非就认识论层面而言，而是着眼于自我道德修养的过程。正因如此，他在讨论以意逆志时还存在一个情形，即相对不太关注所谓的"志"为何物，而是读者"意"的动态过程。这是种反反复复进行阅读的过程，也是主体精神升华的过程，道德修养提高的过程。就此而言，朱熹认为阅读的意义在于该行为过程的本身。所以我们若称其为复原型的理解模式是在很广泛笼统性层面的判断，若在读者理解和作者的思想心理状态之间的范围内来看，朱熹的"以意逆志"不是强调"志"为何物，而是强调读者在"意"的过程中提高自己，让"意"融入"志"，把"志"注入灵魂之中。朱熹对孟子"以意逆志"一说的理论化及其在《诗集传》中对复原式解释法的创新运用为中国文学理解论的发展带来了革新。汉儒千年以来天下独尊的碎片式类比解释法得以动摇，朱熹的复原式解诗法从而成为南宋到明代中期诠释《诗经》模式的主流。

宋人所推翻的基本都是汉人解诗时严重违背文本意思的诠释。他们认为汉儒的解诗是违背诗歌本义的。一首谈及男女之情的诗，与历史事件毫无关系，所以必须要回到文本。欧阳修、朱熹等人纷纷注意到诗句的本义和整首诗的意义，且更加注重文本上下文的连贯性，将诗歌看作一个整体去解读，这样一来就比汉儒对《诗》的解读更符合文本了。另外值得一提的还有朱熹复原阅读论的"副产品"：淫奔说。朱熹虽认同了《诗序》对大部分诗歌意义的基本界定，但推翻了其对不少爱情诗的解读，提出了颇具颠覆性的"淫诗说"。到元明时期，此说将成为马端临、郝敬为代表的尊《序》反《集传》派攻击的最佳抓手。

第一节 欧阳修《诗本义》：解《诗》本末说和解《诗》新法

北宋欧阳修（1007—1072）对历史上不同的解《诗》实践做出梳理，理明参与解《诗》者的本末先后，分解出"诗人""太师""圣人""经师"这四重维度，其中"诗人之意""圣人之志"为本，而"太师""经师"为末。在经师之中又有本末之分。达圣人之志者为本，而"妄自为之说者"为末。这套四重理解维度说既是对解《诗》历史的条理化总结，也为后人建构起一套多重视野的解《诗》框架。在此框架下，读《诗》者可以从"诗人之意"的层面展开理解，可聚焦于"圣人之志"，也可审视、批评提出各种新的阐释。

欧阳修也是最早反对《毛传》《郑笺》为代表的汉唐类比解诗法的学者之一。其《诗本义》通过细读一篇篇《诗经》诗作，展示了汉儒如何对诗作本身的意思视而不见，任意将诗作上下文意象、字词、诗句割裂出来，赋以类比意义，从而误读了每篇诗作。欧阳修在《诗本义》里面对《毛传》《郑笺》的这种解释进行批判。欧阳修先说"《诗》三百篇,大率作者之体不过三四尔",这句话显示出古人已经对文学形式有很深刻的理解,而且有意识地进行总结。欧阳修认为《诗经》里面有四种"体",第一个是作诗者"自述其言以为美刺",是说如《关雎》《相鼠》这类诗篇作诗者以第一人称自述,将要表达的歌颂或者讽刺之意直接用言语表达出来;第二种是"作者录当时人之言以见其事",就是说这些诗篇里面作者以第三人称的观察者来记载当时人们说话的语言;第三种是"作者先自述其事,次录其人之言",即作者先自己描述,然后接着下半部分引用记载的他人的对话;第四种也就是最后一种是"作者述事与录当时人语杂以成篇",就是作者叙述和他人言语掺杂在一起。分析完《诗经》的四种形式之后,欧阳修就从结构入手,批评《毛传》《郑笺》对《诗》的解释,指出其忽略了文本的整体性。也正因如此,《毛传》《郑笺》的解释是首尾不连贯的,即所谓"'文意'散离,不相终始"。

欧阳修(1007—1072)《诗本义·本末论》:

> 何谓本末?作此诗,述此事,善则美,恶则刺,所谓诗人之意者,本也。正其名,别其类,或系于彼,或系于此,所谓太师之职者,末也。察其美刺,知其善恶,以为劝戒,所谓圣人之志者,本也。求诗人之意,达圣人之志者,经师之本也。讲太师之职,因其失传而妄自为之说者,经师之末也。(SBY, juan 14, pp.6b - 7a)

今夫学者知前事之善恶,知诗人之美刺,知圣人之劝戒,是谓知学之本而得其要,其学足矣,又何求焉?其末之可疑者,阙其不知可也。盖诗人之作诗也,固不谋于太师矣。今夫学《诗》者,求诗人之意而已,太师之职有所不知,何害乎学《诗》也?(SBY, juan 14, pp.7a-7b)

"诗人之意""太师之职""圣人之志""经师"之业,是欧阳修梳理出的四重解《诗》维度,这既梳理、提炼了前人解《诗》的历史脉络,又为后人解《诗》建立有本有末、条分缕析的框架。

欧阳修《诗本义·关雎》:

> 论曰:为《关雎》之说者,既差其时世,至于大义,亦已失之。盖《关雎》之作,本以雎鸠比后妃之德,故上言雎鸠在河洲之上,关关然雄雌和鸣;下言淑女以配君子,以述文王、太姒为好匹,如雎鸠雄雌之和谐尔。毛、郑则不然,谓诗所斥淑女者,非太姒也,是太姒有不妒忌之行,而幽闺深宫之善女,皆得进御于文王,所谓淑女者,是三夫人、九嫔御以下众宫人尔。然则上言雎鸠,方取物以为比兴,而下言淑女自是三夫人、九嫔御以下,则终篇更无一语以及太姒。且《关雎》本谓文王、太姒,而终篇无一语及之此,岂近于人情?古之人简质,不如是之迂也,先儒辩雎鸠者甚众,皆不离于水鸟,惟毛公得之,曰:鸟挚而有别。谓水上之鸟捕鱼而食,鸟之猛挚者也,而郑氏转释挚为至,谓雌雄情意至者,非也。鸟兽雌雄皆有情意,孰知雎鸠之情独至也哉。或曰,诗人本述后妃淑善之德,反以猛挚之物比之,岂不戾

哉？对曰：不取其挚，取其别也，雎鸠之在河洲，听其声则和，视其居则有别，此诗人之所取也。孟子曰：不以文害辞，不以辞害志。郑氏见诗有荇菜之文，遂以琴瑟钟鼓为祭时之乐，此孟子之所谓也。

　　本义曰：诗人见雎鸠雌雄在河洲之上，听其声则关关然和谐，视其居则常有别，有似淑女匹其君子不淫其色，亦常有别而不黩也。淑女谓太姒，君子谓文王也，参差荇菜左右流之者，言后妃采彼荇菜以供祭祀，以其有不妒忌之行，左右乐助其事，故曰左右流之也。流，求也，此淑女与左右之人常勤其职，至日夜寝起不忘其事，故曰：寤寐求之、辗转反侧之类是也。后妃进不淫其色以专君，退与左右勤其职事，能如此，则宜有琴瑟钟鼓以友乐之而不厌也，此诗人爱之之辞也。《关雎》，周衰之作也，太史公曰：周道缺而《关雎》作，盖思古以刺今之诗也。谓此淑女配于君子，不淫其色而能与其左右勤其职事，则可以琴瑟钟鼓友乐之尔，皆所以刺时之不然，先勤其职而后乐，故曰：《关雎》，乐而不淫。其思古以刺今，而言不迫切，故曰：哀而不伤。（*SBY*, *juan* 1, pp.1a – 2b）

　　《诗本义》的每一则都先列汉儒的理解，在介绍过程中随文指出其问题之所在，随之自己进行贯通一气的整体性解读。可谓在实际层面开启"以意逆志"解《诗》之先河。就如《关雎》此篇，欧阳修先是总陈其要："上言雎鸠在河洲之上，关关然雄雌和鸣；下言淑女以配君子，以述文王、太姒为好匹如雎鸠雄雌之和谐。"以此引出《毛传》《郑笺》的穿凿迂漫,舍近求远,出离原旨,并着重就"雎鸠""荇菜"二象进行分析批评,指明毛、郑以辞害志。最后,欧阳修自申《关雎》本义,对其内容及内在寓意进行串讲评析。

欧阳修《诗本义·葛覃》:

> 论曰:《葛覃》之首章,《毛传》为得,而《郑笺》失之。葛以为绤绤尔,据其下章可验,安有取喻女之长大哉。黄鸟,栗留也。麦黄椹熟栗留鸣,盖知时之鸟也,诗人引之以志。夏时草木盛,葛欲成而女功之事将作尔,岂有喻女有才美之声远闻哉?如郑之说,则与下章意不相属,可谓衍说也。卒章之义,毛、郑皆通,而郑说为长。
>
> 本义曰:诗人言后妃为女时勤于女事,见葛生,引蔓于中谷,其叶萋萋然茂盛。葛常生于丛木之间,故又仰见丛木之上黄鸟之声喈喈然,知此黄鸟之鸣,乃盛夏之时。草木方茂,葛将成就而可采,因时感事,乐女功之将作。故其次章遂言葛以成就,刈濩而为绤绤也。其卒章之义,毛、郑之说是矣。(SBY, juan 1, pp.2b–3a)

这里欧阳修对毛、郑之解进行了较为客观的比较与批评,且继续从《诗》中具体意象解读入手。值得注意的是,欧阳修并未全然否定毛、郑之说,而是对其各自大义及细部解读进行拆分审视,在批评其不妥之处外,同样也对合理之解表示肯定。

欧阳修《诗本义·野有死麕》:

《诗》三百篇,大率作者之体不过三四尔。有作诗者,自述其言以为美刺,如《关雎》《相鼠》之类是也。有作者录当时人之言以见其事,如《谷风》录其夫妇之言,"北风其凉"录去卫之人之语之类是也。有作者先自述其事,次录其人之言以终之者,如《溱洧》之类是也;有作者述事与录当时人语杂以成篇,如《出车》之类是也。然皆"文意"相属以成章,未有如毛、郑解《野有死麕》,"文意"散离,不相终始者。其首章方言正女欲令人以白茅包麕肉为礼而来,以作诗者代正女吉人之言,其义未终,其下句则云:有女怀春,吉士诱之。乃是诗人言昔时吉士以媒道成思春之正女,而疾当时不然。上下"文义"各自为说,不相结以成章。其次章三句言女告人欲令以茅包鹿肉而来。其下句则云"有女如玉",乃是作诗者叹其女德如玉之辞,尤不成"文理",是以失其义也。(SBY, juan 2, pp.6b‑7a)

本义曰:纣时男女淫奔以成风俗,惟周人被文王之化者,能知廉耻而恶其无礼。故见其男女之相诱而淫乱者,恶之曰:彼野有死麕之肉,汝尚以可食之,故爱惜而包以白茅之洁,不使为物所污。奈何彼女怀春,吉士遂诱而污以非礼,吉士犹然,强暴之男可知矣。其次言,朴樕之木犹可用以为薪,死鹿犹束以白茅而不污二物,微贱者犹然,况有女而如玉乎,岂不可惜而以非礼污之?其卒章遂道其淫奔之状,曰汝无疾走,无动我佩,无惊我狗吠,彼奔未必能动我佩,盖恶而远却之之辞。(SBY, juan 1, pp.7a‑7b)

在《野有死麕》此诗的分析中，欧阳修认为《毛传》《郑笺》首章以女子的思想活动为叙述视角，她想象一个懂得礼节的男子在乱世中没有经济条件的情况下，用白色的布把死掉的鹿包起来作为礼物来求婚。而下面对"有女怀春"的解读却戛然转变成诗人评述的视角，"有女如玉"则同样是用第三人称称赞这个女子。欧阳修认为这般在"文意未终"之时就随意转换叙述视角会造成文意断裂。

欧阳修对《毛诗序》赋予此诗整体的意义是接受的，只是对《毛传》《郑笺》的解释实践进行修正。他认为整首诗只有一个叙述者，即第三人称的诗人，全诗每段都从一个新的角度来谴责无礼强暴。这样一来，解读就能够达到"文意相属"，也即上下文连贯为整体。《毛传》《郑笺》对此诗的诠释见(见《理解论评选》§013)。

欧阳修《诗本义·氓论》：

> 论曰："《氓》据序，是卫国淫奔之女，色衰而为其男子所弃，困而自悔之辞也。"今考其诗，一篇始终皆是女责其男之语，凡言子言尔者，皆女谓其男也，郑于"尔卜尔筮"独以谓告此妇人曰："我卜汝宜为室家。"且上下文初无男之语，忽以此一句为男告女，岂成文理。据诗所述，是女被弃逐，怨悔而追序与男相得之初，殷勤之笃，而责其终始弃背之辞。云："子初来即我谋，我既许子，而尔乃决以卜筮，于是我从子而往尔。"推其文理，"尔卜尔筮"者，女尔其男子也，"桑之未落，其叶沃若，于嗟鸠兮，无食桑葚；于嗟女

兮,无与士耽",皆是女被弃逐,困而自悔之辞。郑以为国之贤者,刺此妇人见诱,故于嗟而戒之。

今据上文"以我贿迁",下文"桑之落矣",皆是女之自语,岂于其间,独此数句为国之贤者之言?据序但言序其事以风,则是诗人序述女语尔,不知郑氏何从知为贤者之辞,盖臆说也。"桑之沃若"喻男情意盛时可爱,至黄而陨,又喻男意易得衰落尔;郑以桑未落为仲秋时,又谓鸠非时而食葚,且桑在春夏皆未落,岂独仲秋?而仲秋安得有葚,此皆其失也。盖女谓我爱彼男子,情意盛时,与之耽乐,而不思后患,譬如鸠爱葚而食之,过则为患也。"兄弟不知,咥其笑矣",据文本谓不知而笑,郑笺云若其知之则笑我,与诗意正相反也。诗述女言我为男子诱而奔也,兄弟不知我今被其酷暴乃笑我尔,意谓使其知我今困于弃逐,则当哀我也,其意如此而已。(SBY, juan 3, pp.7b-9a)

欧阳修分析《诗经·卫风·氓》中"尔卜尔筮,体无咎言"一句,首先分析诗的主旨,指出诗歌是女子因色衰被抛弃的"自悔之辞"。再以上下文的逻辑为着重点,根据上下文中均无男子话语,总结出此句为诗中女子口吻,是女子对男子的话,否定这句为男子口吻的观点。反映出欧阳修解诗方式是视诗歌为逻辑连贯的有机文本,重视文本内部的"文理"关系以及文意的和谐统一。

欧阳修《诗本义·斯干论》:

《郑笺》不详诗之首卒,随文为解,至有一章之内每句别为一说,是以文意散离,前后错乱,而失"诗之旨归"矣。……且诗之比兴,必须上下成文以相发明,乃可推据,今若独用一句,而不以上下文理推之,何以见"诗人之意"？(*SBY*, *juan* 7, pp.1a – 1b)

正如欧阳修在这里所表达的,对割裂式类比阅读的深深不满无疑催化了对阅读艺术与方法兴趣的迅速滋长。在寻找阅读儒家经典正确方法的过程中,大部分宋代理学家转而求助于孟子的复原式方法。他们往往将孟子的"以意逆志"抬上神坛,作为正确文本理解的试金石。

欧阳修《诗本义·卷耳论》：

论曰：《卷耳》之义,失之久矣。云卷耳易得,顷筐易盈,而不盈者以其心之忧思在于求贤,而不在于采卷耳,此荀卿子之说也。妇人无外事,求贤审官,非后妃之职也。臣下出使,归而宴劳之,此庸君之所能也。国君不能,官人于列位,使后妃越职而深忧,至劳心而废事,又不知臣下之勤劳,阙宴劳之常礼重,贻后妃之忧伤如此,则文王之志荒矣。《序》言知臣下之勤劳,以诗三章考之,如毛、郑之说则文意乖离而不相属,且首章方言后妃思欲,君子求贤而置之列位,以其未能也,故忧思至深而忘其手有所采。二章、三章乃言君能以罍觥酌罚使臣与之饮乐,则我不伤痛矣,前后之意顿殊如此,岂其本义哉？

本义曰：卷耳易得顷筐,小器也。然采采而不能顿盈,后妃以采卷耳之不盈而知求贤之难得,因物托意讽其君子,以谓贤才难得,宜爱惜之。因其勤劳而宴犒之,酌以金罍不为过礼,但不可以长怀于饮乐尔,故曰:维以不永怀。养爱臣下,慰其劳苦而接以恩意,酒欢礼失,觥罚以为乐,亦不为过,而于义未伤。故曰:维以不永伤也。所以宜然者,由贤臣勤国事,劳苦之甚,如卒章之所陈也。诗人述后妃此意以为言,以见《周南》君后皆贤,其宫中相语者,如是而已,非有私谒之言也,盖疾时之不然。(SBY, *juan* 1, pp.3b – 4b)

从对《卷耳》篇的解义可以进一步看出欧阳修的公允态度,他并未舍弃后妃君子的解读路径,也沿袭着荀卿、《诗序》等前人之说的统一且合文理处,只是会否定如毛、郑那样在一篇之内各章指义乖离难属的说法。

欧阳修《诗本义·出车论》:

论曰:诗文虽简易,然能曲尽人事,而古今人情一也。求诗义者,以人情求之,则不远矣。然学者常至于迂远,遂失其本义。毛、郑谓《出车》于牧以就马,且一二车邪,自可以马驾而出若众车邪,乃不以马就车,而使人挽车远就马于牧,此岂近人情哉?又言先出车于野,然后召将率,亦于理岂然?其以《草虫》比南仲,《阜螽》比近西戎诸侯,由是四章、五章之义皆失,一篇之义不失者几何?

本义曰:西伯命南仲为将往伐玁狁,其成功而还也,诗人歌其事以为劳还之诗。自其始出车,至其执讯获丑而归,备述之故,其首章言南仲为将,始驾戎车出至于郊,则称天子之命使我来将此众,遂戒其仆夫,以趋王事之急难。二章陈其车旐,以谓军容之盛,虽如此,然我心则忧王事,我仆则亦劳瘁矣。三章遂城朔方而除猃狁,其四章、五章则言其凯旋之乐,叙其将士室家相见欢欣之语,其将士曰:昔我出师时,黍稷方华,今我来归,则雨雪消释而泥涂矣。我所以久于外如此者,以王事之故不得安居。我非不思归,盖畏简书也。其室家则曰:自君之出,我见阜螽跃,而与非类之草虫合,自惧独居有所强迫而不能守礼,每以此草虫为戒,故君子未归时,我常忧心忡忡。今君子归矣,我心则降,我所以独居忧惧如此者,以我君子出从南仲征伐之故也。其卒章则述其归时春日暄妍,草木荣茂而禽鸟和鸣,于此之时执讯获丑而归,岂不乐哉?由我南仲之功,赫赫然显大,而猃狁之患,自此遂平也。(SBY, juan 6, pp.7b‑8b)

除了批评毛、郑解《诗》不符合文理,欧阳修还指出二者也不符合人情。这里提出了"曲尽人事""古今人情一也",以人情求诗义的主张,可谓切中肯綮。在这一标准下,毛、郑的一些细节分析就难免不近人情与常理。

欧阳修《唐薛稷书》:

> 画之为物,尤难识其精粗真伪,非一言可达。得者各以其意,披图所赏,未必是秉笔之意也。昔梅圣俞作诗,独以吾

为知音,吾亦自谓举世之人知梅诗者莫吾若也。吾尝问渠最得意处,渠诵数句,皆非吾赏者。以此知披图所赏,未必得秉笔之人本意也。(OYXQJ, juan 138, pp.2195-2196)

在《诗本义》的理解论背景下,欧阳修的其它述论也有与之相呼应的内容。比如在这里他指出读者欣赏之处,未必是作者得意处,即使是彼此志趣相通的知音,也未必能保证创作者本义与读者理解二重维度上的契合。欧阳修明悉此理,与他划分出解《诗》的四重维度说可谓异曲同工。

第二节 朱熹复原理解论:体大思精的理论体系

宋人对汉儒碎片式类比阅读普遍不满,这无疑催化了对阅读艺术兴趣的滋长。在寻找儒家经典的正确阅读方法过程中,大部分宋代理学家转而求助于孟子的复原式解《诗》法,往往将孟子"以意逆志"说抬上神坛。其中,最有影响的人就是朱熹。

朱熹大概比郑樵晚三十年,他本人论述以及与学生讨论《诗经》的记录蔚然大观。《朱子语类》中提到,朱熹很早就怀疑《毛序》的可靠性,称"某自二十岁时读诗,便觉小序无意义。及去了小序,只玩味诗词,却又觉得道理贯彻"[1]。若把《毛序》置之度外而回到《诗经》的本身,就会觉得一切都是那么的通畅合

---

1 [宋]黎靖德编:《朱子语类》,第 2078 页。

理。直到朱熹三十岁的时候,他才知道《毛序》原来并不是《诗经》的一部分,而是汉儒的解释。他说"东莱不合只因序讲解,便有许多牵强处"[1],朱熹认为吕祖谦解《诗》不通,很大的原因是其受到了《毛序》的影响。在这种对《毛序》不满的情况下,朱熹"因作《诗传》,遂成《诗序辨说》一册,其他缪戾,辨之颇详。"[2]

前面提到,郑樵虽然名气不大,但是对朱熹颇具影响。《朱子语类》中提到:"旧曾有一老儒郑渔仲,更不信小序,只依古本与叠在后面。某今亦只如此,令人虚心看正文,久之其义自见。"[3]这里的"郑渔仲"就是郑樵。朱熹显然继承了郑樵关于淫奔之诗的说法。《毛序》对《诗经》里面很多露骨的男女之情的描写采取视而不见的态度,不作任何判断。宋人就发现《诗经》很多有关男女交往的描写是不符合礼仪的,"且如'止乎礼义',果能止礼义否?《桑中》之诗,礼义在何处?"如果说"男子戏妇人"是"存戒"尚可,但"郑诗则不然,多是妇人戏男子"(见《理解论评选》§040),这些就只能解读为淫奔之诗了。所以"圣人尤恶郑声",孔子在《论语》里面多批评《郑风》,不仅是批评其音乐,对于他们文本中的淫奔之词同样十分不满,因而郑樵、朱熹就认为这是淫奔之诗。

那么如何去反复阅读、揣摩文本呢?朱熹与其他人的另一区别在于他具有很强的理论建构自觉。他出于对汉儒解诗传

---

1 [宋]黎靖德编:《朱子语类》,第 2078 页。
2 [宋]黎靖德编:《朱子语类》,第 2079 页。
3 [宋]黎靖德编:《朱子语类》,第 2068 页。

统的不满,立足于对前代解《诗》学者成果的反思,建立起一套有迹可循而体大思精的理解论体系。所谓"体大",在于其理论框架涉及面向的广度,"思精"在于体系阐述的深度。朱熹在《诗集传序》中提出"章句以纲之,训诂以纪之,讽咏以昌之,涵濡以体之"(见《理解论评选》§041)的学诗之法,建立起层次递进的四重读《诗》维度。为何会有这四重维度,它们各自有何问题指向,牵连出怎样一套由浅入深的学诗过程?又具有怎样的理论意义?要而言之,这四个维度看似彼此孤立,实则联并解决了理解论的两个关键问题:一个是立足于章句训诂而展开的结构分析,是要由虚到实,一反汉儒破碎章句化的解读,从诗篇文本的空隙去虚解且复原诗之本义,其中尤其注重"兴"在连贯文本空隙,展开动态结构分析上的关键作用;另一个是通过讽咏涵濡,在超文本的层面进行"以意逆志",从而由实到虚,获取文外之意,探求圣人之境。这套从章句、训诂、讽咏、涵濡四维度展开的结构复原分析法和超文本理解方法,发前人之未发,集理解论体系之大成。以下几节将就此逐一展开讨论。

朱熹(1130—1200)《朱子语类》:

> 问:"《诗传》多不解《诗序》,何也?"曰:"某自二十岁时读《诗》,便觉《小序》无意义。及去了《小序》,只玩味《诗》词,却又觉得道理贯彻。当初亦尝质问诸乡先生,皆云《序》不可废,而某之疑终不能释。后到三十岁,断然知《小序》之出于汉儒所作,其为缪戾,有不可胜言。东莱不合只因《序》讲解,便有许多牵强处。某尝与之言,终不肯

信。《读诗记》中虽多说《序》,然亦有说不行处,亦废之。某因作《诗传》,遂成《诗序辨说》一册,其他缪戾,辨之颇详。"(ZZQS,vol.17,juan 80,pp.2750 - 2751)

朱熹在此通过回顾自己读《诗》的经验,来层层加深确信《毛序》的不合理,并指出身边吕祖谦等人因信《小序》而解读牵强。

又:

"旧曾有一老儒郑渔仲,更不信《小序》,只依古本与叠在后面。某今亦只如此,令人虚心看正文,久之其义自见。盖所谓《序》者,类多世儒之谈,不解诗人本意处甚多。且如'止乎礼义',果能止礼义否?《桑中》之诗,礼义在何处?"王曰:"他要存戒。"曰:"此正文中无戒意,只是直述他淫乱事尔。若《鹑之奔奔》《相鼠》等诗,却是讥骂,可以为戒,此则不然。某今看得郑诗自《叔于田》等诗之外,如《狡童》《子衿》等篇,皆淫乱之诗,而说诗者误以为刺昭公,刺学校废耳。卫诗尚可,犹是男子戏妇人。郑诗则不然,多是妇人戏男子,所以圣人尤恶郑声也。《出其东门》却是个识道理底人做。"(ZZQS, vol.17, p.2738)

朱熹直言早前郑樵疑小序而只立足文本解《诗》是其前导,如今更觉得从《诗》文本自身出发,反复阅读,《诗》义自会显现,不必奉《毛序》等前儒之谈为圭臬。

朱熹《诗集传序》：

> 曰："然则其学之也当奈何？"曰："本之《二南》以求其端，参之列国以尽其变，正之于《雅》以大其规，和之于《颂》以要其止，此学《诗》之大旨也。于是乎章句以纲之，训诂以纪之，讽咏以昌之，涵濡以体之，察之情性隐微之间，审之言行枢机之始，则修身及家，平均天下之道，其亦不待他求而得之于此矣。"（ZZQS, vol.1, p.351）

在朱熹这套体系严密的学《诗》法中，"章句"是处于基础层面的必得之义，"章句以纲之"，"训诂以纪之"，便是要在结构层面将诗意条分缕析，为进一步的讽诵、涵濡奠定基础。而此后的讽咏、涵濡，则是在把握诗篇结构、理解诗意之后进行超文本层面的解读，以求诗外之旨、圣人之境。

第三节　朱熹由虚到实的文本理解：动态的结构分析

我们可以先来看看宋人在结构层面对《诗》的理解。所谓结构，就是对作品整体组织的把握。这种对结构的关注最早来自刘勰的《文心雕龙》。《文心雕龙·章句》里面已经很讲究字、句、章、篇的结构，认为它们不可分割。在这种影响之下，唐代经学家孔颖达也非常注重结构。他对《诗经》解释的一个新发明就是为每一篇《诗》划分了章、句，他提出"或篇有数章，章句众寡不等；章有数句，句字多少不同，皆由各言其情，故体无恒式也"，显示出其对作品章句结构的关注。

朱熹认为，学诗解诗须"章句以纲之"（见《理解论评选》§041），也就是说章节是理解诗篇的大纲，掌握了章节组织的原则，纲举目张，文本之意就跃然纸上。朱熹《诗集传》就是这样对三百篇进行深度的解读的。朱熹给每首诗各章都加上赋、比、兴或它们混合体的标注，同时还加以分量相当的评论，由此为各篇章注入了阅读的层次，联并成一套诗篇结构。这是此前章句解诗未能做到的。我们可以以欧阳修、朱熹各自解《关雎》为例，具体来看二人解诗的差异。欧阳修指出汉儒解《关雎》时将"淑女"定为后妃，诗的说话人被定为"太姒"，若如此，则此诗"本谓文王太姒"却"终篇更无一语以及太姒"，显然不近人情（见《理解论评选》§031）。他由此批评《毛诗》《郑笺》的文意离散，继而强调要从上下文来整体理解诗的意旨，于是将"淑女""君子"直接对应为"太姒""文王"，从而上下文意通畅连贯。

欧阳修虽大力批评《毛传》《郑笺》忽略了上下文的整体意思，却仅在概念层面提出关注整体结构的主张。相较而言，朱熹则提供了如何纠正这一错误的例证。朱熹的评论均衡地散见于一首诗的各个部分，清楚明白地引导着读者对诗篇的所有部分都投以均等重视，继而使读者得出考虑到上下文的、较为恰当的诗作之意。更重要的是，朱熹在解读上下文时，完全基于对诗篇人物情感、行为动态进程的把握，追求还原出一个完整而具动态性的诗篇原义。我们仍以《关雎》为例，朱熹通过有意识地分章段,辨别赋、比、兴,将前后文串讲一体,最终得到一套完整的诗篇意义。他从第一章启首对"兴也,先言他物以引起所咏之词"的定义开始,既指出关雎与淑女的相似对应,又不会刻意去坐实到历史人物事件上,而是十分具体地将诗篇主人公的感受、行为与外在兴象串联敷演,还原出文王求淑女时完整渐进的过程。这种舍弃对文辞的穿凿释义,且脱离抽象理念说教的动态阐释,反而能在情景化的整体虚解中把握诗篇的实际旨意,这也正是朱熹动态结构分析最为精彩之处。

此前很多批评家认为朱熹把赋比兴概念混得一团糟,甚至自相矛盾,持这种观点意味着没有认识到朱熹的结构分析最为精妙之处。以《野有死麕》为例,朱熹在前两章既给出了"兴"的解读,同时又提出作为"赋"的阐释。这是因为他注意到诗章虚解的意义,不只要摒除具体的道理说教,还应对诗解的多种可能性持开放态度,提供多种读法。

朱熹还专门就有关结构分析法提出过一些重要言论,如在《楚辞集注》中朱熹同样表现出对结构的重视:"至于一章之内,上下相承,首尾相应之大指,自当通全章而论之,乃得其意。"(见《理解论评选》§045)他批评王逸的《骚》解"重复而繁碎",不顾上下文之间的文理,半句半句的对字、词进行训诂解释,因此朱熹解《诗》都是以章为单位的,而且他对于诗章的分析是连在一起讲述的,各章的讲解彼此都存在照应关系,因而这种结构分析不像王逸《楚辞章句》、孔颖达《毛诗正义》那样只是拆章节为几段分析单位,而各段之间不呈现其关联。

※孔颖达(574—648)《毛诗正义》:

字之所用,或全取以制义,"关关雎鸠"之类也,或假辞以为助,者、乎、而、只、且之类也。句者联字以为言,则一字不制也。以诗者申志,一字则言蹇而不会,故《诗》之见句,少不减二……三字者……四字者……五字者……六字者……七字者……八字者……其外更不见九字、十字者。……句字之数,四言为多,唯以二三七八者,将由言以申情,唯变所适,播之乐器,俱得成文故也。诗之大体,必须依韵,其有乖者,古人之韵不协耳。之、兮、矣、也之类,本取以为辞,虽在句中,不以为义,故处末者,皆字上为韵。之者,"左右流之""寤寐求之"之类也。兮者,"其实七兮""迨其吉兮"之类也。矣者,"颜之厚矣""出自口矣"之类也。也者,"何其处也""必有与也"之类也。著"俟我于著乎",而《伐檀》"且涟猗"之篇,此等皆字上为韵,不为义也。然人志各异,作诗不同,必须声韵谐和,曲应金石,亦有即将助句之字,以当声韵之体者,则"彼人是哉,子曰何其","不思其反,反是不思,亦已焉哉","是究是图,亶其然乎","其虚其徐,既亟只且"之类是也。章者,积句所为,不限句数也,以其作者陈事,须有多少章总一义,必须意尽而成故也。累句为章,则一句不可,二句得为之,《卢令》及《鱼丽》之下三章是也。其三句则《麟趾》《甘棠》《驺虞》之类是也。其多者,《载芟》三十一句,《閟宫》之三章三十八句,自外不过也。篇之大小,随章多少。风、雅之中,少犹两章以上,即《驺虞》《渭阳》之类是也。多则十六以下,《正月》《桑柔》之类是也。唯《周颂》三十一篇,及《那》《烈祖》《玄鸟》，皆一章者。以其风、雅叙人事，刺过论功，志在匡救，一章不尽，重章以申殷勤，故风、雅之篇无一章者。颂者，太平德洽之歌，述成功以告神，直言写志，不必殷勤，故一章而已。《鲁颂》不一章者，《鲁颂》美僖公之事，非告神之歌，此则论功颂德之诗，亦殷勤而重章也。虽云盛德所同，《鲁颂》实不及制，故颂体不一也。高宗一人，而《玄鸟》一章，《长发》《殷武》重章者，或诗人之意，所作不同；或以武丁之德，上不及成汤，下又逾于鲁僖。论其至者，同于太平之歌；述其祖者，同于论功之颂。明成功有大小，其篇咏有优劣。采立章之法，不常厥体，或重章共述一事，《采蘩》之类；或一事叠为数章，《甘棠》之类；或初同而末异，《东山》之类；或首异而末同，《汉广》之类；或事讫而更申，《既醉》之类；或章重而事别，《鸤鸠》之类。《何草不黄》，随时而改色；《文王有声》，因事而变文；"采采芣苢"，一章而再言；《宾之初筵》，三章而一发。或篇有数章，章句众寡不等；章有数句，句字多少不同，皆由各言其情，故体无恒式也。(MSZY, p.274)

孔颖达对《诗经》的字、句、章、篇的关系作了如下概括："句必联字而言。句者，局也，联字分疆，所以局言者也。章者，明也，总义包体，所以明情者也。篇者，遍也，言出情铺事，明而遍者也。"[1] 不容置疑，这段话是上引刘勰《文心雕龙·章句》首段

---

1 [唐]孔颖达《毛诗正义·关雎》，见阮元校刻：《十三经注疏》，北京：中华书局，1980 年，第 274 页。

的重述,就连名词术语也几乎都是从《章句》篇搬过来的[1]。在刘勰"积句而生章,积章而成篇"观点的指导下,孔氏对《诗经》做出以句数定章,以章数定篇的总结。

在洞悉章句间的紧密关系后,孔颖达以《诗经》为例,透过不同诗篇的章法、字句的特征,总结了诗歌结构没有固定体制的结论,更指出其原因在于"各言其情",诗歌传递的意义不同,导致书写结构的独一无二,这便触及诗歌意与结构的关系。

朱熹《诗集传·关雎》:

关关雎鸠,在河之洲。窈窕淑女,君子好逑。

兴也。关关,雌雄相应之和声也。雎鸠,水鸟,一名王雎。状类凫鹥。今江淮间有之。生有定偶而不相乱,偶常并游而不相狎,故《毛传》以为挚而有别。《列女传》以为人未尝见其乘居而匹处者。盖其性然也。河,北方流水之通名。洲,水中可居之地也。窈窕,幽闲之意。淑,善也。女者,未嫁之称,盖指文王之妃大姒为处子时而言也。君子,则指文王也。好,亦善也。逑,匹也。《毛传》云挚字与至通,言其情意深至也。兴者,先言他物以引起所咏之词也。周之文王生有圣德,又得圣女姒氏以为之配。宫中之人,于其始至,见其有幽闲贞静之德,故作是诗。言彼关关然之雎鸠,则相与和鸣于河洲之上矣。此窈窕之淑女,则岂非君子之善匹乎?言其相与和乐而恭敬,亦若雎鸠之情挚

---

[1] 见范文澜著:《文心雕龙注》,北京:人民文学出版社,1958年,第571页。

而有别也。后凡言兴者，其文意皆放此云。汉匡衡曰："'窈窕淑女，君子好仇'，言能致其贞淑，不贰其操，情欲之感，无介乎容仪；宴私之意，不形乎动静。夫然后可以配至尊而为宗庙主。此纲纪之首，王教之端也。"可谓善说《诗》矣。

参差荇菜，左右流之。窈窕淑女，寤寐求之。求之不得，寤寐思服。悠哉悠哉，辗转反侧。

兴也，参差，长短不齐之貌。荇，接余也，根生水底，茎如钗股，上青下白，叶紫赤，圆径寸余，浮在水面。或左或右，言无方也。流，顺水之流而取之也。或寤或寐，言无时也。服，犹怀也。悠，长也。辗者，转之半。转者，辗之周。反者，辗之过。侧者，转之留。皆卧不安席之意。此章本其未得而言。彼参差之荇菜，则当左右无方以流之矣。此窈窕之淑女，则当寤寐不忘以求之矣。盖此人此德，世不常有，求之不得，则无以配君子而成其内治之美，故其忧思之深，不能自已，至于如此也。

参差荇菜，左右采之。窈窕淑女，琴瑟友之。参差荇菜，左右芼之。窈窕淑女，钟鼓乐之。

兴也。采，取而择之也。芼，熟而荐之也。琴，五弦或七弦。瑟，二十五弦。皆丝属，乐之小者也。友者，亲爱之意也。钟，金属。鼓，革属。乐之大者也。乐则和平之极也。此章据今始得而言。彼参差之荇菜，既得之，则当采择而亨芼之矣。此窈窕之淑女，既得之。则当亲爱而娱乐之矣。盖此人此德，世不常有，幸而得之，则有以配君子而成内治,故其喜乐尊奉之意,不能自已,又如此云。

关雎三章,一章四句,二章章八句。(*SJZ*, pp.1 - 2)

朱熹同样关注对《关雎》章句数量的划分,于每个诗篇的最后附上章句数量以供参考,从而反映篇目、章次、句数等结构的不同会导致诗歌的不同诠释。此前欧阳修解读《关雎》时,虽也强调要从上下文整体去解读全诗,却并未细化呈现。相比之下,朱熹虽也采取将淑女、君子联系为太姒、文王的解读,但通过开篇对起兴"先言他物以引起所咏之词"的定义,将关雎、河洲与淑女、君子的交叠关系串讲连贯,并提升到君子善匹、相与和乐的理解层面。至第二章,朱熹虽也细致描述采摘荇菜与辗转难寐,但更进一步揭示出这些活动的变化与发展轨迹,即第一章是对太姒之美好的种种直观欣赏,第二章则演进到君子求而未得的状态,而每章起兴活动的变化也映射出叙述者内心变化的过程,较第二章而言,到第三章时,荇菜既得,即淑女既得,所以整首诗各章所起之兴看似皆为外在的观物过程,实则指向君子追求淑女时不同阶段的行为与感受。朱熹将这一过程分章逐句串讲出来,便恢复了行为过程的动态性、连贯性,且让追求淑女的文王进入了诗篇的全文,最终整体解读都形象灵活许多。这种着眼于情感与行为动态发展过程的结构分析,不再像汉儒那样只求"由实到实",即刻意将文辞释读挂钩于具体人事,再强行灌输各种道德说教,致使解诗附会、破碎,且流于抽象的理念说教。这也正是朱熹动态结构分析的价值所在。

朱熹《诗集传·野有死麕》:

> 野有死麕,白茅包之。有女怀春。吉士诱之。
>
> 兴也。麕,獐也。鹿属,无角。怀春,当春而有怀也。吉士,犹美士也。南国被文王之化,女子有贞洁自守,不为强暴所污者。故诗人因所见,以兴其事而美之。或曰:赋也。言美士以白茅包其死麕,而诱怀春之女也。
>
> 林有朴樕,野有死鹿。白茅纯束,有女如玉。
>
> 兴也。朴樕,小木也。鹿,兽名,有角。纯束,犹包之也。如玉者,美其色也。上三句兴下一句也。或曰:赋也。言以朴樕藉死鹿,束以白茅,而诱此如玉之女也。
>
> 舒而脱脱兮,无感我帨兮。无使尨也吠。
>
> 赋也。舒,迟缓也。脱脱,舒缓貌。感,动。帨,巾。尨,大也。此章乃述女子拒之之辞。言姑徐徐而来,毋动我之帨,毋惊我之犬,以甚言其不能相及也。其凛然不可犯之意,盖可见矣。(SJZ, p.13)

朱熹在第一章标注"兴也",这一点十分关键,朱熹认为"野有死麕,白茅包之"这句话是"兴",他在《诗集传》解《关雎》时给"兴"做了一个很重要的解释:"先言他物以引至所咏之词。"也就是说他认为"死麕""白茅"这些意象本身是没有意思的,只是为了引起后文。此种理解就和《毛传》截然不同。《毛传》认为"兴"是在物象里面赋予一种政治道德的含义,并将其作为解释整个诗篇的一个支撑。朱熹这里就说:"女子有贞洁自守,不为强暴所污者。故诗人因所见,以兴其事而美之。"即说用一些不相关的意象来兴起,以赞扬女子的贞洁。但是朱熹并不认为这是唯一可行的解释,他意识到文本里面有很大解读空间,因此给出了两种解释的可能性。第一种就是刚刚讲到的,"上三句兴下一句也",也就是说前面都是兴起之言,是对女子的称赞的虚写,最后一章"赋也"才真正实写"女子拒绝之辞",以此直接写美女的形态并赞扬其道德情操。而第二种解释就是全诗都为"赋",是实写男子以白茅包死鹿来诱惑怀春之女的情节。朱熹在这里提出两种模式的解释,正体现出他对理解的多种可能性所持的开放态度,而这两种解释都没有问题,落实到最后的诗意都是称赞女子拒绝施暴的男性。

朱熹《楚辞集注》:

> 凡说《诗》者,固当句为之释,然亦但能见其句中之训故字义而已,至于一章之内,上下相承,首尾相应之大指,自当通全章而论之,乃得其意。今王逸为《骚》解,乃于上半句下,便入训诂,而下半句下,又通上半句文义而再释之,则其重复而繁碎甚矣。(ZZQS, vol.19, p.185)

在解读《楚辞》方面,王逸虽然也将文本分为小段,具体分析个别字眼含义及各段大意,却未将各段串通起来做出整体性的关联阐释。朱熹指出其重复繁碎之处,进而强调应当在拆分章句基础上贯通全章,使上下相承、首尾相应。

朱熹《朱子语类》:

> "读书,且就那一段本文意上看,不必又生枝节。看一

段,须反复看来看去,要十分烂熟,方见意味,方快活,令人都不爱去看别段,始得。人多是向前趱去,不曾向后反复,只要去看明日未读底,不曾去紬绎前日已读底。须玩味反复始得。用力深,便见意味长;意味长,便受用牢固。"又曰:"不可信口依希略绰说过,须是心晓。"(ZZQS, vol.14, p.320)

所谓"不生枝节",正是批评《毛传》《郑笺》解《诗》那种就只言片语大加阐发,以至穿凿迂漫,不切本文,且淆乱文章结构。同时,朱熹还再次强调要反复玩味,才可自见书中真意。

第四节　朱熹文本理解由虚到实的基础:文本空隙之"兴"

朱熹详细而生动地将孟子"以意逆志"之说理论化。其中很关键的一句是"不可以一字而害一句之义,不可以一句而害设辞之志,当以己意迎取作者之志,乃可得之"(见《理解论评选》§053),就是说在阅读诗歌作品的时候,不能把注意力只集中在个别字句,而是要对所有的字句诗行做一种整体的综合理解,才能够正确地得到诗人之志。这一点与《毛诗》等汉儒解经存在本质区别,汉儒解《诗》常把字句物象作实解,定要将其与精确的某人某事建立对应关系。朱熹反对此法,认为强行附类于某一具体本事,只会导致篇什被解读得支离破碎,主张从文字的整体虚解中获得连贯的诗中实意。而这种诗句间"虚"的部分,正是感发志意下"先言他物以引起所咏之词"之"兴"所生成的文本空隙。兴在引起情感生发、物—我关互的过程中,自然会生成读者揣摩诗人情感的文本空隙。"兴"及其引出的文本空隙,在朱熹动态结构分析中具有枢纽性意义,也正是连贯诗意的精彩之处。

朱熹用比较通俗的比喻来表明"意"和"志"的关系,"谓如等人来相似","逆,迎也",以自己的"意"来迎诗人的"志"就好像等人一般(见《理解论评选》§054)。"今日等不来,明日又等,须是等得来,方自然相合。不似而今人,便将意去捉志也。"(见《理解论评选》§054)观其对"捉志"的反感,显然反对纯粹以主观之"意"来解释诗人之志,而主张自己反反复复阅读,水到渠成地等待"志"浮出水面。概括来说,朱熹认为"以意逆志"就是在反反复复揣摩文本,通过反复讽诵涵濡,自然而然地让自己对文本的意会通向作者之"志"。

朱氏结构解诗方法有两大创新,一是对文本每个部分都加以分量相当的评论,二是给每首诗各章都加上赋、比、兴的标注。欧阳修大力批评《毛序》《郑笺》忽略了上下文的整体意思,朱熹则提供了如何纠正这一错误的范例。朱熹的评论均衡地散见于一首诗的各个部分,清楚明白地引导读者对诗篇的所有部分都加以均等重视,继而使读者得出考虑到上下文的、较为恰当的诗作之意。不仅如此,毛、郑往往仅仅看重独立割裂的比兴意象,朱熹则把赋、比、兴及其变体等种种概念系于诗作的所有部分。这样的标注方法似乎就是有意提醒读者,不管汉唐经学家们如何对比兴意象赋予多么丰富的类比含义,这些意象仍然还是要与其他部分所使用的赋、比、兴连在一起考虑，这就与欧阳修的观点类似。因此，通过采用以上两个全新的解释方法，朱熹得以有效地引导读者阅读文本本身，引导读者疏通诗篇全文的字面意思。

这种深入沉浸于文本的涵泳阅读导致了一个令人震惊的发现：《国风》许多诗篇，包括那些汉唐经学家们认为具有崇高道德意义的诗，都显然成了热情奔放的爱情诗。朱熹及任何尊重文本的人都无法填补文本的字面意思和前人声称的道德类比之间的鸿沟。所以，朱熹无奈之中，只能将这些诗当做是"淫奔"之诗，并认为孔子删诗时留下这些诗似乎是为了提醒读者留心这些负面例子。

朱熹《朱子语类》论《诗》的特征：

> 圣人之言，在《春秋》《易》《书》无一字虚；至于《诗》，则发乎情，不同。（ZZQS, vol.17, *juan* 81, p.2778）
>
> 《诗》之兴，全无巴鼻。后人诗犹有此体。（ZZQS, vol.17, *juan* 80, p.2740）

《诗》之兴发乎情，这种触发情感的"兴"像，使《诗经》中复杂的情感得以体贴形象地被表达出来，且无法用逻辑理性去分析其因由依据，所以《诗》不似《春秋》《易》《书》那般"无一字虚"，也正因为这点，对《诗》的理解有赖于诗人情志和读者意会间存在的文本空隙。

又：

比虽是较切,然兴却意较深远。也有兴而不甚深远者,比而深远者,又系人之高下,有做得好底,有拙底。(ZZQS, vol.17, juan 80, p.2739)

不会宽说,每篇便求一个实事填塞了。他有寻得着底,犹可自通;不然,便与《诗》相碍。那解底,要就《诗》,却碍《序》;要就《序》,却碍《诗》。《诗》之兴,是劈头说那没来由底两句,下面方说那事,这个如何通解。(ZZQS, vol.17, juan 80, p.2742)

所谓"兴"之宽说正来源于其感发志意下所生成的文本空隙,故而具有理解和阐释的多样可能。这种对"兴"的宽说正是由实到虚的解读,在虚解中把握诗篇的动态结构。

又:

"倬彼云汉",则"为章于天"矣。"周王寿考",则"何不作人"乎?此等语言自有个血脉流通处,但涵泳久之,自然见得条畅浃洽,不必多引外来道理言语,却壅滞却诗人活底意思也。周王既是寿考,岂不作成人材?此事已自分明;更著个"倬彼云汉,为章于天",唤起来便愈见活泼泼地。此六义所谓"兴"也。"兴"乃兴起之义,凡言兴者,皆当以此例观之。《易》以"言不尽意"而"立象以尽意",盖亦如此。(ZZQS, vol.22, juan 40, pp.1832-1833)

《毛传》《郑笺》《正义》等语境中的"兴"都被注入道德内

涵，朱熹的"兴"则完全脱胎于文本内部，《诗》中兴像的生成机制正等同于《周易》所谓的"言不尽意"而"立象以尽意"，从而能使复杂的情感得到体贴形象的表达，而非诉诸抽象概念。而"兴"与"易象"相关联，也意味着朱熹的文本理解蕴含着由实到虚，向超验层面升华的潜力。

朱熹《朱子语类》批判汉儒实解"兴"的谬误：

> 雎鸠，毛氏以为"挚而有别"。一家作"猛挚"说，谓雎鸠是鹗之属。鹗自是沉鸷之物，恐无和乐之意。盖"挚"与"至"同，言其情意相与深至，而未尝狎，便见其乐而不淫之意。此是兴诗。兴，起也，引物以起吾意。如雎鸠是挚而有别之物，荇菜是洁净和柔之物，引此起兴，犹不甚远。其他亦有全不相类，只借它物而起吾意者，虽皆是兴，与关雎又略不同也。（ZZQS, vol.17, juan 81, p.2773）

"雎鸠""荇菜"与所起之意可能有部分关联，但不必将其含义所指字字落实。这种"虚"便是《诗经》起兴的本义。就此反观汉儒，其解读便难免因追求实解而落穿凿的窠臼。

第五节　朱熹由实至虚的超文本理解：征实的"文意"与至虚之"志"的融合

在宋代林林总总关于阅读的阐述中，没有一种可以及得上朱熹（1130—1200）对孟子"以意逆志"说的理论反思，因其观点极为重要,对后世影响力也极大。朱熹在这里详细说明了时人所接受的汉唐类比式解诗法与他的解诗方法的区别。他认为可简要概括为二家对读者之"意"和作者之"志"之间关系的把握。对接受汉唐类比式解诗法的时人来说,"以意逆志"中的读者之意和作者之志间是主人和奴仆的关系,因此,他们可以像主人凌驾于奴仆之上一样,不顾作者之志,傲慢至极地把自己之意加诸文本。而对朱熹来说,读者犹如是一位谦逊的主人,正在迎接作者之志这位尊贵的客人,故读者须谦逊地等待,"今日等不来,明日又等",从而迎来作者之志。很明显,在这段主客比喻中,"等"用来比喻深入且长久的涵泳文本之行为。在朱熹看来,他的解诗方法和其他人的不同也可概括为对"以意逆志"中第三个字"逆"的不同解读。其他人认为"逆"是傲慢地"捉"作者之志,而朱熹则将"逆"解为谦逊地"迎"作者之志。

还需强调的是,在"章句、训诂、讽咏、涵濡"这四层理解维度中,朱熹已在前两个层次实现对文意征实的动态把握,为何还要延伸到后两个讽咏、涵濡的维度?因为朱熹并不满足于仅仅理解诗的文本之意,而是要达到圣人之志,实现超文本层次的理解。早在欧阳修提出"诗人之意""太师之职""圣人之志""经师"之业时,已注意到存在不同层次的解诗之"志",而讽咏涵濡最终导向的诗之"志",属于超文本的理解意义。朱熹在《诗集传》中并未语及此处,这方面的讨论主要见于朱熹与其弟子的对话。在一系列语录对话中,他对以意逆志的解诗传统做出更高的思想层面的阐释,以求进入超乎语言理解的精神境界,就如韩愈诗云"精诚忽交通,百怪入我肠"[1]那般,与圣人心境相通。该境界需要通过熟读涵泳来达成。这种熟读法和涵泳法正是朱熹"以意逆志"说的第二个层次,即在文本基础上逆求超文本之志。"以意逆志"中"志"的内涵也发生了虚化,不再是停留于文本层面的作者之志,而是超越文本的精神境界与思想状态。这就将"意"和"志"的关系上升到一个更高层次。

前人理解的"意"包括读者的揣测,也包括文字层面的意义,但得"意"这并不意味着阅读的终点,而是进行超文本层次理解的开始。朱熹对"以意逆志"的理论化实建立于超文本的理解层面,是要在通过文本的讽诵涵泳中进入更高层次的虚境,获得精神的超越,迎得文外之旨和圣人心境。所以朱熹在讨论结构分析层面的理解论时从来未援用"以意逆志"的概念,哪怕批评前人解诗也未像欧阳修等人那样,直接用"以意逆志"作为标准。这正是源于他将"以意逆志"升格在超文本的阅读层面,故而不必在文本内部分析时穿插指涉。这一对"以意逆志"的阐发创新,前人皆未逮及,且当今学界亦鲜少留意。那么这种由实到虚的超文本理解该如何获得,朱熹主要将其诉诸声音,这方面下一节会具体展开。

朱熹不仅把孟子"以意逆志"一说理论化,而且也在《诗集传》中将这一方法运用到重读《诗》三百的过程中。《诗集传》体现出孟子之后,复原式解释方法用在具体诗篇分析上的真正例证,而此时距离孟子时代已相隔甚远。朱子对《诗经》的复原

---

[1] [唐]韩愈著,[清]方世举编年笺注:《韩昌黎诗集编年笺注》,北京:中华书局,2011年,卷九,第518页。

式(再)解释,因其在方法论上的创新和一个令人震惊的发现而广为人知。

朱熹《孟子章句集注》解"以意逆志":

> 不臣尧,不以尧为臣,使北面而朝也。《诗》,《小雅·北山》之篇也。普,遍也。率,循也。此诗今毛氏序云:"役使不均,已劳于王事而不得养其父母焉。"其诗下文亦云:"大夫不均,我从事独贤。"乃作诗者自言,天下皆王臣,何为独使我以贤才而劳苦乎?非谓天子可臣其父也。文,字也。辞,语也。逆,迎也。《云汉》,《大雅》篇名也。孑,独立之貌。遗,脱也。言说诗之法,不可以一字而害一句之义,不可以一句而害设辞之志,当以己意迎取作者之志,乃可得之。若但以其辞而已,则如《云汉》所言,是周之民真无遗种矣。惟以意逆之,则知作诗者之志在于忧旱,而非真无遗民也。(ZZQS,vol.6,p.373)

这段文字通过具体训释讲解引出说诗法的要领,即"不可以一字而害一句之义,不可以一句而害设辞之志,当以己意迎取作者之志",朱熹专门强调"以意逆志"的"逆"字当释为"迎",便在于以一种同理体察之心,平等友好地去迎求作者之志。

朱熹《朱子语类》中"以意逆志"的自然迎合式解读:

> "'以意逆志',此句最好。逆是前去追迎之之意,盖是

> 将自家意思去前面等候诗人之志来。"又曰："谓如等人来相似。今日等不来，明日又等，须是等得来，方自然相合。不似而今人，便将意去捉志也。"……董仁叔问"以意逆志"。曰："是以自家意去张等他。譬如有一客来，自家去迎他。他来则接之，不来则已。若必去捉他来，则不可。"（ZZQS, vol.16, p.1854）

朱熹用一个拟人化的譬喻来解读"以意逆志"的核心义，即作为主体的读者当以一种谦逊友好的姿态去迎求作为客体的作者之志，若一时未能迎得，便需平心静气等待，"等"便是反复熟读、涵泳文本的过程，等到时机成熟后，自然会意、志相投合。

《朱子语类》"思无邪"新解：

> 问："夫子言三百篇诗，可以兴善而惩恶，其用皆要使人'思无邪'而已云云。"曰："便是三百篇之诗，不皆出于情性之正。如《关雎》《二南》诗，《四牡》《鹿鸣》诗，《文王》《大明》诗，是出于情性之正；《桑中》《鹑之奔奔》等诗，岂是出于情性之正？人言夫子删诗，看来只是采得许多诗，往往只是刊定。圣人当来刊定，好底诗，便吟咏，兴发人之善心；不好底诗，便要起人羞恶之心。"又曰："《诗》三百篇，虽《桑中》《鹑奔》等诗，亦要使人'思无邪'，只《鲁颂》'思无邪'一句，可以当得三百篇之义。犹云三百篇诗虽各因事而发，其用归于使人'思无邪'，然未若'思无邪'一句说得直截分别。"（ZZQS, vol.14, *juan* 23, p.798）

义刚说"思无邪",《集注》云"诚也"之意。先生曰:"伊川不是不会说,却将一'诚'字解了。且如今人固有言无邪者,亦有事无邪者,然未知其心如何。惟'思无邪',则是其心诚实矣。"又曰:"《诗》之所言,皆'思无邪'也。如《关雎》便是说'乐而不淫,哀而不伤',《葛覃》便是说节俭等事,皆归于'思无邪'也。然此特是就其一事而言,未足以括尽一诗之意。惟'思无邪'一语,足以盖尽三百篇之义,盖如以一物盖尽众物之意。"(ZZQS, vol.14, juan 23, p.801)

对于《诗经》所存的三百余首作品,朱熹等人并未全视为出乎情性之正者,但却对如何阅读体味它们提出标准。一方面,对于合乎情性之正之作,当反复吟咏,以发善心,另一方面,对于所有诗作,无论其源出语境若何,皆应明晰其整体要义,即读者都能从中获得"思无邪"的精神洗礼。

第六节 《诗》超文本理解须用的熟读法和涵泳法

朱熹对"以意逆志"说的反思与理论重构,立足于圣人之志与文本之义间存在的"空隙"。正因为真正的圣人之志与文本之间存在间隙,仅通过文辞的逻辑推理本身已无法联通二者。如果只有逻辑性的文本阅读,只会得到一个抽象概念,无法感知到内在的圣人心境与情怀。所以读者不只需要掌握诗歌的文本基础意义，还需超出文本之外，去迎求风人、圣人之志。因此朱熹对"以意逆志"说的阐发实为一种超文本的理解论。于是，朱熹在"超文本"的层面具体展示出阅读语境下如何做到从文辞进入文意的过程，即如何从"意"到"志"。对此，他十分强调熟读的作用。

在理解论的演进脉络中，人声的超验意义得以被发现和系统阐释，经历了一个漫长过程。在朱熹之前，诗赋批评和经典阅读的论述中也会提到诵读反复、常吟咏。朱熹以外的宋儒也曾讲论声气与涵泳。但是，一方面，这些零散话语远未进入深入且体系化的阐论层面。相比之下，朱熹将有关语言声音超验意义的思考提炼为一套方法和理论，并在其"读者反应接受理论"中发挥相当关键的作用。另一方面，此前的相关论述多是从创作角度而非读者阅读的角度进行申发。当语言声音进入朱熹的视野，诠释背景便从创作论转向理解论，并在语言声音超验性的发展脉络中发生重大转折。所以，就这两个层面来说，朱熹提出的"讽诵涵泳"说具有十分鲜明的理论总结性和开创性。

朱熹的熟读与涵泳之法为解决《诗》的超文本理解提供了具体方法。讽诵与涵泳内外相通，讽诵表现为外在化的声音，涵泳则属于内在化的声音，是无声之声，可谓心声。涵泳不是为了追求意义，而是人声更加主观化、内在化的呈现，它和讽诵都是为了使读者阅读超越文字的意义，达到文字所不能达到的精神境界。

无论读者从文本中得到"意"，还是得到"意"之后去逆作者之"志",都强调要立足于作品的语言。这有点近似于现代的读者反应理论(reader response theory)。读者反应理论注重研究文本的意义如何产生,而读者的反应本身又是文本意义生成的重要因素。文本承载的意义及其被读者理解的过程都通过语言传递,在语言文字之间会存在许多"空隙",它们得以让读者参与到意义的建构。读者之所以能参与意义的生成正有赖于言辞之间的"空隙"。朱熹在谈"以意逆志"中的"意"和"志"时,都很强调存在于语言之间的"空隙"。

立足于以上基础,朱熹主要从两个层次具体展开论述。第一是文本的层次,关注如何通过文本的"空隙"来把握其意义。为此,他对"兴观群怨"理论的"兴"作了新的定义与论述。此前《毛传》《郑笺》《正义》等所讲的"兴"都立足于道德象喻层面,朱熹论"兴"则完全脱胎于文本结构,没有注入道德伦理内涵。他指出正是因为有"兴"的存在,《诗经》中复杂的情感得以体贴形象地被表达出来,而非诉诸抽象概念。这些内容已在第四节有所阐发。第二层是在超文本的"逆志"层面。这要求读者必须先掌握诗歌作品基本的文本意义,这个文本意义不是前人所主张的圣人之志。因为真正的圣人之志在朱熹看来与文本意义之间是存在空隙的,不能通过文辞或逻辑推理手段获得。这个"志"不在文内,而在文本之外,即使得到了,也只是一个抽象概念,无法感受其蕴含的圣人心境与情怀,乃至将其内化。所以为了参透《诗》中之志,他强调首先要进行熟读,不仅如此,还需要声音的助力。涵泳读《诗》法充分体现了直觉式的审美方法:"反复玩味,道理自出。"(见《理解论评选》§057)这里的

"玩味"指向一种不能用言语表达的对作品精微之处的体验和把握。反反复复去阅读文本,则能够克服《毛传》那种主观臆想和望文生义,与前面他论述"以意逆志"的迎接诗人之志相符。对文本的熟读讽诵自然能打通文本与文外之意志的神妙关系,使圣人之志以非概念性的形式呈现在读者心中。

此前《毛诗序》所考求的虽也属于超文本的"志",但最终皆不过是经师简单化的模拟,朱熹的超文本理解论不是凭空想象,亦非穿凿附会,而是由实到虚,在讽咏涵濡下与古人沟通心境,获取文外之意,与圣人之志相通,达到超验的心理境界。这种新的超文本理解足以替代《毛诗序》的旧的超文本理解论。

要而言之,朱熹通过讽诵涵泳解决了理解论中的一个难题,即如何联结读者之"意"与作者之"志"。在这一层面,朱熹的主张可谓把孟子"以意逆志"说付诸实践,发展为系统化、多层次的理论。

朱熹《朱子语类》论涵泳:

> 学者观书,先须读得正文,记得注解,成诵精熟。注中训释文意、事物、名义,发明经指,相穿纽处,一一认得,如自己做出来底一般,方能玩味反复,向上有透处。若不如此,只是虚设议论,如举业一般,非为己之学也。(ZZQS, vol.14, juan 11, p.349)

这里对涵泳提出了准备条件,即涵泳玩味必须以精熟掌握书中正文,记得注解训释,且明晰文章要旨、经脉纲领为前提。

而这一前提的保证是靠"读""成诵"来实现的。所以熟读与涵泳可谓获得超验性感悟的必备条件,即前者是后者的基础。

朱熹《朱子语类》论熟读的重要性:

> 读书如炼丹,初时烈火锻煞,然后渐渐慢火养。又如煮物,初时烈火煮了,却须慢火养。读书初勤敏着力,子细穷究,后来却须缓缓温寻,反复玩味,道理自出。(ZZQS, vol.18, *juan* 114, p.3623)

朱熹用烈火—慢火为喻,贴切描述出读书工夫的渐进层次。初时当勤敏,为理解文本纲领要旨做足功课,其后便不可急功近利,需缓慢涵泳体味,从而迎合古人之志。这里的"玩味"指向一种不能用言语表达的对作品精微之处的体验和把握。反复去诵读,也能克服《毛传》那种主观臆想和望文生义,从而以己之"意"去迎接诗人之"志"。

朱熹《朱子语类》论"兴"与"熟读涵泳"的关系:

> 诗可以兴,须是反复熟读,使书与心相乳入,自然有感发处。(ZZQS, vol.15, *juan* 47, p.1634)
>
> 读《诗》正在于吟咏讽诵,观其委曲折旋之意,如吾自作此诗,自然足以感发善心。(ZZQS, vol.17, *juan* 80, p.2759)

作为朱熹之孙,朱鉴在《诗传遗说》之中继续申发朱子的未竟之义。他将"诗可以兴"的感发机制归结于反复熟读以至书、心相融。这一强调无疑使朱子的"兴"论和"讽诵涵泳"说在"以意逆志"的背景下联结更为紧密。

朱熹《朱子语类》论熟读"声音"的重要性：

> 大凡读书，多在讽诵中见义理。况《诗》又全在讽诵之功，所谓"清庙之瑟，一倡而三叹"，一人唱之，三人和之，方有意思。又如今诗曲，若只读过，也无意思，须是歌唱起来方见好处。（ZZQS, vol.17, juan 104, p.3429）

讽诵乃至人声歌唱的重要性不仅存在于《诗》，"大凡读书"皆需做足熟读声音上的工夫，方能保证义理自见。而《诗》则是阅读经验中最看重讽诵之功者，且具有深厚传统。

朱熹《诗集传序》评《关雎》声气之和：

> 孔子曰："《关雎》乐而不淫，哀而不伤。"愚谓此言为此诗者，得其性情之正，声气之和也。盖德如雎鸠，挚而有别，则后妃性情之正固可以见其一端矣。至于寤寐反侧，琴瑟钟鼓，极其哀乐而皆不过其则焉，则诗人性情之正又可以见其全体也。独其声气之和有不可得而闻者，虽若可恨，然学者姑即其词而玩其理以养心焉，则亦可以得学《诗》之本矣。（ZZQS, vol.1, juan 1, p.403）

朱熹《朱子语类》论《关雎》乐而不淫章：

问:"'《关雎》乐而不淫,哀而不伤',于诗何以见之?"曰:"忧止于'辗转反侧',若忧愁哭泣,则伤矣;乐止于钟鼓琴瑟,若沉湎淫泆,则淫矣。"又云:"是诗人得性情之正也。"

问"《关雎》乐而不淫,哀而不伤"。曰:"此言作诗之人乐不淫、哀不伤也。"因问:"此诗是何人作?"曰:"恐是宫中人作。盖宫中人思得淑女以配君子,未得则哀,既得则乐。然当哀而哀,而亦止于'辗转反侧',则哀不过其则;当乐而乐,而亦止于钟鼓琴瑟,则乐不过其则,此其情性之正也。"

问:"'《关雎》乐而不淫,哀而不伤',是诗人情性如此,抑诗之词意如此?"曰:"是有那情性,方有那词气声音。"(ZZQS, vol.14, *juan* 25, pp.905–906)

以上三则材料皆围绕《关雎》的"乐而不淫、哀而不伤"展开,朱熹指出其关键是出于性情之正、声气之和,"有那情性,方有那词气声音",意味着性情之正与声气之和实为一体之内外两面。读者通过熟读讽诵,感受诗之声气,足可慢慢体味诗人性情。这一理路实际上仍立足于"诗可以兴"经典命题。

朱熹《朱子语类》论"兴"与"熟读涵泳"的关系:

诗且逐篇旋读,方能旋通训诂,岂有不读而自能尽通训诂之理乎?读之多,玩之久,方能渐有感发,岂有读一二遍而便有感发之理乎?古之学《诗》者固有待于声音之助,然今已亡之，无可奈何，只得熟读而从容讽味之耳。若疑郑、卫不可为法，即且令学者不必深究，而于正当说道理处子细消详、反复玩味，应不枉费工夫也。(ZZQS, vol.23, juan 56, p.2674)

读《诗》便长人一格。如今人读《诗》，何缘会长一格？《诗》之兴，最不紧要。然兴起人意处，正在兴。会得诗人之兴，便有一格长。"丰水有芑，武王岂不仕？"盖曰丰水且有芑，武王岂不有事乎？此亦兴之一体，不必更注解。如龟山说《关雎》处意亦好，然终是说死了，如此便诗眼不活。(ZZQS, vol.17, juan 80, p.2757)

问："看诗如何？"曰："方看得《关雎》一篇，未有疑处。"曰："未要去讨疑处，只熟看。某注得训诂字字分明，便却玩索涵泳，方有所得。若便要立议论，往往里面曲折，其实未晓，只仿佛见得，便自虚说耳，恐不济事。此是《三百篇》之首，可更熟看。"(ZZQS, vol.17, juan 80, p.2762)

"《关雎》一诗，文理深奥，如乾、坤卦一般，只可熟读详味，不可说。至如《葛覃》《卷耳》，其言迫切，主于一事，便不如此了。"又曰："读《诗》须得他六义之体，如《风》《雅》《颂》则是诗人之格。后人说《诗》以为杂《雅》《颂》者，缘释《七月》之诗者，以为备《风》《雅》《颂》三体，所以启后人之说如此。"又曰："兴之为言，起也，言兴物而起其意。如'青青陵上柏''青青河畔草'，皆是兴物诗也。如'藁砧今何在''何当大刀头'皆是比诗体也。"(ZZQS, vol.17, juan 81, p.2771)

"读《关雎》之诗,便使人有齐庄中正意思,所以冠于《三百篇》;与《礼》首言'毋不敬',《书》首言'钦明文思',皆同。"

问:"《二南》之诗,真是以此风化天下否?"曰:"亦不须问是要风化天下与不风化天下,且要从'关关雎鸠,在河之洲'云云里面看义理是如何。今人读书,只是说向外面去,却于本文全不识。"

"《关雎》之诗,非民俗所可言,度是宫闱中所作。"问:"程子云是周公作。"曰:"也未见得是。"

"《关雎》,看来是妾媵做,所以形容得寤寐反侧之事,外人做不到此。"(ZZQS, vol.17, juan 81, pp.2771–2772)

朱熹对熟读涵泳的重视直接与《诗》的感发志意挂钩。对他来说,古之学诗者对声音的关注与运用远高于后人。至后世,诗的声音特性,尤其是其音乐性所接受的关注相对式微,于是熟读涵泳、从容讽味才作为一种无可奈何之策被朱熹提出。如此才能入得其超出文本之意,这是抽象议论所无法达到的。

【第五章第一至六节参考书目】

车行健著:《诗本义析论:以欧阳修与龚橙诗义论述为中心》,台北:里仁书局,2002年,第二章《欧阳修〈诗本义〉的〈诗〉义观及其对〈诗〉本义的诠释》,第43—72页。

顾永新著:《欧阳修学术研究》,北京:人民文学出版社,2003年,第九章《欧阳修的诗经学》,第224—257页。

刘宁著:《"风化"与"讽刺"——论欧阳修〈诗本义〉与毛诗说诗立场

的分歧》,载朱刚、刘宁等主编:《欧阳修与宋代士大夫》,上海:上海人民出版社,2007年,第148—170页。

潘德荣著:《文字·诠释·传统:中国诠释传统的现代转化》,上海:上海译文出版社,2003年,第三章《经典诠释中的方法论》,二、朱熹的诠释方法论,第78—110页。

张健:《义理与词章之间:朱子的文章论》,《北京大学学报》2019年第3期,第97—111页。

邹其昌著:《朱熹诗经诠释学美学研究》,北京:商务印书馆,2004年,第一章《〈诗经〉诠释原则——以〈诗〉说〈诗〉》,第15—61页。

林维杰著:《朱熹与经典诠释》,台北:台湾大学出版中心,2008年,第二部分《方法论》,第87—131页。

陈明义:《朱熹〈诗经〉学与〈诗经〉汉学传统异同之研究》,台北:花木兰文化出版社,2008年。

吴洋:《朱熹〈诗经〉学思想探源及研究》,北京:社会科学文献出版社,2014年。

Chen, Jian-hua. "Zhu Xi's Poetic Hermeneutics and the Polemics of the 'Licentious Poems'." In *Interpretation and Intellectual Change: Chinese Hermeneutics in Historical Perspective*, edited by Ching-I Tu, 133–148. New Brunswick, N.J.; London: Transaction, 2005.

Herman, Jonathan R. "To Know the Sages Better Than They Knew Themselves: Chu His's 'Romantic Hermeneutics'." In *Classics and Interpretations: The Hermeneutic Traditions in Chinese Culture*, edited by Ching-I Tu, 215–225. New Brunswick, N.J.; London: Transaction Publishers, 2000.

Levey, Matthew A. "Chu Hsi Reading the Classics: Reading to Taste the Tao: 'This is … a Pipe,' After All." In *Classics and Interpretations: The Hermeneutic Traditions in Chinese Culture*, edited by Ching-I Tu, 245–271. New Brunswick, N.J.; London: Transaction Publishers, 2000.

Lynn, Richard J. "Chu Hsi as Literary Theorist and Critic." In *Chu Hsi and Neo-Confucianism*, edited by Chan Wing-tsit, 337–354. Honolulu: University of Hawaii Press, 1986.

Mittag, Achim. "Change in *Shijing* Exegesis: Some Notes on the Rediscovery of the Musical Aspect of the 'Odes' in the Song Period." *T'oung Pao* 79.4–5 (1993): 197–224.

Rusk, Bruce. *Critics and Commentators: The Book of Poems as Classic and Literature*. Chapter 4 "Circulation in the Troposphere". Cambridge, Mass.: Harvard University Asia Center, 2012.

Van Zoeren, Steven Jay. *Poetry and Personality: Reading, Exegesis, and Hermeneutics in Traditional China*. Chapter 8 "Zhu Xi's New Synthesis." Stanford: Stanford University Press, 1991.

第七节　吕祖谦等宋代文章学中散文结构分析法

宋代废除了诗赋取仕,因而经义、策论对举子来说十分重要。在这一形势下有关文章学的讨论也十分丰富。宋儒章句义理之学可谓与文章学并行发展,难以细究谁影响了谁。吕祖谦《古文关键》就是一本专门教导古文写作的教科书。他十分关注从读者阅读的角度去审视文章的结构安排,思考读者如何通过结构的指引来更好地理解文义。宋代文章学大家十分关注议论文和《左传》为代表的历史散文。

《古文关键》中的《师说》篇原文与吕氏的分析都十分精彩,这里先作为案例着重分析以说明吕氏文章分析法之特色。

吕祖谦先说:"此篇最是结得段段有力。中间三段自有三意说起,然大概意思相承,都不失本意。"(见《理解论评选》§064)有点类似于英文里总的 argument(总论点),然后以下各段是围绕这个总的 argument 论述,每段也分别都有 topic sentence(主旨句),作为分论点,它们互相联系,不会偏离总的论点(central argument)。"师者,所以传道、受业、解惑也。"(见《理解论评选》§064)这里是"关锁",说明下面要紧扣"传道、授业、解惑"展开来讲,这个在英文中就叫做 expansion(扩展延伸)。后面的"应上""承接"等词,都能够体现出吕祖谦对于文章内部结构的关注,也能够体现出韩愈此文的结构十分紧实、严谨。在"生乎吾后,其闻道也亦先乎吾,吾从而师之。吾师道也"后面,吕祖谦注"结句处缴",这个"缴"字很难找到准确的解读,《说文解字》中解释"缴"为"生丝缕也",有缠绕相连的意思,唐代徐光溥有诗"薜荔累垂缴古松"(《题黄居寀秋山图》),也是取其"缠绕"的意思。因此,这里"结句处缴"可以解读为结句将前面的论述联系起来,互相关联的意思。此外,吕祖谦对此文的文势走向把握十分敏感,韩愈第一段论述了师道不存的紧迫性,接着笔锋一转,写贴近人们生活的小事"爱其子,择师而教之",这里吕祖谦标注"体贴亲切,抑扬",缓解了整篇文章的紧张感,拉近和读者的距离,抑扬得当。而在全文最后,韩愈总结"是故弟子不必不如师,师不必贤于弟子。闻道有先后,术业有专攻,如是而已",吕祖谦注"说得最好,又应前'吾师道'处意,纲目不乱。结有力",他称赞此结句回应前面的本意"吾师道也",所以纲目不乱。韩愈再次强调了不必在乎老师的身份贵贱、年龄高低,因为最关键的是学习"道","闻道有先后,术业有专攻"这样简单的道理非常有力地扣问着"师道不存久矣"的世界。

吕祖谦(1137—1181)《古文关键·看古文要法》开启散文结构分析的先河:

> 总论看文字法:
> 学文须熟看韩、柳、欧、苏。先见文字体式,然后遍考古人用意下句处。苏文当用其意,若用其文,恐易厌人,盖近世多读故也。
> 第一看大概主张。
> 第二看文势规模。
> 第三看纲目关键:如何是主意、首尾相应,如何是一篇铺叙次第,如何是抑扬开合处。
> 第四看警策句法:如何是一篇警策,如何是下句、下字有力处,如何是起头、换头佳处,如何是缴结有力处,如何是融化屈折、翦截有力处,如何是实体、贴题目处。
> (*LZQQJ*, p.1)

文章学的选评对象多数是议论文根据,并从读者角度与创作者角度对文章进行分析;选文的标准是基于实践性。此处所指的是更加贴近科场考试创作的实践性的具体化的文意,同时在理论方面和讨论方法上相比前人来说有更加系统化的发展。吕祖谦从主张、规模、纲目结构、警句方面出发,理解散文,尤其是纲目关键部分,可以见到和刘勰"六观"的相互呼应。此后东莱门下如楼昉等在具体评点分析文章时,也采用了类似的思路,可见东莱此论的影响之大。

吕祖谦《古文关键·韩愈〈师说〉》以意为领的议论文结构分析:

> 此篇最是结得段段有力。中间三段自有三意说起,然大概意思相承,都不失本意。
> 　　古之学者必有师。大意说两句起。人不可无师。师者,所以传道、受业、解惑也。关锁好。人非生而知之者,孰能无惑? 惑而不从师,其为惑也,终不解矣。人不可无师处应上,是第二段。生乎吾前,其闻道也固先乎吾,吾从而师之;承接紧,有精神。平说。无此说不精神。生乎吾后,其闻道也亦先乎吾,吾从而师之。吾师道也,结句处缴。夫庸知其年之先后生于吾乎? 本意。是故无贵无贱、无长无少,道之所存,师之所存也。承接开合处。纲目。嗟乎! 师道之不传也久矣,说了至此却立意起。欲人之无惑也难矣! 古之圣人,其出人也远矣,犹且从师而问焉;应前圣人且从师,此高一等说,翻前人非生而知之意。今之众人,其下圣人也亦远矣,转换好。而耻学于师。是故圣益圣,愚益愚,结上意尽。关锁。使袁盎传意换骨法。圣人之所以为圣,愚人之所以为愚,其皆出于此乎?
> 　　爱其子,择师而教之;体贴亲切,抑扬。于其身也,则耻师焉;惑矣! 彼童子之师,说轻重处。授之书而习其句读者也,非吾所谓传其道、解其惑者也。句读之不知,惑之不解,或

师焉,或不焉,小学而大遗,吾未见其明也。结三句有力,有关锁。

巫医乐师百工之人,不耻相师。就鄙浅处说喻得切。士大夫之族,曰师、曰弟子云者,则群聚而笑之。问之则曰:彼与彼年相若也,道相似也。应前。位卑则足羞,官盛则近谀。生意说。此二句佳。呜呼!师道之不复可知矣。巫医乐师百工之人,君子不齿。今其智乃反不能及,其可怪也欤!结此段意。圣人无常师,转换起得佳。孔子师郯子、苌弘、师襄、老聃、郯子之徒,其贤不及孔子,孔子曰:"三人行,则必有我师。"是故弟子不必不如师,师不必贤于弟子,闻道有先后,术业有专攻,如是而已。说得最好,又应前吾师道处意,纲目不乱。结有力。

李氏子蟠,年十七,好古文,六艺经传皆通习之,不拘于时,学于余。余嘉其能行古道,作《师说》以贻之。(LZQQJ, pp.2-3)

兼有文章具体内容分析与结构分析,配入眉批及夹批,内容细致到几句文意的转换。此后东莱门下多有采取此法评点议论文者。

吕祖谦《古文关键·苏轼〈留侯论〉》结构与意的分析:

格制好。乃入台阁之文。先说忍与不忍之规模。方说子房受书之事,其意在不忍,此老人所以深惜,命以仆妾之役,使之忍小耻就大谋,故其后辅佐高祖,亦使忍之有成。

古之所谓豪杰之士，必有过人之节。人情有所不能忍者，一篇纲目在"忍"字。匹夫见辱，拔剑而起，挺身而斗，此不足为勇也。天下有大勇者，卒然临之而不惊，无故加之而不怒，此其所以挟持者甚大而其志甚远也。一篇意在此数句。

夫子房受书于圯上之老人也，其事甚怪，然亦安知其非秦之世有隐君子者出而试之？观其所以微见其意者，皆圣贤相与警戒之义。意思全说得有力。而世不察，以为鬼神，应"怪"字。亦已过矣。且其意不在书。说上事出。立一句斡旋。当韩之亡，秦之方盛也，以刀锯鼎镬待天下之士，其平居无事夷灭者，不可胜数，虽有贲育，无所复施。夫持法太急者，其锋不可犯，警策。而其势未可乘。子房不忍忿忿之心，以匹夫之勇而逞于一击之间。当此之时，子房不死者，其间不能容发，盖亦已危矣。千金之子，不死于盗贼，句新不陈带。何者？其身之可爱，而盗贼之不足以死也。好。子房以盖世之才，不为伊尹、太公之谋，而特。出于荆轲、聂政之计，以侥幸于不死，此圯上之老人所为深惜者也。是故倨傲鲜腆而深折之。轻说过。彼其能有所忍也，然后可以就大事。故曰："孺子可教也。"

楚庄王伐郑，郑伯肉袒牵羊以迎。庄王曰："其君能下人，必能信用其民矣。"遂舍之。勾践之困于会稽而归，臣妾于吴者，三年而不倦。且夫有报人之志，而不能下人者，是匹夫之刚也。一句生二新意。夫老人者，以为子房才有余，而忧其度量之不足，故深折其少年刚锐之气，使之忍小忿而就大谋。何则？非有平生之素，卒然相遇于草野之间，而命以仆妾之役,油然而不怪者,此固秦皇帝之所不能惊,而项籍之所不能怒也。文势如一波一浪。

观夫高祖之所以胜、项籍之所以败者,余意。在能忍与不能忍之间而已矣。项籍惟不能忍,是以百战百胜而轻用其锋;高祖忍之,养其全锋以待其弊,此子房教之也。归结好。当淮阴破齐而欲自王,高祖发怒,见于词色。由是观之,犹有刚强不忍之气,非子房其谁全之?归得好。

太史公疑子房以为魁梧奇伟,而其状貌乃如妇人女子,不称其志气。呜呼!此其所以为子房欤?缴结得极好。(*LZQQJ*, pp.88-90)

此篇从文艺审美角度展开品评。涉及一篇之意、新意、余意等概念,可见南宋理学家分析议论文时所用的"意"往往比论诗的"意"更加具体实用,落实在文内,以便于指导举子在科场进行创作。

【第五章第七节参考书目】

刘昭仁著:《吕东莱之文学与史学》,台北:文史哲出版社,1986年,第四章《吕东莱之文学》,第129—166页。

吴承学:《现存评点第一书——论〈古文关键〉的编选、评点及其影响》,《文学遗产》2003年第4期,第72—84页。

吴承学:《中国文章学成立与古文之学的兴起》,《中国社会科学》2012年第12期,第138—156页。

张伯伟:《中国古代文学批评方法研究》,北京:中华书局,2002年,第六章《评点论》,第543—591页。

祝尚书:《论宋元时期的文章学》,《四川大学学报(哲学社会科学版)》2006年第2期,第100—109页。

王水照、慈波:《宋代:中国文章学的成立》,《复旦学报(社会科学版)》2009年第2期,第21—31页。

祝尚书:《论中国文章学正式成立的时限:南宋孝宗朝》,《文学遗产》2012年第1期,第81—89页。

罗书华:《从文道到意法:吕祖谦与散文学史的重要转折——兼说〈古文关键〉之"关键"的含义》,《中国文学研究》2013年第3期,第72—76页。

巩本栋:《南宋古文选本的编纂及其文体学意义——以〈古文关键〉〈崇古文诀〉〈文章正宗〉为中心》,《文学遗产》2019年第6期,第52—65页。

巩本栋:《〈古文关键〉考论》,《文学遗产》2020年第5期,第44—53页。

李由:《宋代文章学的成立:从黄庭坚到吕祖谦》,《文学遗产》2023年第2期,第75—87页。

第六章　元明清：道德和历史类比理解论

明清两代是文论走向鼎盛的时期。和文学论、创作论等领域的情况一样，理解论也呈现出百花齐放、繁荣发展的状况。明清时期发展出来的理解论纷呈多样，著者将集中探研类比理解论、复原理解论、再创造理解论的演变，用三个专章作较为系统的评介。此章重点讨论类比解《诗》法。

在汉唐部分我们已经讨论了想象类比的方法，用个别意象或情景作政治或者道德的寓言的诠释，这是一种断章取义的方法。尽管明清只有少数批评家将具体的意象和具体的道德伦理意义进行类比，比如钟惺（1574—1624）《词府灵蛇二集》引贾岛《二南密旨》的"论引古证用物象"（见《理解论评选》§024），即讨论意象之外的意义的列举。虽然清人也注意以道德论诗，但与汉唐用个别意象来支离破碎地类比不同，晚明郝敬（1557—1639）和清代说诗家多是采用了元人马端临（1254—1340）的类比解诗法（见《理解论评选》§066），即用整首诗来类比道德意义。例如，对一首情诗进行道德解读，他们不会将道德解读建立在一两个意象之上，而是谈整首诗的情感表达如何凸显诗人有关君臣关系的诉求。换言之,他们既承认文本整体的一贯性,同时更强调理解文本之外的道德含义。在类比解诗法的衍生脉络中,还出现一种特殊变体——以史解诗法。以史解诗虽也延续将诗作内容比附于外部社会政治或道德伦理,但它将作品安置于一个与创作背景相呼应且具体可考的历史情境中,不再依托于虚构想象,而是援引与诗作背景临近的史事为依据,将文本考证和历史考证挂钩。晚清的《诗比兴笺》即为该解诗模式的典型代表。

第一节　郝敬等人的道德类比解《诗》法

元代开始有学者对朱熹《诗集传》提出挑战。因为朱熹批判《毛序》,所以这些反对朱熹的学者就要拥护《毛序》。他们以辩护者的身份,指摘朱熹对《毛序》所做批判的不合理性。其中,最关键的一位学者是马端临(1254—1340)。他在《文献通考》一书提出"《序》求《诗》意于辞之外,文公求《诗》意于辞之中"(见《理解论评选》§066),即是说,求辞外之意才是最重要的。朱熹注重文本,因此善于寻找辞内之意,而以中国美学传统来讲,言内之意是形而下的,言外之意是高于言内之意的。马端临很巧妙地用这个观点打击朱熹对文本分析的重视。马氏还认为文内之意其实也是对作者之意的一种延伸,因为解诗者并不是作者"亲传面授",与作者没有直接接触,甚至并非身处同一时空,因此怎么能够确定解诗者所说的文内之意是作者想要表达的呢?为了让自己的论证更加有说服力,马端临还为自己的说法找到了孔子、孟子两座靠山,他说"愚非敢苟同《序》说,而妄议先儒也。盖尝以孔子、孟子之所以说《诗》者读《诗》,而后知《序》说之不缪",他不是不加考虑地同意《毛序》,而是按照孔子、孟子读《诗》的方法,认为《序》并没有错,反而是朱熹的解《诗》方法有待考量。

紧接着,马端临试图以孔子"思无邪"、孟子"以意逆志"两个思想原则,来证明要以诗篇内部之"意"来得到更高的诗人之"志",从而超越文本,看到背后的道德意义。他认为,男女之事等所谓淫奔之词都是辞内之意,并不是文外之意。孔子读《诗》能够做到"思无邪",而不会被所谓淫奔之词牵绊住,超越文本看到其背后的道德意义。但有些读《诗》的人容易被文章中夸张的语词或者过分的男女情节所迷惑,而看不到文外之意,这就叫做"以辞害志"。马端临这种说法无疑是一种新式的类比,《毛序》的类比主要是以个别的意象和某种道德观念相连,而唐代解《诗》的学者也是将具体的物象与其所表达道德的概念联系起来,成为一种象征符号。马端临则以完整连贯的诗篇作为载体,来表达更加崇高的道德意义,这是将整体诗篇作为一种类比。当然,马端临并不否认整体诗篇里面有内在的连贯性,因事而发并存着一种略显粗俗的情感表达,"夫诗,发乎情者也,而情之所发,其辞不能无过","然其所反复咏叹者,不过情欲燕私之事耳",这些表面之意并不影响马端临把整首诗视为一个整体,并将其类比为更高的道德含义。

晚明郝敬(1557—1639)是另一位对朱熹解《诗》发起挑战的重要学者。他与马端临一样认为朱熹忽视了文本之外的

"志"。在此基础上,郝敬从文体的角度对朱熹发起批评:"盖《诗》言与他经异,说《诗》与说他经殊。他经辞志吻合,《诗》辞往往不似志。他经不得志,执辞可会。《诗》必先得其志,然后可讽其辞。"他对朱熹的第一个不满在于他认为《诗》和其他的经不同,要含蓄而不能直接叙述,"《诗》含蓄为温厚。古《序》浔其含蓄。朱传主于切直,反以含蓄为凿空",郝敬指责朱熹将《诗》的含蓄表达看作穿凿附会,而"古《序》"反而能够得到《诗》温柔敦厚的旨意。他这里所说的"古《序》"并不是全部的《毛诗序》,而是《诗大序》和各篇《小序》的开头第一句。正由于《诗》的文体特殊性,读者必须先感受诗篇的"志",然后再去欣赏它的"辞"。

　　郝敬对朱熹解《诗》的第二个不满是其"淫诗说"的思想。他引用《乐记》的文字说君子与小人听到音乐后不同的反应,小人得到的是"欲",而君子是"乐而不欲",对"欲"有超强的控制力。此外,《乐记》中提到了"反情和志",先秦时期"情"代表的是万物的本质,君子"反情以和志",意思是超越自己的欲望回归本质,这种本质与高尚的志向恰好是一致的,这样就可以做到"思无邪"了。正因为读者能够从《诗》中体味到高尚的道德内涵,所以男女之诗不一定是淫奔之诗。男女之情是一切情中之情,因此道德的廉耻在闺房之中能够表达得更深刻,也更能够打动读者。"然则《诗》多男女之咏,何也?"曰:"夫妇,人道之始也。故情欲莫甚于男女,廉耻莫大于中闺。礼义养于闺门者最深,而声音发于男女者易感。故凡诗托兴男女者,和动之音,性情之始,非尽男女之事也。"这些诗通过男女之情升华为更加高尚的道德情感。

马端临(1254—1323)《文献通考》对"淫奔说"的批判：

> 与文公之释《诗》，俱非得于作诗之人亲传面命也。《序》求《诗》意于辞之外，文公求《诗》意于辞之中，而子何以定其是非乎？曰：愚非敢苟同《序》说，而妄议先儒也。盖尝以孔子、孟子之所以说《诗》者读《诗》，而后知《序》说之不缪，而文公之说多可疑也。孔子之说曰："诵《诗》三百，一言以蔽之，曰思无邪。"孟子之说曰："说《诗》者不以文害辞，不以辞害志。以意逆志，是为得之。"(WXTK, juan 178, p.5305)

马端临《读诗》开宗明义，将孔子"思无邪"和孟子"以意逆志"两段话奉为说诗之圭臬，旨在证明"《序》求诗意于辞外"为是，"文公求诗意于辞之中"为非。马端临显然是在用孔子"思无邪"之说来鞭挞朱熹"淫奔说"，证明其无比荒谬。

> 夫诗发乎情者也，而情之所发，其辞不能无过，故其于男女夫妇之间，多忧思感伤之意；而君臣上下之际，不能无怨怼激发之辞。十五《国风》，为《诗》百五十有七篇，而其为妇人而作者，男女相悦之辞，几及其半。虽以二《南》之诗，如《关雎》《桃夭》诸篇，为正风之首，然其所反复咏叹者，不过情欲燕私之事耳。……盖知诗人之意者莫如孔、孟，虑学者读《诗》而不得其意者，亦莫如孔、孟，是以有无

邪之训焉，则以其辞之不能不邻乎邪也。……是以有害意之戒焉，则以其辞之不能不戾其意也。……以是观之，则知刺奔果出于作诗者之本意，而夫子所不删者，其诗决非淫泆之人所自赋也。(*WXTK*, *juan* 178, p.1541)

当朱熹《诗集传》逐渐成为经典，占据主流地位时，《毛诗序》与整个汉唐解《诗》传统逐渐失去了长久以来的影响力。虽然如此，它们并没有退出历史舞台。其实，朱子以后不久，一些学者就开始为《毛诗序》作有力的辩护，并强烈反对《诗集传》。元初马端临就是较早"崇毛贬朱"的学者之一。这里，马端临巧妙地将朱熹的观点转过来攻击朱熹自己。如前文所示，朱熹和其他宋代思想家认为《毛序》只见树木不见森林，沉迷于对孤立意象和语句的考证，故未能在《诗》作上下文的语境中寻《诗》作本意。而这里马氏则认为朱熹犯了同样的错误，他认为朱熹因沉迷于文本本身，没有在文本之外更为宽泛的类比框架下确定真正的"作者之志"，因此马氏认为朱子同样只见树木不见森林。朱熹批评《毛序》对文本生吞活剥，解读无法自圆其说，马氏则巧妙地以子之矛攻子之盾，反过来质疑朱子之法。马氏因此认为《毛序》所探讨的文外意比起朱熹所追寻的文内意，是更高层面的追求。

文外意超越文内意这一观点，多少蕴涵着道家的语言观。不过即使马端临受到老庄的影响，他在论证过程中也没有显示出任何道家的痕迹，而是引儒家圣贤之言进行论述。通过引用孔子"《诗》三百，一言以蔽之，思无邪"的观点，马端临首先反对了朱子宣称的"淫奔"之诗的存在;然后,同朱子一样,他引孟子"以意逆志"一说来支持自己的观点。孟子讨论"以意逆志"时强调了两种严重的错误:"以文害辞"和"以辞害志"。欧阳修批评《毛序》犯了第一种错误,而马端临则批评朱熹犯了第二种错误。马氏认为淫奔之诗是"辞",而文本背后的道德类比是"志"。所以朱熹的"淫诗"一说其实只是因"以辞害志"而造成的错误。最后,马氏认为这些诗"决非淫泆之人所自赋也",而只是儒家道德思想的类比表达。《毛诗序》将情诗加以道德隐喻,在这里马氏则完成了他对《毛诗序》之辩护。

马端临比较《诗集传》与《毛诗序》的方法为后来诸多捍卫《毛序》贬低朱熹的明清学者提供了论证思路。跟马氏类似,这些学者也希望通过降低文本的重要性使朱子对《毛诗序》的批评显得无关紧要,这样就可以将朱熹的文本阅读法降低成仅仅是为了崇高道德隐喻所做的准备工作而已。

钟惺(1574—1625)《词府灵蛇二集》:

总例物象

天地,日月,夫妇　君臣也,明暗以体判用。

钟声　国中用武,变此正声也。

石磬　贤人声价,变忠臣欲死矣。

琴瑟　贤人志气也。又比廉能声价也。

九衢,道路　此喻皇道也。(*QMSH*, p.4006)

此段抄录贾岛《二南密旨・论引古证用物象》,可见将孤立意象与道德伦理做机械类比的套路在明清时期并没有完全消失。

谭浚（嘉靖、万历间人）《说诗》对类比传统的审慎使用：

托意

《离骚》以善鸟香草比君子，恶禽臭物比小人。或托男女寓意君臣，如灵修比已，以妇悦夫之名；美人比君，以男悦女之号。《九歌》因旧俗祀神，更其词以寄己意。以神比君，人慕神也。山鬼阴贱不可比君，则以人比君，鬼喻己也。以椒兰、菌桂、荪芷、江离、揭车、杜若，皆设空言，并非实有，而史迁《屈原传》有令尹子兰之说，班氏《古今人表》有令尹子椒之名。王逸因注司马子兰、大夫子椒。后勿误焉。(QMSH, p.1824)

谭浚在此肯定了屈骚所定型的"香草美人"类比传统，但也指出不可如《史记·屈原列传》那样将各类善鸟香草比附于具体人物，乃至专为其设定实有人物，以免过分穿凿之嫌。

郝敬（1558—1639）《小山草·孟子说诗解》：

孟子曰："说《诗》者，不以辞害志，以意逆志，是谓得之。"朱子谓："以意逆志，将自家意思前去迎候诗人之志。"至否、迟速不敢自必，而听于彼，庶乎得之。不然则涉于穿凿，未免郢书燕说之消。按此说似是而非，欲自得而反伤巧。可以读他书、不可以说诗。自谓得解，而实与孟子背。

所以诋《诗序》为赝者,正以辞害志蔽之也。盖《诗》言与他经异,说《诗》与说他经殊。他经辞志吻合,诗辞往往不似志。他经不得志,执辞可会。诗必先得其志,然后可讽其辞。(XSC, juan 3, p.69)

这里,郝敬认为《毛序》对文外意的类比解读法并非是可有可无的选项,而是极为必要的,他认为这很大程度上是由诗本身的特质决定的。诗,尤其《诗经》,有着"温柔敦厚"的本质,必须重视隐约婉曲的表达,故"诗辞往往不似志",所以郝敬认为在文本中寻作者之志,反而是有悖常理甚而徒劳。对他来说,朱熹及其追随者所提倡的文本分析对散文也许有效,但对诗则并不适用。郝敬认为诗歌有内外意之别,内意不光是具体意象,而且有道德上的意义。他引入"温柔敦厚"说,认为诗歌和别的文体不同,必须表达"言外之意"。

郝敬《诗》序:

> 孟子云:"善说《诗》者,不以辞害志,以意逆志,是谓得之。"志得而辞可旁通矣。夫说《诗》与说他文字异。他文字切直为精核;《诗》含蓄为温厚。古《序》得其含蓄。朱《传》主于切直,反以含蓄为凿空。三百古《序》,无一足解颐者矣。人非赐、商,未可与言《诗》。(MSXS, p.517)

郝敬认为,孟子说《诗》法颠扑不破,关键在于它抓住了诗"温柔敦厚"的本质。"《诗》含蓄为温厚",故非"以意逆志"得辞外之情志不可解。相反,诗以外的文字(或文体)"切直为精核",故适宜从辞中寻意。因而,解诗必须学古《序》那样运用孟子的说《诗》法,求辞外之意,而朱《传》"切直"的解释法只可用于解释其他文字,用于解诗必定谬误百出。在《毛诗原解·读诗》中,他反复强调,温柔含蓄是诗的艺术本质,说诗除"求诗意于辞外"别无它径。

> 不微不婉,径情直发,不可为诗;一览而尽,言外无余,不可为诗;美谓之美,刺谓之刺,拘执绳墨,不可为诗;意尽乎此,不通于彼,胶柱则合,触类则滞,不可为诗。朱说皆犯此数病。(QMSH, p.2858)

郝敬不厌其烦地说"不温厚则非诗""不微不婉,径情直发,不可为诗;一览而尽,言外无余,不可为诗"云云,无疑是要从根本上证明《诗序》说诗法之绝对正确。郝敬"温柔"为诗的观点无疑是"温柔敦厚"传统命题的重要突破。

"温柔敦厚"一语,源自《礼记·经解》篇:"孔子曰:入其国,其教可知也。其为人也,温柔敦厚,诗教也。""温柔敦厚"原只指《诗》的政教化人的效果,但很早就被借用于描述诗歌微婉曲折的表达方式。《诗大序》云:"主文而谲谏,言之者无罪,闻之者足以戒。"刘勰(约465—约520或532)《文心雕龙·宗经》则云:"《诗》主言志,诂训同《书》,摛《风》裁兴,藻辞谲喻,温柔在诵,故最附深衷矣。"由于汉代以来用"温柔敦厚"形容《诗》言情微婉的特点,孔颖达(574—648)《礼记正义》解释"温柔敦厚"时加上了有关诗讽喻方式的评语,云:"温谓颜色温润,柔谓性情柔和。诗依违讽谏,不指切事情,故云温柔敦厚是诗教也。"把"温柔敦厚"的命题进一步发展为判断证明某一说诗方法正确与否的原则,大概是唐以后的事。朱熹也许是最早把"温柔敦厚"与阅读方式挂上钩的人。他据《礼记·经解》的引文,把"温柔敦厚"纯粹看作对《诗》作者为人秉性的描述,进而推断《毛序》牵强附会之过:"'温柔敦厚'诗之教也。使篇篇皆是讥刺人,安得'温柔敦厚'!"

有趣的是,同样一个命题到了郝敬的手里,就成了批朱护《序》的理论根据。他沿着刘勰和孔颖达的思路,把"温柔敦厚"解为《诗》特有的讽喻言情方式,从而肯定《毛诗序》于辞外求讽喻意义之正确。经过郝敬的阐述和运用,"温柔敦厚"也完成了从经学命题到诗学命题的转化,为清代诗学、词学中种种"温柔敦厚"说的兴起奠定了基础。

郝敬《谈经》:

> 或曰:"孔子以'思无邪'一言蔽《三百》,何也?"曰:"此即孟子所谓'不以辞害志'也。诗者,志也。《诗》多男女之辞,志不专为男女,听其声靡靡,而逆其志甚正。故端冕而听郑卫,皆雅乐也。苟佚欲情生,凡歌舞皆足以丧志。故《乐记》曰:'乐者,乐也。君子乐得其道,小人乐得其欲。以道制欲,则乐而不乱;以欲忘道,则惑而不乐。故君子反情以和志,'思无邪'之谓也。……世儒不达,谓《诗》多淫辞,无邪思,乃可诵《诗》。夫使圣人删诗,留淫辞,禁学者邪

思,是建曲表而责直影也。盖凡声音之道,和动为本,过和则流,过动则荡,苟弛而不张,虽《关雎》《鹊巢》《桃夭》《摽梅》,其孰无男女之思而奚必淫奔之诗也。"(*TJ*, *juan* 3, pp.9－11)

"然则《诗》多男女之咏,何也?"曰:"夫妇,人道之始也。故情欲莫甚于男女,廉耻莫大于中闺。礼义养于闺门者最深,而声音发于男女者易感。故凡诗托兴男女者,和动之音,性情之始,非尽男女之事也。"(*TJ*, *juan* 2, p.43)

郝敬批评朱《传》的第二个要点针对朱熹提出的"淫诗说"。他从"思无邪"切入,指出《诗经》中的男女之辞,在君子和小人听后会产生不同反应。这里引《乐记》内容,强调小人闻之而获得感官欲望,君子则会超越欲望回归诗情本质,从而德行高尚,思无邪。所以,《诗经》中的男女之辞同样能令读者获得高尚道德。且郝敬指出男女夫妇乃人道之始,《诗经》多男女之咏,实合乎人情之本,且更容易感染人心。由此一来,朱熹对男女之咏的"淫诗"定位也就难以成立。

皮锡瑞(1850—1908)《经学通论·诗经》:

> 古诗如傅毅《孤竹》、张衡《同声》、繁钦《定情》、曹植《美女》,虽未知其于君臣、朋友,何所寄托,要之必非实言男女。唐诗如张籍"君知妾有夫"一篇,乃在幕中却李师道聘作,托于节妇而非节妇;朱庆余"洞房昨夜停红烛"一篇,乃登第后谢荐举作,托于新嫁娘而非新嫁娘,皆不待笺释

而明者;即如李商隐之《无题》、韩偓之《香奁》,解者亦以为感慨身世,非言闺房。以及唐宋诗余,温飞卿之《菩萨蛮》,感士不遇;韦庄之《菩萨蛮》,留蜀思唐;冯延巳之《蝶恋花》,忠爱缠绵;欧阳修之《蝶恋花》,为韩、范作,张惠言《词选》,已明释之。此皆词近闺房,实非男女,言在此而意在彼,可谓之接迹风人者。(JXTL, p.166)

此段告诉我们,历代著名闺房诗总被说诗家进行类比解读,认为寄托了男性作者就君臣、主仆、朋友关系而抒发的种种情感。

第二节　魏源的历史类比解诗法

在前面的章节,不少文章都尝试将诗歌和历史联系起来,这种以史解诗法可谓《毛诗序》的类比解诗传至清代的变体,只是它不完全依托于虚构想象,而是援引与诗作背景临近的史事为依据,将文本考证和历史考证挂钩。这种解诗法可谓类比解《诗》衍生出的特殊模式,而《诗比兴笺》便是以史论诗的典型例子。《诗比兴笺》的作者虽署名为陈沆,但早在 20 世纪 80 年代,学者李瑚已推测此书实为魏源所作,整理后托陈沆之名刊刻而成。今文经学家魏源主张经世致用,力主政治变革,在诗歌的诠释上以公羊学"微言大义"的思想为主,根据现实需要解释《春秋》,以诠释儒家经典为途径表达政治思想,文学诠释紧扣经世救亡的政治目的。我们可以推测《诗比兴笺》的解诗方式,可能受到魏源政治思想的影响,从而形成以具体历史及政治伦理为参照的诠释方法。此外,在注笺《古诗十九首》其十九《明月何皎皎》时,笺者引用"申培、邹阳、王式"三位今文经学派学者观点,以三人为例,赞扬西汉藩僚对君主的忠诚之心(见《理解论评选》§082)。笺者特意以今文经学派学者相比,很大程度反映了笺者对今文学派的偏好,似乎旁证了魏源为《诗比兴笺》作者的可能性。

在《诗比兴笺》,笺者先假设《文心雕龙》中"古诗佳丽,或云枚乘"的推断为真实,判断《古诗十九首》作于两汉时期,认定当中九首作者是枚乘,将古人对作者的猜测当真,从而将论诗框架限制于一段真实历史中。与《文选》六臣注版本比较,《诗比兴笺》更多以人物的具体经历直接论诗,似乎回归了《毛诗序》的诠释方法,尝试以具体史实解释诗歌内在情感,并诠释意象。这种阐释方法固然牵强附会,过分关注诗歌的政治功用,亦忽略了诗歌的审美特征,却反映着动荡的社会政治环境中自然形成的诗教观。

另外值得注意的是,笺者将每首诗比附到枚乘生平各阶段,以此作标准为诗歌重新排序,以《古诗十九首》其五《西北有高楼》为首篇,明显颠覆了《文选》的排序。《汉书·枚乘传》中记载了枚乘曾为吴王刘濞的郎中,得知吴王计划谋反后曾上书谏说,谏说未果后离开吴王前往梁国,于梁国时亦曾再规劝吴王放弃谋反。吴王不听,发动七国之乱后被杀死。而在《古诗余篇十首》的前言中,笺者以《汉书·枚乘传》中枚乘的生平顺序为准则,重新排序《古诗十九首》的诗歌次序:首先指出其五

《西北有高楼》和其十二《东城高且长》作于枚乘初谏,劝吴王放弃谋反之时,因此两首应为首篇;接着,认为原本的其一《行行重行行》、其六《涉江采芙蓉》、其二《青青河畔草》三首于枚乘"去而之梁,从孝王游"之时所写;其后,《兰若生春阳》、其九《庭中有奇树》在枚乘复说吴王之时被写下;最后两篇——其十《迢迢牵牛星》、其十九《明月何皎皎》则为吴王败后所撰。

魏源(1794—1857)《诗比兴笺》[1]:

> 今以诗求之,则西北、东城二篇,正上书谏吴时所赋;行行、涉江、青青三篇,则去吴游浮之时;兰若、庭中二篇,则在梁闻吴反,复说吴王时;迢迢、明月二篇,则吴败后作也。(*SBXJ*, *juan* 1, p.17)

这一段中,笺者以不同篇章对应了枚乘不同的人生阶段,同时无视了以往《文选·古诗十九首》的顺序,之后笺注的顺序即用笺者这一重新编排的次序。

又:

> 西北有高楼,上与浮云齐。交疏结绮窗,阿阁三重阶。上有弦歌声,音响一何悲!谁能为此曲,无乃杞梁妻。清商随风发,中曲正徘徊。一弹再三叹,慷慨有余哀。不惜歌者苦,但伤知音稀。愿为双鸿鹄,奋翅起高飞。

---

[1] 《诗比兴笺》的作者,自咸丰刻本以来,均署为陈沆,然经李瑚、夏剑钦等人考证,其作者为魏源,已成定论。

> 笺曰:《玉台》以此为首篇,盖谏吴不听而思远举之词也。高楼齐云,阿阁重阶,非王居乎。《逸周书》:明堂反有四阿。《周礼》郑注:四阿,若今四柱也。李善曰:阁有四阿,谓之四阿阁。薛综《西京赋注》曰:殿前三阶也。名为西北,其实东南。李善曰:西北,乾位,君之居也。沆案:此即邹阳上吴王书,胡、越、齐、赵之喻也。杞妻善恸,城隅为崩,以此感人,庶几回听。《水经注》引《琴操》,杞梁死,其妻援琴作歌曰:乐莫乐兮新相知,悲莫悲兮生别离。乃慷慨余哀,而听者终莫我谅也,区区歌苦,竟何益乎,惟有高飞远举而已。古之君子,一谏不听则再,再谏不听则三,恐积诚之未至也。三谏而不听,则以去争之,冀幸君之一寤也。闺中既以邃远兮,哲王又不寤,怀朕情而不发兮,焉能忍而与之终古。(SBXJ, juan 1, p.17)

笺者认为,《古诗十九首·西北有高楼》应为首篇,实为枚乘谏吴王,而吴王不听,枚乘慨叹而作。按照枚乘的生平时序,此诗理应作首篇。同时,笺者基于枚乘生平修改了以往《文选》李善的注解,认为高楼非实指王居,而是比喻吴王。

又:

> 东城高且长,逶迤自相属。回风动地起,秋草萋已绿。四时更变化,岁暮一何速!晨风怀苦心,蟋蟀伤局促。荡涤放情志,何为自结束?燕赵多佳人,美者颜如玉。被服罗裳衣,当户理清曲。音响一何悲!弦急知柱促。驰情整巾带,沈吟聊踯躅。思为双飞燕,衔泥巢君屋。

笺曰：亦忧吴之诗也。高城崔嵬，讵不雄固，乃气机肃杀，已凛乎不可终日，盛衰倚伏，旦夕顿殊若此。而我一人乃独焦劳于其间，如晨风之忧心殷殷，蟋蟀之良士瞿瞿，毋乃徒苦心而伤局促已乎，曷若荡志适意，庶以忘忧。乃弦急柱促，卒成悲吟，若是者何哉？士之托身于国，犹燕之巢于幕上，未有屋倾而巢不覆者。是以知大厦非一木所支，而犹思效衔泥之忱也。乘本吴人，以吴为父母之国，故知屈平之哀楚，廉颇之忠赵，皆委身所事，而非以塞责明职为心者也。（SBXJ, juan 1, pp.17 - 18）

笺者认为此篇与《西北有高楼》乃同一时期所作，同样因忧吴所作。这段笺释其脉络大多从诗意及诗歌情感的流动出发，以各句与作者生平的关系为着眼点分析诗篇，并非分析诗歌意象的寓意，或引典佐证，这种诠释方法与经典的六臣注版本着重点不同（见《理解论评选》§019）。

又：

行行重行行，与君生别离。相去万余里，各在天一涯。道路阻且长，会面安可知？胡马依北风，越鸟巢南枝。相去日已远，衣带日已缓。浮云蔽白日，游子不顾反。思君令人老，岁月忽已晚。弃捐勿复道，努力加餐饭。

笺曰：此初去吴至梁之诗也。楚辞：乐莫乐兮新相知，悲莫悲兮生别离。言君子不以乐易悲，不以新置故也。夫梁园上客，胜友云从，语其遭逢，讵让淮甸？乃夫君恻恻,长路悠悠。眷言故乡,则感南枝之巢鸟;愤怀萧艾,则悲白日之浮云。奈何游子终不顾反哉!顾,念也。言心不可回。我是以维忧用老也。先之曰会面安可知,譬彼舟流,不知所届之谓。卒之曰忧能伤人,岁月几何,不如弃置而加餐焉。死丧无日,无几相见之谓。《韩诗外传》:《诗》曰"代马依北风,飞鸟栖故巢",皆不忘本之意也。此乘诗所本,宜用韩传为解。(SBXJ, juan 1, pp.18-19)

笺者认为此篇乃枚乘初离开吴王,前往梁国时所写,《诗比兴笺》结合六臣注的注释,立足于注释之诗意,但笺者更具体的指出主角为枚乘,而诗中所描写之事为枚乘离开吴王,前往梁国的过程。

又:

涉江采芙蓉,兰泽多芳草。采之欲遗谁,所思在远道。还顾望旧乡,长路漫浩浩。同心而离居,忧伤以终老。

笺曰:在梁忧吴也。去吴已远,而云涉江者,折芳兮遗所思,放臣寄托之情也。乘本吴人,茍尚在江滨,曷云还望旧乡,长路浩浩乎?吴王之于乘,可谓心不同矣,犹云同心而离居,非风人之忠厚乎?伯奇放流,首发早白,维忧用老之谓也。(SBXJ, juan 1, p.19)

在假设《古诗十九首》当中几篇作者为枚乘后,笺者首先透过枚乘的背景生平,将诗歌一一对应其人生阶段,再根据当时历史事件解释诗歌的意象。这首笺者认为是枚乘在梁忧吴之诗,便对应其生平指出"旧乡"乃吴王。"同心而离居"是指枚乘的忠厚之心,并非实指两人心思相同。

又:

> 青青河畔草,郁郁园中柳。盈盈楼上女,皎皎当窗牖。娥娥红粉妆,纤纤出素手。昔为倡家女,今为荡子妇。荡子行不归,空房难独守。
>
> 笺曰:楚辞:"汩予若将不及兮,恐年岁之不吾与;朝搴阰之木兰兮,夕擥洲之宿莽;日月忽其不淹兮,春与秋其代序;惟草木之零落兮,恐美人之迟暮。"戴氏震曰:美人,以谓盛壮之年耳。然则感盛年之易徂,而伤遇合之不再,固放臣同情也。《说文》:倡乐也,谓作妓者。何焯曰:昔为倡家女,闲之总章。晚遇荡子,则是终身不谐也。梁邓铿诗:"谁能当此夕,独宿类倡家。"庾信诗"倡家遭强聘",皆可证倡家为不嫁之女。案倡女者,未嫁之名,以譬己未遇时,荡子行不归,则譬仕吴不见用也。难独守者,行云有反期,君恩偿终还也。(*SBXJ*, *juan* 1, pp.19-20)

笺者认为这篇以男女关系比喻君臣关系。诗歌中妻子为枚乘,而荡子为吴王,妻子盼望远行荡子归来,暗指枚乘盼望吴王赏识,可惜"荡子行不归",枚乘谏吴王未成,未被赏识。这种诠释方法是典型的以政治伦理分析爱情诗歌。比较以往的注解,《诗比兴笺》更具体地以枚乘与吴王的君臣关系来谈诗。

又：

兰若生春阳,涉冬犹盛滋。愿言追昔爱,情款感四时。美人在云端,天路隔无期。夜光照玄阴,长叹念所思。谁谓我无忧,积念发狂痴。

笺曰：此篇《文选》不录,乃吴已反后,乘重说吴王,复不见纳之时也。兰若生春,涉冬犹盛者,及年岁之未晏兮,时亦犹其未央也。苟追昔爱而感情款,敢追怨吾谋之不蚤用,而遂谓臣之壮也,犹不如人乎？乃云路莫通于天末,夜光徒叹其暗投,将如彼何？谁料我以事外之人,旷怀无忧之士,而积念成忧,积忧遂成狂痴也,夫何以至是哉！而当之者曾不知忧何哉。此诗陆士衡（陆机）拟之,而《文选》不录,特以音节去取耳。（*SBXJ*, *juan* 1, p.20）

这篇诗歌《文选》并未收录。笺者的诠释角度与上篇类同,同样以政治伦理分析爱情诗,反映了笺者在笺注时基本忽略了诗歌的文学性,着重于诗歌的政教功能,而且援引具体的历史人物与事件为框架,将诠释框限在礼教规范之下,道德伦理远大于男女爱情。

又：

庭中有奇树,绿叶发华滋。攀条折其荣,将以遗所思。馨香盈怀袖,路远莫致之。此物何足贵,但感别经时。

笺曰：此亦同上诗之旨,非所贻之不纳,乃路远莫致也,非此物之果贵,聊以明思也。情弥迫而词弥缓,非风人其孰能之?曰别经时,知去吴已久也。(SBXJ, juan 1, p.20)

这首诗的诗旨与上相同。笺者以"别经时",对应当时作者离开吴国已远之时,再以诗意脉络论诗歌的内在情感,指其"情弥迫而词弥缓"。

又:

迢迢牵牛星,皎皎河汉女。纤纤擢素手,札札弄机杼。终日不成章,泣涕零如雨。河汉清且浅,相去复几许。盈盈一水间,脉脉不得语。

笺曰:此与青青河畔草,音调虽同,但彼言相阁之远,此言相去之近。殆吴攻大梁,乘在梁城遗书说吴之时欤?故云"札札弄机杼。终日不成章",言徒劳笔舌,无益危亡也。(SBXJ, juan 1, pp.20-21)

笺者先以诗歌情感与作者生平的关系,假设诗歌撰写的时期及主旨,再根据当时历史一一对应不同意象。在难以解释意象的情况下,笺者便转为以史解释诗意流动的脉络,往往前设论点为事实,再根据这些"事实"去解释诗歌的问题。

又:

明月何皎皎,照我罗床帏。忧愁不能寐,揽衣起徘徊。

客行虽云乐,不如早旋归。出户独彷徨,愁思当告谁。引领还入房,泪下沾裳衣。

笺曰:此吴败后忧伤思归之诗也。盛文谦于兔园。客行虽乐,吊故国之桑梓,不如旋归。史言孝王薨后,乘归淮阴,斯其志也。西汉藩僚,皆忠节之士,若申公之于楚,邹阳之于吴,王式之于昌邑。扶颠匡危,同国忧戚。枚叟诸作,其亦三百五篇之谏乎?上续风骚,下启百世,夫宁偶然?(SBXJ, juan 1, pp.20-21)

此篇笺者以史实解释诗中的忧思之情,认为作者之忧源自吴败,将诗歌内在的情与史实扣连。此外,值得注意的是笺者在笺注时,以"若申公之于楚,邹阳之于吴,王式之于昌邑"为例,表示西汉僚属的忠义。申公、邹阳及王式三人同为今文经学派的学者,申培更开创了西汉今文诗学的"鲁诗学",明显透露出笺者和今文学派的关系密切。

【第六章参考书目】

蔡宗齐:《郝敬"温柔敦厚"说:一个被遗忘的文学批评理论体系》,载《中国诗学》第 14 辑,第 150—177 页。

蒋秋华著:《郝敬的〈诗经〉学》,载《中国文哲研究集刊》1998 年第 12 期,第 253—294 页。

蔡长林著:《皮锡瑞〈诗〉主讽谕说探论》,《岭南学报》2015 年第 3 辑,第 107—131 页。

李瑚著:《关于〈诗比兴笺〉与〈近思录补注〉的作者问题》,载《魏源研究》,北京:朝华出版社,2002 年,第 720—755 页。

顾国瑞著:《〈诗比兴笺〉作者考辨——兼谈北大图书馆藏邓之诚题跋"〈诗比兴笺〉原稿"》,《北京大学学报(哲学社会科学版)》1996年第3期,第55—97页。

王瑞明:《马端临评传》,南京:南京大学出版社,2009年。

夏传才:《元代经学的社会历史背景和程朱之学的发展》,《贵州文史丛刊》1999年第4期,第1—14页。

第七章　元明清：复原理解论

第一节　吴乔等人的观文见人读诗法

在魏晋理解论部分，我们已经看到，六朝不少文论家受到了刘劭的影响，认为在诗歌中不仅能感受到历代作者之志，且能目睹作者其人。文如其人这种思想，源远流长，《史记·孔子世家》云："余读孔氏书，想见其为人。"又萧统《陶渊明集序》评陶诗，所谓"余爱嗜其文，不能释手，尚想其德，恨不同时"（见《理解论评选》§017）。刘勰《文心雕龙·知音》亦言"观文者披文以入情"（见《理解论评选》§018）。吴乔《围炉诗话》论诗，亦言"诗中须有人，乃得成诗"（见《理解论评选》§083），并且认为这是他自己提出的新观点，所谓"此说前贤未有，何自而来"。他举了很多例子，说明读一首诗，必可想象作者的道德品格、思想境界与志向，即作者的形象能够浮现于作品之中。毛先舒《诗辩坻》这一段更加明显，使用刘劭《人物志》其中的《八观》篇，认为诗歌中也有"八征，可与论人"（见《理解论评选》§084），及从不同的作品中可以看到不同作者的不同境界。我们在讲文学观时提到，王通、王勃等人认为齐梁文风之误国，把谢灵运等诗人视为小人,更认定这些"小人"的作品价值必定不高,可以说是开人物品藻式批评的先河。

观文见人读书法在汉末至六朝人物品藻的基础上得以建立,至明清时已出现新的引申。刘劭《人物志》立足于汉代的"血气""形志"之论,通过观察人的外在体貌,探知其内在思想与秉性。这一观照路径成立的依据也在于"和顺集中而英华发外""诗言志"等经典命题,当诗篇成为作者情志由内而外的自我呈现,那么解读诗人之志便可以由外而内,从文本进行推想。阅读作品便能感受到创作者的精神面貌与世界。这种由外而内的品藻思路在刘勰《文心雕龙·知音》篇同样得到采用。相较之下,刘劭在观人时由体貌透视到道德层面(见《理解论评选》§016),刘勰则在观文中由文字透视到文情(见《理解论评选》§018)。在这种透视过程中,刘勰与刘劭都不依赖类比解诗式的主观臆想,而立足于对所观察对象客观的、循序渐进的分析。

到了明清时期,这种观文见人法基本都以诗人的文艺才情为落脚点,相对少有对诗人道德的解读。除了明清词话多从温柔敦厚角度进行道德化阐释以尊词体外,其它诗文评基本会从审美层面对作品进行唯美化的解读。虽然刘劭也曾提出人之气性与生活时地相关,但明清人在观文的过程中,更为强调诗人与情、境的共生相映。如吴乔(1611—1695)在《围炉诗话》中将人之境遇变化与哀乐的产生机制同等并提:"人之境遇有穷通,而心之哀乐生焉。夫子言诗,亦不出于哀乐之情也。诗而有境有情,则自有人在其中。"(见《理解论评选》§083)这种不止侧重于内在之情,同时关注外在境遇的意识,当与孟子"知人论世"传统的影响关系密切。

而且,吴乔等人还进一步提出藻饰蹈袭过甚,内容空洞无物的诗篇难以使人感受到诗人的性情面目。并且,部分明清人在如何观文的问题上提供了一些较为具体的操作方法,其中毛先舒(1620—1688)十分独特地沿袭《人物志》中"九质""八观"的思路,提出"八征"说,根据诗歌呈现的不同美感将人分为从神人到鼠辈的八类。同时,他还借用了刘勰"披文入情"诸论,主张"观者因文而征情"。在此基础上他提出"洞贯古籍,曲尽拟议,非以役物"(见《理解论评选》§084)的具体观文方法,即通熟古人典籍,"借资"古人进行拟议类比,但同时又不会受其束缚。沈德潜(1673—1769)则在论诗主性情的立场下注意到各人性情万殊,呈现于诗篇的性情面目也会面目各异。

吴乔(1611—1695)《围炉诗话》:

> 问曰:"先生每言诗中须有人,乃得成诗。此说前贤未有,何自而来?"答曰:"禅者问答之语,其中必有人,不知禅者不觉耳。余以此知诗中亦有人也。人之境遇有穷通,而心之哀乐生焉。夫子言诗,亦不出于哀乐之情也。诗而有境有情,则自有人在其中。如刘长卿之'得罪风霜苦,全生天地仁。青山数行泪,白首一穷鳞'。王铎为都统诗曰:'再登上相惭明主,九合诸侯愧昔贤。'有情有境,有人在其中也。子美《黑白鹰》、曹唐《病马》亦然。鱼玄机《咏柳》云:'枝迎南北鸟,叶送往来风。'黄巢《咏菊》曰:'堪与百

花为总领,自然天赐赭黄袍。'荡妇、反贼诗,亦有人在其中。故读渊明、康乐、太白、子美集,皆可想见其心术行己,境遇学问。刘伯温、杨孟载之集亦然。惟弘、嘉诗派浓红重绿,陈言剿句,万篇一篇,万人一人,了不知作者为何等人,谓之诗家异物,非过也。"问曰:"弘、嘉人外,岂无读其诗而不见其人者乎?"答曰:"杨素、唐中宗、薛稷、宋之问、贺兰进明、苏涣,其人可数。"(QSHXB, p.490)

吴乔在此以设问的方式提出"诗中有人"的主张。所谓"诗中有人",即吴乔认为诗人的形象存在于他的诗篇之中,文如其人,文章与作者的人品不可分开。这一观念以诗的言志、缘情传统为基础。而且诗人需在一时一地的境遇触发下产生某一具体的哀乐之情,所以情绪变化关联着境遇的穷通。在这一视野下,后人皆可从古之名家诗作文本推想诗人的境遇和学问,有如得见本人。同时,他也指出明中期追求形式复古,或过度关注藻饰的诗人,其作品多为蹈袭重复,无法令读者透过文字观照诗人。

并且,部分明清人在如何观文的问题上提供了一些较为具体的操作方法,其中毛先舒(1620—1688)《诗辩坻》十分独特地沿袭《人物志》中"九质""八观"的思路,提出"八征"说,根据诗歌呈现的不同美感将人分为从神人到鼠辈的八类。同时,他还借用了刘勰"披文入情"诸论,主张"观者因文而征情"。在此基础上他提出"洞贯古籍,曲尽拟议,非以役物"(见《理解论评选》§084)的具体观文方法,即通熟古人典籍,"借资"古人进行拟议模拟,但同时又不会受其束缚：

> 诗有八征，可与论人。一曰神，二曰君子，三曰作者，四曰才子，五曰小人，六曰鄙夫，七曰瘵，八曰鼠。神者，不设矩矱，卒归于度，任举一物，旁通万象。于物无择，而涉笔成雅；于思无豫，而往必造微。以为物也，是名理也；以为理也，是象趣也。揽之莫得而味之有余，求之也近而即之也远。神乎神乎！胡然而天乎？
> 君子者，泽于大雅，通于物轨，陈辞有常，撼情有方，材非芳不揽，志非则不吐，及情而止，使人求之，渊乎其有余，怡然其若可与居。推其心也，拾国香为餐，而犹畏其污也；薰袚正襟以占辞，而犹畏有口过也。是君子者也。作者，揽群材，通正变，以才裁物，以气命才，以法驭气，以不测用法。其用古人之法，犹我法也。犹假八音以奏曲，钟石之韵往而吾中情毕得达焉。故其诗如奇云霏雾而非炫也，如震霆之疾惊而非外强也，澹乎若洞庭之微波而不竭其澜也，中闳而已矣，是作者也。才子者，有情有才，亦假法以范之，时有过差，时或不及，殆其当也，则为雅辞，不可为昌言。分有偏至，不能兼也；法有一体，不能合也。然而气必清明，辞必周泽，斯称才子矣。
> 小人者，法不胜才，才不胜情，注辞而倾，抒愤如盈，务竭而无后虑，其小人之心声乎？故其诗若忮若争，若诮若昵，虽罗罩于丰翰，而不可为饰，君子视之，并器不入。鄙夫者，窘乎材者也。乃欲自见，故匿质而昭文，中亡情而索辞，辞屡则假于物辅。故取物也，不以益中，以涂茨外，趍

趄睥睨,冀无窥者。故其语散而不贯,气时张而时萎,思不盈尺,辞联寻丈,使人厌之。

瘵者,病也。望之肤立,按之无脉,如呻吟之音,虽长逾促,谓之细甚,是曰诗瘵。

鼠也者,小而善窃,狡而不能为物害,故以取喻为诗者,是强解事人也。未能知之,先欲言之,袭彼之语,以市于此,矛盾而不恤,被攻而无怍色,掎撼无当,聒而不休,操笔回惑,犹厕鼠之见人犬而数惊恐也,是曰诗鼠。

审声诗之士,以是八征,参验无失,则可以观人矣。为诗者慎以自验,务治其中而底于纯,可以无跌,匪曰文章,至道寓焉。余故详著之于篇。

欲披其文,先昭其质,故观者因文而征情,作者原志以吐辞,则惟诗不可以为伪也。洞贯古籍,曲尽拟议,非以役物,求自见本质耳。譬之以火煅金,以鱼濯锦,知鱼火之借资,识古人为津筏。是故神明秀练者,其言芳以洁;意广识通者,其言疏以远;凄激内含者,其言抑以凌;不见歆趋者,其言静以立;萦纡恬汰者,其言微以长;光华隐曜者,其言清以典。内业既昭,本质斯呈。欲学夫诗,先求其心,故歌之而可以观志,弦之而可以见形。若夫内无昭质而郁畅菁华,胸本柴棘而放词为高,斯如鎏黄火翠,茹蔗练染,不能饰美,适足彰其为贱工也。(QSHXB, pp.10 - 11)

很明显,毛先舒的这段沿用了刘勰和《人物志》的思路,他也先是强调诗歌之能"观人",因为"作者原志以吐辞"。他还使用了《人物志》的八征，认为诗歌也有八征，不同的八征可论不同的人："诗有八征，可与论人。一曰神，二曰君子，三曰作者，四曰才子，五曰小人，六曰鄙夫，七曰瘵，八曰鼠。"这实际上是按照八种诗歌文字使用的方式可以想见八类作者，是从诗中见人的方式。他按照诗歌里面呈现的不同美感将人分类，从神人到鼠辈。"欲披其文，先昭其质，故观者因文而征情"句，很明显借用了刘勰的语言，这也是刘勰《知音》篇使用刘劭《人物志》框架的有力旁证。至于如何昭明诗人之志，他提出"洞贯古籍，曲尽拟议，非以役物"，即通熟古人典籍，能"借资"古人，拟之议之而后成其变化之道，但同时又不会受其束缚。最后他还指出，诗文的修饰当与内容相称，若内容空洞无物而徒有华辞丽藻，也只算是文辞层面的"贱工"。

沈德潜（1673—1769）则在论诗主性情的立场下，注意到各人性情万殊，呈现于诗篇的性情面目也会各异，如其《说诗晬语》云：

> 性情面目，人人各具。读太白诗，如见其脱屣千乘；读少陵诗，如见其忧国伤时。其世不我容，爱才若渴者，昌黎之诗也；其嬉笑怒骂，风流儒雅者，东坡之诗也。即下而贾岛、李洞辈，拈其一章一句，无不有贾岛、李洞者存。倘词可馈贫，工同肇悦，而性情面目，隐而不见，何以使尚友古人者读其书想见其为人乎？（QSH, p.557）

他列举了一系列通过古人篇章想见诗人性情的例子，以佐

证观其文足以见其人。章学诚(1738—1801)《文史通义·文德》则提出论文当先知古人身处之世:

> 是则不知古人之世,不可妄论古人文辞也;知其世矣,不知古人之身处,亦不可以遽论其文也。身之所处,固有荣辱隐显、屈伸忧乐之不齐,而言之有所为而言者,虽有子不知夫子之所谓,况生千古以后乎?圣门之论恕也,"己所不欲,勿施于人",其道大矣。今则第为文人,论古必先设身,以是为文德之恕而已尔。(WSTYJZ, juan 3, pp.278–279)

"知人论世"在章学诚这里已被拆分成"古人之世"和"古人之身处"两个维度,前者指向整体的社会历史背景,后者则为古人具体的生平遭际。并且他将圣门论"恕"与"论古必先设身"联系一起,亦可视为对"观文见人"和"知人论世"的新理解。

【第七章第一节参考书目】

张健著:《清代诗学研究》,北京:北京大学出版社,1999年。有关吴乔"以意为主"与"诗中有人"说,见第156—167页。

王运熙、顾易生主编:《中国文学批评通史》,上海:上海古籍出版社,1997年。第七章《清代中期的诗论》,第432—451页。

王英志著:《清人诗论研究》,南京:江苏古籍出版社,1986年。参第38—55、111—123、154—170页。

第二节　元人律诗结构分析法

唐人王叡（831年前后在世）已在论君臣意象的历史与自我指涉时有意从诗歌结构组合进行分析，如其《炙毂子诗格·一篇血脉条贯体》：

> 李太尉诗云："远谪南荒一病身，停舟暂吊汨罗人。"此诗首一句发语，次一句承上吊屈原。"都缘靳尚图专国，岂是怀王厌直臣。"此二句为颔下语，用为吊汨罗之言。"万里碧潭秋景静，四时愁色野花新。"此腹内二句，取江畔景象。"不劳渔父重相问，自有招魂拭泪巾。"此二句为断章，虽外取之，不失此章之旨。（QTWDSGHK, p.388）

李德裕此诗作于南贬途中，在这一背景下，诗中的"汨罗人""靳尚""怀王""渔父""招魂"便具有历史与自我抒情的双重指涉。这些君、臣形象在照应汨罗本土历史记忆的同时，也类比着李德裕当时的政治遭遇，因此诗中凭吊屈原、招魂拭泪等行为便具有深沉的情感力量。而这些诗情寄托的分析，沿着诗句的起承转合得以条理化展开。

欧阳修、朱熹等宋人在解《诗》方面对诗句本义及诗作整体意旨的贯通，注重作品章节结构的分析，由此超越汉儒解《诗》的类比附会框架，产生出更贴合文本自身的阐释。同时宋人也提炼出一系列解诗的理念和方法，尤其是结构层次的分析，对宋元之际格律诗等诠释批评产生颇为深重的影响。其中以杨载论诗的起承转合,范梈论起承转合与诗意组织之关系等尤具有代表性。范温《潜溪诗眼》的"贯珠"之喻已涉及对诗文结构的关注:

> 古人律诗亦是一片文章,语或似无伦次,而意若贯珠……通畅而有条理,如辩士之语言也。(SSHJY, pp.318-319)
>
> 山谷言文章必谨布置;每见后学,多告以《原道》命意曲折。后予以此概考古人法度,如杜子美《赠韦见素诗》云:"纨绔不饿死,儒冠多误身。"此一篇立意也,故使人静听而具陈之耳。(SSHJY, pp.323-324)

范温引用黄庭坚的"文章必谨布置"说,这里谈及的"文章"其实包含了诗歌。范温这段中以文章学的角度谈诗歌创作,指出古代律诗的结构匀称,逻辑严密,将诗歌结构等同文章看待,要求诗人精炼字句,谨慎布局,反映了范温将诗文结构纳入创作评价的一部分。

又如杨载(1271—1323)《诗法家数》:

起承转合

破题:

或对景兴起,或比起,或引事起,或就题起。要突兀高远,如狂风卷浪,势欲滔天。

颔联:

或写意,或写景,或书事、用事引证。此联要接破题,要如骊龙之珠，抱而不脱。

颈联：

或写意、写景、书事、用事引证，与前联之意相应相避。要变化，如疾雷破山，观者惊愕。

结句：

或就题结，或开一步，或缴前联之意，或用事，必放一句作散场，如剡溪之棹，自去自回，言有尽而意无穷。（*LDSH*, p.729）

杨载可能是最早谈论诗的起、承、转、合的。他不是简单地将诗歌划分成四部分，而是从结构上串通来讲的。比如其强调颈联要变化，结句要"自去自回，言有尽而意无穷"，不像英文中的 conclusion，仅是一个线性的结论。实际上，这种起承转合结构很像英文中的 beginning、middle、ending，只不过中国古典诗歌中的 middle 要求有转折（turning）的变化。又如杨载《诗法家数》以血脉论诗：

五言

五言、七言，句语虽殊，法律则一。起句尤难，起句先须阔占地步，要高远，不可苟且。中间两联，句法或四字截，或两字截，须要血脉贯通，音韵相应，对偶相停，上下匀称。有两句共一意者，有各意者。若上联已共意，则下联须各意，前联既咏状，后联须说人事。两联最忌同律。颈联转意要变化，须多下实字。字实则自然响亮，而句法健。

其尾联要能开一步,别运生意结之,然亦有合起意者,亦妙。(LDSH, pp.729-730)

杨载结合了范温与孔颖达等人的论点。"语句虽殊"指出诗体自由的特征,"法律则一"则论及自己对于诗歌结构的要求。但不同之处在于文中杨载对诗律的要求更为详细清楚,包括血脉、音韵、对偶、匀称,而这些要求相信源自姜夔《白石诗说》中对诗"气象、体面、血脉、韵度"的要求。

范梈(1272—1330)《木天禁语》亦对诗篇章法做出拆解分析:

五言长古篇法

分段　过脉　回照　赞叹

先分为几段几节,每节句数多少,要略均齐。首段是序子,序了一篇之意,皆含在中。结段要照起段。选诗分段,节数甚均,或二句,或三句、四句、六句、八句,皆不参差。杜却不甚如此太拘,然亦不太长不太短也。次要过句,过句名为血脉,引过次段。过处用两句,一结上,一生下,为最难,非老手未易了也。回照谓十步一回头,要照题目,五步一消息,要闲语赞叹,方不甚迫促。长篇怕乱杂,一意为一段,以上四法,备《北征》诗,举一隅之道也。(LDSH, p.745)

范梈以杜甫《北征》作为五古写作的典例,举出分段、过渡、照应、赞叹等要领关键,逐层逐条解析。整首五古作品被拆为序子、若干分段,并及回照前文的结段,每节每段用句的数量、字数、写法要领都被一一注及。范梈还将结构分析与"意"的组织相结合,其《诗学禁脔·诗格》云:

> 先问后答格 《三月三日泛舟》:江南风景复如何,闻道新亭更可过。处处艺兰春浦绿,萋萋芳草远山多。壶觞须就陶彭泽,风俗犹传晋永和。更使轻桡徐转去,微风落日水增波。
>
> 初联上句言江南之烟景,是一篇之主意。"复如何"问之之词,"闻道"乃答之之词。次联应第一句烟景之态。三联应第二句。末联结上。欢乐无穷,烟景已晚,有俯仰兴怀之寓。(*LDSH*, p.757)
>
> 一句造意格 《子初郊墅》:看山酌酒君思我,听鼓离城我访君。腊雪已添桥下水,斋钟不散槛前云。阴移松柏浓还淡,歌杂渔樵断更闻。亦拟城南买烟舍,子孙相约事耕耘。
>
> 初联上句以兴下句,而下句乃第一句之主意。第二联、三联皆言郊野之景。末联结句羡郊墅之美,亦欲卜邻于其间,有悠悠源泉之意。此乃诗家最妙之机也。(*LDSH*, p.758)
>
> 两句立意格 《写意》:燕雁迢迢隔上林,高秋望断正长吟。人间路止潼关险,天下山惟玉垒深。日向花间留远照,云从城上结层阴。三年已制相思泪,更入新愁却不禁。

> 初联上句起第二句,第二句起颈联。盖颔联是应第一句,颈联是应第二句,结尾是总结上六句。思之切,虑之深,得乎性情之正也。(*LDSH*, p.758)
>
> 物外寄意格 《感事》:长年方忆少年非,人道新诗胜旧诗。十亩野塘留客钓,一轩风雨共僧棋。花间醉任黄鹂语,池上吟从白鹭窥。大造不将炉冶去,有心重立太平基。
>
> 初联首言是非之悟,以诗为言,则他事可知,此唐人一种玄解。次联言气象闹杂,行乐无人相似,不与上联相接,似若散缓。然诗之进退,正在里许。颈联言闹中自得,与物忘机,而宰相之量也。结尾言进退在君,任者不可不重。八句之意,皆出之言外。(*LJYSHQB*, p.2045)

这几则诗格分析主要讨论了起承转合与"意"的组织,其中"一句造意格"即四联均围绕一句之"意"而作;"两句立意格"即诗中不同的部分照应第一句和第二句,"物外寄意格"即诗中各联共同的意义不是以语言表达出来的。由此可见范梈显然是利用结构分析的方法来剖析诗中之意。整体分析内容关注诗之主意、句联层次、前后关应等,而且也使用了"起兴""性情之正"等解《诗》理路。

【第七章第一、二节参考书目】

张毅:《宋代文学思想史》,北京:中华书局,1995年,第229—234页。
顾易生、王运熙:《中国文学批评史新编》,上海:复旦大学出版社,2001年,第346—354页。

祝尚书：《论宋元文章学的"认题"与"立意"》，《文学遗产》2009年第1期，第77—85页。

王水照、慈波：《宋代：中国文章学的成立》，《复旦大学学报》2009年第7期，第21—31页。

蒋寅著：《古典诗学的现代诠释》，北京：中华书局，2003年。有关"起承转合"与诗文结构的论述，第100—121页。

黄强著：《起承转合结构说的源流》，《伊犁师范学院学报》2006年第1期，第67—75页。对蒋寅说法提出质疑。

第三节　魏浣初等人的意脉解《诗》法

明清结构解《诗》法与朱熹的解读存在很大的不同，朱熹是分章标示赋、比、兴，只对章内之意进行阐释，没有关注到关键词语或主题如何贯穿钩联不同章节。明清结构解《诗》十分注重诗篇的整体性和内部各部分的互动性。以魏浣初解《小雅·小弁》为例，他先解释此诗的主旨是叙述盘桓在心中的痛苦："通篇叙被縻之情"。然后，魏浣初提取出"忧"字统领全诗，每一章跳跃的变化都是表达"忧"的不同描述。之后他分出八章，逐章概括大意，每一章都是不同的"忧"。最后，"章内'忧'字凡五见"，魏浣初将"忧"作为贯穿全诗的情感线索，十分具有结构意识。

魏浣初（1580—?）《诗经脉讲意》评《小雅·小弁》：

> 通篇叙被縻之情。宜以章内"忧"字为主。首章伤己无罪见弃，以发思慕之端；二章极道其忧伤之甚；三章则反

其不见爱者而莫得其故;四章叹己之无所依;五章叹己之不见顾;六章总上意而伤王心之忍;七章推其心之忍者易惑于谗人;八章又原谗之所起由王易其言以来之。夫易其言以来谗邪之口。信谗言而有废黜之加,此太子所以始虽有不忍之情,而终致决绝之意也。章内"忧"字凡五见,曰"云如之何",其词尚缓;曰"疢如疾首",则切于身矣;曰"不遑假寐",则昼夜无休歇;曰"宁莫之知",则无所控诉,而仓辛急迫,故遂以陨涕终焉。《白华》之词简而庄,《小弁》之词婉而切,则处父子与夫妇之变异也。(SJMJY, juan 5, p.117)

魏浣初主要以诗歌结构作为解诗的切入点。在分析诗歌时,他首先分析诗歌主旨,再抽取诗意重点论述每章章旨,以每章内容与"忧"字的联系分析概括章旨,最后将各章旨串联起来。此外,魏浣初亦透过"忧"字在各章中涵义的变化来解释诗中的情感变化。

同时魏浣初还与张元芳在《毛诗振雅·周南·卷耳》中综合分析诗的结构、章旨、字句、情景关系:

[眉评]通篇皆是托言,以嗟我怀人为主,下三章俱承此来,正形容怀之不能自已也。首章托言有所事,而不终于事,后妃无时不念君子,但于采物时,一触怀人之想,便不能复采耳,不是把顷筐所有者弃之。二三章,各重登高,勿与饮酒平,我始二句,根登高来,盖行莫逐,而心转切,故

借酒以自宽俱是托言。玩姑字永字,示非真欲释其思也。末章上三句,言登高有所制,下则难乎其为情也。仆是将车者,云"何吁矣",言我当如何其忧叹乎？正是思之极处。

[眉评] 此诗妙在诵全篇,章章不断,诵一章,句句不断。虚象实境,章法甚妙,闺情之祖。(MSZY, pp.16 – 17)

《毛诗振雅》的评点有眉评、旁批、尾评。上面引文第一段即为《卷耳》诗的眉评,其分析手法与《诗经脉讲意》类同,以拆分章旨,概括诗意为主。上面引文第二段即为《卷耳》诗的尾评。此外还以旁批的方式关注诗中的关键字句,于"嗟我怀人"旁批"主"字,"维以不永怀"中"怀"字和"维以不永伤"中"伤"字均旁批"骨"字。值得注意的是,两人并未忽视诗歌的整体意境,"虚象实境"亦点出了诗整体的情景关系,填补了文人结构分析时的常见缺陷。在他们看来,这种围绕诗的讲意直接能体现诗人之志,如余应虬(1583？—1652？)《诗经脉讲意》序:

诗何言脉也？即子舆之所谓志也。三代时人心风俗浑灏之元气仍在,故发之声歌,昭功德之颂,寄忠孝之思,或庆祝亨嘉而托兴飏言,或寓言曲庸而引谕旁通,或触物生情而敦和婉切。即下迨闾巷征夫思妇,亦各有志在焉。故圣人存以备劝惩,与羲图谟诰并传不朽。惟是物也,是志也,是脉也,每讽咏之,而奕奕生气犹在三百中流动。岂可谬成臆见,穿凿附会,以斫千古圣贤之脉乎？(SJMJY, pp.1 – 2)

余应虬序文将《诗经》之"脉"归结为上古诗人之志,无论这些诗篇发于何思,作于何地,皆含有三代人的浑灏元气,真切之志,足以劝惩后世。后人每讽诵歌咏之,便能感受古诗人情志在文字间的流动。此外,何大抡、金圣叹、吴雷发等人皆对此有所阐发,何大抡(活跃于1632年前后)《诗经主意默雷》评《卷耳》:

> 全诗只一"怀人"两字,多少态度。盖惟其怀,所以采卷耳,所以陟高冈,所以陟崔嵬,所以陟砠而望。大约晦明风雨,长牵游子之衷;展转徘徊,不禁离人之感。旋采之,旋寘之,盖有意于远人,因无心于近事。夫寘周行,则寘周行耳,何必又登高?若将曰望而见,遂可以观其人;即望而不见,亦得以想其处。至于马疲仆痡,则怀思于焉毕矣,只令付之长叹尔。后如化石不还,想亦闻后妃之风而兴起者欤!(SJZYML, juan 1, p.10)

何大抡将"怀人"作为此诗的意脉,认为所有段落章节都是为了表达"怀人"之意,由此串联、敷演其各章的行为举止,并以此展开推想。从陟高冈、崔嵬到砠,抒情主人公的情绪在流转,故事也渐走向马疲仆痡而怀人之思未绝的尾声。

金圣叹(1608—1661)《释小雅·隰桑》:

> 爱故愿见,得见故乐。如一章"其乐如何",连自家想不出来。二章"云何不乐",为正想不出,再反想,毕竟想不

出来。三章"德音孔胶",将君子之可乐,与己之乐君子,说到胶固不可别离,然亦只是觉得如此。至其所以然之故,到底元想不出来。若真要写出来,也不难,只是"心乎爱矣"四个字。虽然,要说也有甚说不出,却只是不要说出好。二句、三句,欲吐还吞,无限作态,于是又另文终之曰:"何日忘之。"爱故须见,既见只是爱;见则今日既见,爱则何日始忘爱耶?此诗前三章极力说乐,第四章极力不肯说爱;又,前三章极力说乐,却说不出,至第四章,极力不肯说爱,却说得尽情。《乐府》"思公子兮未敢言",是从此变化出;又"心说君兮君不知",亦从此变化出。(JSTPDCZQJ, vol.1, pp.850-851)

诗篇结构分析法往往按照起承转合的套路来分析,如宋人"四实四虚"论,比较僵化。但金圣叹这里走的是另外的路子,他将文章的主题归纳出来,可以见出不同章节之间的互动如何表达主题。而且金氏语言通俗、平易近人,很像说书人的口吻。将自己代入到说话人的心理活动,将主人公吞吞吐吐、欲说还休的思想过程展现了出来。"前三章极力说乐,却说不出,至第四章,极力不肯说爱,却说得尽情。"金圣叹对于诗文中的情感,分析得十分细腻,完全是在解读文学作品,而不是在解经。

吴雷发(康雍时期人)《说诗菅蒯》:

诗贵寓意之说,人多不得其解。其为庸钝人无论已;即名士论古人诗,往往考其为何年之作,居何地而作,遂搜索其年、其地之事,穿凿附会,谓某句指某人,某句指某事。是束缚古人,苟非为其人、其事而作,便不得成一句矣。且在是年只许说是年话,居此地只许说此地话;亦幸而为古人,世远事湮,但能以意度之耳。若今人所处之时与地,昭然在目,必欲执其诗而一一皆合,其尚可逃耶? 难乎免矣! (*QSH*, p.903)

对于泥于"知人论世"讲诗的做法,吴雷发提出了尖锐的批判。他讥讽这些庸钝的说诗家执意"搜索其年其地之事",诗句若不与其年其事相符便不能成立。如此束缚古人,穿凿附会,必定是在亵渎古人的诗作。

第四节　徐增等人的动态"起承转合"解诗文法

起承转合说由元人首先提出,是对近体诗结构作出的一种宏观描述。明清批评家运用起承转合来分析诗歌,更热衷于讨论哪一联用景语,哪一联来抒情,并根据其不同的情和景、虚和实的搭配形式,进行了详尽梳理分类,这是元人较少论及的。所谓起承转合,就是不同段落所呈现的不同特点。看诗歌的主题是怎样在不同的章节,从不同的角度加以发展,这是一种更动态的结构分析,是明清人的独创。如徐增《而庵诗话》提出,读诗的重点在于留心诗人如何通过结构纵横捭阖,造成跌宕起伏的效果。他将这种读诗方法称之为"正法眼藏",而其它论诗方法都是"野狐"禅。这就将起承转合的动态分析提到了一个最高的地位。

> 读唐人诗,须观其如何用意,如何用笔,如何装句,如何成章,如何起,如何结,如何开,如何阖,如何截,如何联,自有得处。(QSH, p.428)

> 圣歎《唐才子书》,其论律分前解、后解,截然不可假借。圣叹身在大光明藏中,眼光照彻,便出一手,吾最服其胆识。但世间多见为常,少见为怪,便作无数议论。究其故,不过是极论起承转合诸法耳。然当世已有鉴之者,余不敢复赘一辞也。(QSH, pp.432-433)

> 解数及起承转合,今人看得甚易,似为不足学。若欲精于此法,则累十年不能尽。宗家每道佛法无多子;愚谓诗法虽多,而总归于解数,起承转合,然则诗法亦无多子也。学人当于此下手,尽力变化,至于大成,不过是精于此耳。向来论诗,皆属野狐,正法眼藏,毕竟在此不在彼也。(QSH, p.434)

> 解数,起承转合,何故而知其为正法眼藏也?夫作诗须从看诗起,吾以此法观唐诗及唐已前诗,无不焕然照面,若合符节,故知其为正法眼藏无疑也。(QSH, p.434)

这里徐增认为起承转合的结构是适用于包括诗文在内的所有文体的最高原则,称之为"正法眼"。通过读唐诗,我们可以得到文章结构的原则。这种"正法眼"多次被他用在《说唐诗》的实践中：

> 葡萄美酒夜光杯，欲饮琵琶马上催。醉卧沙场君莫笑，古来征战几人回？

此诗妙绝，无人不知，若不细细寻其金针，其妙亦不可得而见，愚窃解之。先论顿、挫。葡萄美酒大宛富人，藏葡萄酒至万余石，一顿；夜光杯夜光，是白玉之精，周时西人曾以此杯献，一顿；欲饮，一顿；琵琶马上催，一顿；醉卧沙场，一顿；君莫笑，一顿。凡六顿。"古来征战几人回"，则方挫去。夫顿处皆截，挫处皆连，顿多挫少。唐人得意乃在此。杜工部云"沉郁顿挫"者，沉郁于顿挫之法也。次论起承转合。夫唐人最重此法，起，陡然落笔，如打桩，动换不得一字为佳。或未能明透，又恐单薄，故须用承；承者，承起句义也。转者，推开也，不推开则局隘，不推开则气促。人问曰："既云推开，则当云开，不当云转。"夫古人不云开，而云转者，用力在开将去，而意则欲转回，故云转也。转盖为合而设也。合者，合于我之意思上来。人作一诗，其意必在结处见，作者于此处为归宿；又须通首精神，焕然照面，言外更有余蕴，方是合也。今人不知此法，专讲照应，可笑也。夫合又不但此也。一首诗，作如是起，当如是承，当如是转，当如是合。一字不出入，斯为合作，宁独结处为合，而云合也。此作，葡萄句，是起；欲饮句，是承；醉卧句，是转；古来句，是合。承既为起，转又为结。由此观之。古人盖尤重起、结也。顿挫、起承转合，余既言之矣，而命意、措词，则又可得而言之。夫葡萄美酒，言酒之美，而殽馔之丰腴在其中矣。夜光杯，言酒器之精，则其他器皿之炫耀在其内矣。总言其筵席之盛。酒之佳者，宁必葡萄？而用葡萄者，以葡萄酒出于凉州故也。如此筵席，岂可觌面失之。才下笔，便为下三句取势，见催起身者之痴，而醉卧沙场者之当也。盛筵难再得，征战几人归，当花不饮，对月不歌，真折算也。此乃初出师饯行大将之席，大将赴此席时，军马已动，自不得留恋，亦须少坐片时，三杯起座，而无奈催者之急也。曰"欲饮"，是主将尚未饮也，而麾下将士，林立以待，皆以为此举克敌，必得封拜之赏，刻不可待，一似主将不赴席，径行为快者。然麾下岂敢促主将之行，势既不可催，而又不能待，故将琵琶在马上撩拨，光景如画。琵琶不说话，而能代将士之催，千古妙语。七个字中，迭用人事、器用、鸟兽门等字，何等变化。的是攒撮五行手。夫欲饮而琵琶已催，不容其饮，岂容其醉，而至于大醉卧于沙场也？此乃必无之事，而才人算计，却到此尽情地位。若不说到此，则跌顿无力。虚设此句以取势，今人安得有此落想。夫既欲饮，而琵琶已催，若醉卧沙场，岂不使麾下笑煞？"君莫笑"三字，冷极。此是主将劝将士，莫要笑我醉卧。而不知将士琵琶马上之催，早被主将笑去了也。转下何等灵变！"古来征战几人回"，是言君莫笑之故。你等军士，气吞敌人，以为功名可唾手而得，殊不知古来好汉，有大谋画者，万万千千，恒河沙数，貂锦而出，白骨成山，而得归见妻子者，有几人也！毕竟是饮酒是实。说得怆然,可为好边功者之戒,真仁人君子之用心也。二十八字中,乃具如许本领,勿谓诗易事,而轻觑之也。(STS, pp.230 – 231)

所谓"金针",就是指结构上的联结。徐增认为虽然原来很多人讲过此诗,但没有从结构的角度来解读。他论此诗"先论顿、挫",即要从结构的变化上来讲。前三句"凡六顿",最后一句"古来征战几人回"才挫去。他将"葡萄美酒""夜光杯""琵琶""沙场""君莫笑"等意象群分得极为细致,每个意思一顿。"夫顿处皆截,挫处皆连,顿多挫少。唐人得意乃在此",徐增认为顿是一步步往前的运动,将诗意向前推进,而"挫"则是相反的运动,"古来征战几人回"将全诗的悲伤情绪沉稳地落地。

接着,徐增用起承转合法来解这首绝句。他将"起"比喻为打桩,意思是要找准位置(字词)才能落笔,否则诗意就会改变了。他认为"转"就是换一个角度去讲,宕开一笔,关键不在于推开,而在于回来。以芭蕾舞作比喻,舞者在落地之前要轻盈,而不是重重地坠地,这就要求其身体在坠落时有向上的反作用力。至于"合",他认为既是结尾,又要有贯通全诗的精神、余意,故言:"人作一诗,其意必在结处见,作者于此处为归宿;又须通首精神,焕然照面,言外更有余蕴,方是合也。"也就是说,在结尾处要给人一种言有尽而意无穷之感。

他在细读《凉州词》时,将诗歌的主人公解为主将。此诗写在"出师践行"之时,"欲饮琵琶马上催"指的是士兵们想催促主将饮完酒快点出发,但又不敢直接催促,只好以琵琶催之。接着,徐增又对主将的内心独白进行揣测:"你等军士,气吞敌人,以为功名可唾手而得,殊不知古来好汉,有大谋画者,万万千千,恒河沙数,貂锦而出,白骨成山,而得归见妻子者,有几人也!"醉卧沙场,不过是对战场无情的自我麻痹和对战争的厌倦。而最后一句"古来征战几人回",则怆然收尾,"可为好边功者之戒"。

又:

空山新雨后,天气晚来秋。明月松间照,清泉石上流。竹喧归浣女,莲动下渔舟。随意春芳歇,王孙自可留。

要看题中"暝"字。右丞山居,时方薄暮,值新雨之后,天气清凉,方觉是秋。又明月之光,淡淡照于松间;清泉之音,泠泠流于石上。人皆知此一联之佳,而不知此承起二句来。盖雨后则有泉,秋来则有月,松、石是在空山上见。此四句为一解。"竹喧归浣女,莲动下渔舟。"人都作景会,大谬,其意注合二句上。屋后有竹,近水有莲;有女可织,有僮可渔。山居秋暝,有如是之乐,便觉长安卿相,不能及此。"随意春芳歇,王孙自可留。""随意"二字,本薛道衡"庭草无人随意绿"句来,山中人迹罕到,芳草生去,无有拘限,是谓随意也。今当清秋,则春芳歇矣。昔人以芳草属之王孙,草生,则王孙出游;草歇,则王孙可留住矣。右丞性耽山水,尚恐为仕宦所夺,今而后,可以永谢仕宦矣。

(*STS*, p.344)

徐增这段串讲文字,既聚焦诗中"暝""随意"等细部诗眼,又能贯通上下联,疏解每句诗意间的层次关系,从而将整首诗勾联一体。条分缕析,情理与意趣并生。此外吴骞、姚莹等人还将起承转合与句意流转相关联:

吴骞(1733—1813)《拜经楼诗话》:

> 律诗中八句,其流动处,转一句,深一层,乃为合格。若上深下浅,上纡下直,便是不称。上两句对立,若上比下赋,上赋下比,皆诗格所无。是知作近体者,亦不可不知六义。诗家于叙事之中,有一句二句用譬喻或故事,俗谓之衬贴,则古人未尝不用,但或在叙事前,或在转折处,或正意已足,须得引证。若于赋中突出一句,此便是凑句。凡律中二联,用字稍有雕刻不妨;首末二联,须老成浑脱。首联如春,中联如夏秋,末联如冬,八句中具四时之气,方为合格。诗避三巧:巧句、巧意、巧对。三者大家所忌也。律诗中有活对者,有不对者,必其用意处也。意活则诗亦从之,小有参差,不害。然其上下文必有整齐之句,无通篇活对者。律诗中二联,往往一联写情,一联即景。情联多活,活则神气生动;景联多板,板则格法端详。此一定之法,亦自然之文也。律诗下四字押韵,大率半虚半实。其有四虚四实,四板四活,最难用,惟有大笔力者能之。(QSH, pp.728–729)

这里对律诗八句间的层次关系、诗意流动、叙事写情、属对押韵提出更细致要求。吴骞指出律诗句意流转之间，当一句比一句深于意味。且认为当以《诗经》六义的思维审视近体诗。他还对首尾、颔颈联各自提出要求。首尾当浑脱自然，颔联、颈联是用意之关键，在对句、写情即景等方面皆有章法，亦有避忌。

清人还把起承转合对近体诗的分析扩展为对所有诗歌以及其他文体的分析，如张潮（1650—?）《而庵诗话小引》认为起承转合分析可以用于古文：

> 徐子而庵所说唐诗，凡三百五篇。其与同学论诗，即宋、元人所谓诗话是也。余尝取而读之，大抵与金子圣叹所评《唐才子诗》相为表里，以分解为主，以起承转合为法。余虽不知解数，然未尝不知起承转合也。以意逆之，其所谓解，当即古文家所为段落者是。夫段落之式，首为起，次为承者，其前段也；又次为转，末为合者，其后段也。此不独作诗为然，凡种种文字，莫不皆然。而于五七言律则独有难焉者；盖字数既少，而亦必遵其法，未免束缚拘挛，不能自主，宁若他文之可以长短多寡任意为之者乎？（QSH, p.425）

与律诗的起承转合相比，张潮在为徐增《而庵诗话》写的这段序中认为古文结构（注意：不是说八股文）更为灵活，主要因为古文没有字数、句数限制的抒发，句子可长可短。姚莹《康𬭩纪行》还就此谈及字句章法对"沉郁顿挫"的体现：

古人文章妙处,全在"沉郁顿挫"四字。"沉"者如物落水,必须到底,方著痛痒,此"沉"之妙也,否则仍是一"浮"字。"郁"者如物蟠结胸中,辗转萦遏,不能宣畅。又如忧深念切,而进退维艰,左右窒碍,塞厄不通,已是无可如何,又不能自已。于是一言数转,一意数回,此"郁"之妙也,否则仍是一"率"字。"顿"者如物流行无滞,极其爽快,忽然停住不行,使人心神驰向,如望如疑,如有丧失,如有怨慕,此"顿"之妙也,否则仍是一"直"字。"挫"者如锯解木,虽是一来一往,而齿凿巉巉,数百森列,每一往来,其数百齿必一一历过,是一来凡数百来,一往凡数百往也。又如歌者一字,故曼其声,高下低徊,抑扬百转,此"挫"之妙也,否则仍是一"平"字。文章能祛其"浮""率""平""直"之病,而有"沉郁顿挫"之妙,然后可以不朽。(KQJX, juan 13, pp.740–741)

姚莹以"沉郁顿挫"来解读如何营造文章妙意。其着眼处正在于字句章法的组合排布,务求"一言数转,一意数回",句意流转而又有起伏顿挫之变,切忌"浮""率""平""直"。我们都认为起承转合产生于八股文之前,而吴乔《答万季野诗问》拿七律的起承转合和八股文相比,又把古诗更加灵活的结构和古文相比:

又问:"布局如何?"答曰:"古诗如古文,其布局千变万化。七律颇似八比:首联如起讲、起头,次联如中比,三联

如后比,末联如束题。但八比前中后一定,诗可以错综出之,为不同耳。"(*QSH*, pp.30-31)

吴乔认为律诗结构比八股文灵活,起承转合的四个结构要素,可以不按照此顺序出现。徐枋《与杨明远书》又以段落的起承转合的结构为骨骼,此外还需配合血肉的说法,把文章比喻成一个有血有肉之人。这个比喻的关键在于贯通,每一个段落之间都要贯通,并涉及用意、用气、用辞的关系,这样才能得到一个有机的、动态的整体,而非仅仅是结构,就像一个活生生的有情采的人。

> 夫作文贵有筋节,筋节者,段落也。于文则为段落,于人则为骨格。夫人之骨,有长者,有短者,有巨者,有细者,有横者,有竖者,有圜者,有锐者,有合用者,有独用者,有接续以为用者,体类不同,各适其款。然后贯之以筋脉,而运之以气血,则为人矣。文犹是也。其段落者,骨格也;其意与气者,筋脉也;而词藻则血肉也。故段落既定,而少意气以贯之,则脉不属;有段落、意气,而少词藻,则色不荣。(*JYTJ*, juan 1, pp.103-104)

徐枋这段话是对段落结构的讨论。他用身体来比文体,认为段落只是骨格,还须要有筋有肉。有了结构之外,还要有血有气来贯穿;有血有气之后,还要用美好的辞藻来增加风采。

李调元《雨村诗话》的分析则抓住了起、承、转、合的妙处:

这四者之间是一种虚空。所谓虚空，就是变化，而非平铺直叙，即"文章妙处，俱在虚空，或奇峰插天，或千流万壑，或喧湍激濑，或烟波浩渺"。

乐府长短虽殊而法则一，短者一句中包含多义，长者即将短章析为各解，此即律诗之前后分解也。分解不出起承转合四字。若知分解，则能析字为句，析句为章，虽千万言，皆有纪律。如四体百骸，合而成人，能转旋无碍者，心统之也。老子曰："当其无有车之用。"故文章妙处，俱在虚空，或奇峰插天，或千流万壑，或喧湍激濑，或烟波浩渺，只须握定线索，十方八面，自会凭空结撰，并不费力也。今人补缀裒集，遮掩耳目，何足言文乎？观乐府"鸡鸣高树巅"一篇，可以悟矣。

文章亦如造化也。四序虽定而万物之生成不然，谷生于夏而收于秋，麦生于冬而成于夏，有一定之时，无一定之物也。文之起承转合亦然。徐文长曰："冷水浇背，陡然一惊。"便是兴、观、群、怨之副本。唯能于虚空中卒然而起，是谓妙起。本承也，而反特起，是谓妙承。至于转，尤难言，且先将上文撇开，如杜诗云："江云飘素练，石壁断空青。"此殆是转之神境。所以古乐府偏于本题所无者，忽然排宕而出，妙在有意无意之间，如白云卷空，虽属无情，却有天然位次。只是心放活，手笔放松，忽如救火捕贼，刻不容迟；忽如蛇游鼠伏，徐行慢衍，是皆转笔之变化也。至于合处，或有转而合者，有合而开者，有一往情深去而不返者。人所到,我不必争到;人不到,我却独到。要在人神而明之。果能久于其道,定与古人并驱也。(QSHXB, pp.1519‑1520)

李调元也用起承转合的分解思维来析辨乐府诗体的结构要义,他的分解层次细致清晰:"析字为句,析句为章,虽千万言,皆有纪律。"而且,他将文章之学类比于时序造化,主张字句章法的起承转合灵活虚空,在有意无意、意料之内与之外间纵横,从而极尽文章的生趣妙意。

实际上这种观点和现代所谓的读者理解论家如 Wolfgang Iser 讲的"空隙"(reading gaps)近似。由于文本存在空隙,读者会有一种想象的跳跃,而这个想象的跳跃让文章在阅读时能予读者一种"势"。这里就正如徐渭(1521—1593)所说的"冷水浇背,突然一惊"。所谓"突然一惊",便是起承转合之间的运动。其后称起承转合"便是兴观群怨之副本",是说诗歌要实现兴观群怨的效果,有赖于文章结构的跌宕起伏、纵横捭阖,在虚空里面才能实现最高的艺术境界。这一段分析的理论性很强,虽然用的是很生动的文学性语言,但它阐发的思想是很精要的,西方文论中所谓读者反应理论的核心思想概念都被阐发出来了。除此之外,金圣叹(1608—1661)《贯华堂第五才子书水浒传·楔子》结构解经、解诗用了小说评点:

> 今人不会看书,往往将书容易混帐过去。于是古人书中所有得意处,不得意处,转笔处,难转笔处,趁水生波处,翻空出奇处,不得不补处,不得不省处,顺添在后处,

倒插在前处,无数方法,无数筋节,悉付之于茫然不知。(JSTPDCZQJ, vol.3, p.30)

金圣叹格外注重对《水浒》结构章法的分析,这里的"无数筋节""无数方法"即小说情节结构的设计,他由此给《水浒传》总结出"草蛇灰线""大落墨""弄引法"等一系列叙事方法。而他对《水浒》做出"章有章法,句有句法,字有字法"的评价,也可见原先脱胎于解经,乃至解诗的结构分析法,已被运用于小说评点领域。

【第七章第三、四节参考书目】

刘毓庆:《从经学到文学——论明代"〈诗经〉学"的历史贡献》,《文学遗产》2002 年第 5 期,第 96—103 页。

蒋寅:《古典诗学的现代诠释》,北京:中华书局,2003 年,第五章《起承转合——诗学中机械结构论的消长》,第 100—121 页。

蒋寅:《徐增对金圣叹诗学的继承和修正》,《北京师范大学学报》2006 年第 4 期,第 90—97 页。

葛兆光:《意脉与语序——中国古典诗歌语言的札记》,《文艺研究》1989 年第 5 期,第 78—90 页。

屈光:《中国古典诗歌意脉论》,《文学评论》2011 年第 6 期,第 35—40 页。

第五节 吴淇、方玉润等人的新"以意逆志" 解诗、解《诗》法

孟子提出"以意逆志"解《诗》法,主要是要纠正阅读《诗》

只知词语的字面意思,而辨认不出它们的夸张修辞之义的倾向。"以意"是指读者意会诗篇的整体意义,以求能"逆志",即诗人的思想感情。欧阳修和朱熹都视孟子"以意逆志"为解《诗》的原则,仍旧严格遵循"读者之意"和"作者之志"的区分,但对"意"和"志"的理解有所不同。他们所注重的"意"是贯通文本上下文的意义,而不是读者"意会"的心理活动。同样,他们所谈的"志"是一种虚化的"志",即风人、古圣的精神境界,而不是对政治社会现实的情感态度,更不是汉儒极度实化的"美"和"刺"。到了明清,各派文人竞相赞颂孟子"以意逆志",纷纷将此解经原则引入唯美诗歌的领域,奉之为自己读诗写诗所遵循的最高原则。明清复古派无疑是此风气的始作俑者。在他们讨论读诗方法时,他们通常闭口不谈诗人之志,这显然与他们的唯美主义倾向密切相关。同时,他们又将"意"主体从读者一改为作者,特别强调对"诗人之意"的揣摩体验。前后七子等人如此重新诠释"以意逆志",显然是力图将文学阅读与文学创作打通,引导人们从学习模仿唐诗走向创作可以与唐诗媲美的诗篇。这种新"以意逆志"说对明清诗学和《诗经》学产生了深远的影响。

例如胡应麟(1551—1602)《诗薮》对"以意逆志"运用范围的扩大:

> 孔曰:"草创之,讨论之,修饰之,润色之。"千古为文之大法也。孟曰:"不以文害辞,不以辞害意,以意逆志,是为得之。"千古谈诗之妙诠也。(SS, juan 1, p.2)

胡应麟将"以意逆志"称为"千古谈诗之妙诠",便将此语从古人解经的语境背景中提取出,置入到诗文批评之下。"以意逆志"由此成为解诗之法。此后清初叶矫然(1614—1711)《龙性堂诗话初集》亦有生发:

> "不以文害辞,不以辞害志",此千古说诗妙谛也。然作诗妙谛,亦不外此二语。作诗一句未稳,便害一章,一字未稳,便害一句,并害全诗。然则孟子之言,宁独为说诗者发欤?（QSHXB, p.937）

叶氏别出心裁,对孟子复原式的理解论进行了逆向的改造,使之成为作者遣词用字,组织章句时必须遵循的原则。

明末清初,吴淇(1615—1675)在体认"以意逆志"的内涵时,将"意"定义为文本内部的诗人创造过程中所用之"意",而非解诗者自己的意会。而且这种诗人之意近同于艺术构思的"意"。所以,他认为需体会诗人创作时的艺术构思之意,重构这种诗人之意,才能进一步推求诗人之志。吴淇的《六朝选诗定论缘起》便是用"以意逆志"的解经方法,试图发掘六朝唯美诗文中的古人构思心理:

> 《诗》有内有外,显于外者曰文、曰辞,蕴于内者曰志、曰意。此"意"字,与"思无邪""思"字,皆出于志。然有辨,"思"就其惨澹经营言之,"意"就其淋漓尽兴言之。则"志"古之志,而"意"古人之意,故"选诗"中每每以"古意"

命题是也。汉宋诸儒，以一"志"字属古人，而"意"为自己之意。夫我非古人，而以己意说之，其贤于蒙之见也几何矣。不知志者，古人之心事，以意为舆，载志而游，或有方，或无方，意之所到，即志之所在。故以古人之意，求古人之志，乃就诗论诗，犹之以人治人也。即以此诗论之，不得养父母，其志也，"普天"云云，文辞也。"莫非王事，我独贤劳"，其意也。其辞有害，其意无害，故用此意以逆之，而得其志在养亲而已。……"不以文害辞"，此为说《诗》者言，非为作诗者解也。一字之文，足害一句之辞，于此得炼字之法。……"不以辞害意"，亦为说《诗》者言。一句之辞，足害一篇之意。可见琢句须工，然却不外炼字之法。字炼得警，则句自健耳。（LCXSDL, pp.34–35）

这里讨论如何得到"古人之志"。吴淇对宋人和明清名家用自己之"意"达古人之"志"的观点提出质疑，提出要在古人的文本里通过"古人之意"来推求"古人之志"。在此情形下，吴淇提醒诗歌解读者们要清楚文辞字句可能有损文意构思的实现，故而必须注意炼字琢句。

"世"字见于文有二义：从言之曰世运，积时而成古；横言之曰世界，积人而成天下。故天下者，我之世；其世者，古人之天下也。我与古人不相及者，积时使然。然有相及者，古人之《诗》《书》在焉。古人有《诗》《书》，是古人悬以其人待知于我。我有诵读，是我遥以其知逆于古人。

是不得徒诵其诗,当尚论其人。然论其人,必先论其世者,何也?使生乎天之下,或无多人,或多人而皆善士,固无有同异也。偏党何由而生?亦无爱憎也。逸讥何由而起?无奈天下之共我而生者,林林尔、总总尔,攻取不得不繁,于是党同伐异,相倾相轧,遂成一牢不可破之局。君子生当此世,欲争之而不得,欲不争而又不获已,不能直达其性,则虑不得不深,心不得不危,故人心必与世相关也。然未可以我之世例之,盖古人自有古人之世也。"不殄厥愠",文王之世也。"愠于群小",孔子之世也。苟不论其世为何世,安知其人为何如人乎?余之论"选诗",义取诸此。其六朝诗人列传,仿知人而作;六朝诗人纪年,又因论世而起云。(*LCXSDL*, pp.35-36)

古人以《诗》《书》悬而"待知于我""我有诵读",得以遥"知逆于古人",此语完整说明了孟子"以意逆志"说的情理依据,并顺势提出若要知古人之志,则知其世、识其人是必需条件。而且吴淇进一步揭示出人生当此世,其运途便必与世相关,各人自有各人所处的世道,不可粗暴类比视之。此番说解虽就六朝选诗而发,却同时深化了"以意逆志""知人论世"的概念内涵。在吴淇之外,还有其他新解"以意逆志"之法的言论,如万时华(1590—1639)《诗经偶笺》:

凡读书,须看古人下笔意思所在,虽千年古纸,自觉灵通。(*SJOJ*, *juan* 10, p.252)

这里提出古人笔下意思纵相隔千年，今人依然能感通，其背后也以"以意逆志""知人论世"二说为支撑。又如赵士喆（崇祯间人）《石室谈诗序》：

> 诗莫盛于《三百篇》，谈诗者莫精于孔孟。孔子曰："可以兴，可以观，可以群，可以怨。"孟子曰："以意逆志，是为得之。"则诗之妙尽矣。或以郑卫之音犹存于册，则圣人之所册删者何居？此不解诗为何物者。古诗盖三千余篇，其出于公卿大夫者什之三，出于闾巷士女者什之七，原不必尽堪传世。其朝廷称颂之词，或美过其实，或文盛其质。不过如魏晋盛唐侍晏早朝之类，其间阎之作，鄙野不文，互相重复者，视燕歌赵谣且不逮。如是则不足兴，不足观，以意逆志，亦索然无味矣。故特删之，而存其可以动人者垂之竹帛。（QMSH, p.5128）

赵士喆在此援引孔子的"兴观群怨"和孟子"以意逆志"二说，对"删诗"之论提出自己的看法。他先是指出古诗原本数量极多，且作者和题材纷杂，其间难免有过分重视修饰的"朝廷称颂之词"，以及鄙野重复的民间之作，它们皆不足以达到"兴观"的标准。后之解诗者以意逆其志，也会知其索然无味，无动人可采者，故而删去便顺理成章。

吴乔（1611—1695）在《答万季埜诗问》则称：

> 又问"命意如何？"答曰："诗不同于文章，皆有一定之

意,显然可见。盖意从境生,熟读新旧《唐书》《通鉴》、稗史,知其时事,知其处境,乃知其意所从生。如少陵《丽人行》,不知五杨所为,则'丞相嗔'之意没矣。'落日留王母'之刺太真女道士亦然。马嵬事,郑畋云:'终是圣明天子事,景阳宫井又何人?'与少陵'不闻夏殷衰,中自诛褒妲'正同。此命意之可法者也。"(QSH,p.30)

吴乔在此也将孟子解经的"知人论世"具体援用于探知诗歌命意。所谓"知其时事,知其处境",意在通过参阅官方与民间史籍,全面了解诗人创作构思时所处的时势背景,方能明悉诗中人事乃至某些字眼的微言大义,从而得见全篇作品的主题。这一方法不仅将"知人论世"运用在诗歌领域,还具体道出这种复原解诗的操作指南。

此后清人讨论"以意逆志"概念时往往也多是针对文学作品而言。由此一来,复原式理解论在文学作品的阐释领域得到了新的发展,获得了更为丰富的内涵。同时,吴淇以及章学诚(1738—1801)、刘子春(1756—?)、吴雷发(生卒不详)等人同时注意到,欲由读者之意复原作者之志,需要不光"知人",还要设身处地理解作者所处之世及其生平,即假想和诗人处于同一境地会有何种意和志。赵执信(1662—1744)《谈龙录》提出的"缘词觇其志":

客有问余者曰:"唐、宋小说家所记,观人之诗,可以决其年寿、禄位所至,有诸?"答曰:"诗以言志,志不可伪托,吾缘其词以觇其志，虽传所称赋列国之诗，犹可测识也，矧其所自为者耶？今则不然，诗特传舍，而字句过客也，虽使前贤复起，乌测其志之所在？"（QSH, p.312）

"缘其词以觇其志"正反映出孟子"以意逆志"的理念。赵执信也认同上古诗言志的基本观念，且将其推及后世各类诗文创作。在此认同的基础上，无论是列国之诗，还是私人写作，都可通过文辞去推测作品内含的诗人之志。不过，他同时也指出，如今诗歌已难观人之志，因为当世之诗已近乎供文辞暂时停留的旅舍，作诗行为虽字句组合，却已无真诚之志寄托其间，故而违背"诗言志"的根本理念，也就难以通过文辞观测其志。

秦瀛（1743—1821）《诗测序》立足于《诗》无定解：

> 余尝谓：《诗》无定体，言《诗》亦无定解。读《诗》者以己之性情通诗人之性情，即以诗人之性情通己之性情，而千载以下之人，恍然与千载以上之人相晤对。读《诗》者如无《诗》，而又何有于小序、笺注云乎哉？（XXSRWJ, juan 3, p.133）

"《诗》无定解"可谓董仲舒"诗无达诂"（见《理解论评选》§010）说在千年后的一种回响。这里首先设定了解《诗》不必独尊一家之言的前提，从而为不同解诗者以己意复求诗人之志确立合法性。秦瀛主张让诗人之性情与己之性情跨越古今千载而彼此相通，背后正立足于"以意逆志"的复原解诗论，以其为学理依据。

刘子春(1756—?)《石园诗话序》则指出以意逆志的未必尽合：

> 后世诗话，原本品诗之意而为之者，虽然作者之意，岂能必读者之意，而悉解之，解而得与解而不得，则姑听于读者之意见，不必深求之也。孟氏尚友为言，诵诗读书，必论及其世。呜乎！此定论矣。然则作者之意，在一时一事，时事在当代，又不必尽人而合之也。以我之意，推求古人之意，而欲其一一尽合，亦不可必得之数矣。言其所能得者，而缺其所不能得者，古人可作，未必不心许之。(QSHXB, p.1736)

章学诚和刘子春都认为"以意逆志"的过程中会遇到很多困难，所以从"知人论世"的角度来探求，即通过对古人所处之世及生平来知其人，从而求其"志"。章学诚说"不知古人之世，不可妄论古人文辞也；知其世矣，不知古人之身处，亦不可以遽论其文也"(见《理解论评选》§086)。他还提出"己所不欲，勿施于人"，因为人与人之间有共通的情感，所以解诗之人设身处地，就可以得"文德之恕"。刘子春的意思近之，认为"以我之意，推求古人之意"，未必一一尽合，但可"言其所能得者，而缺其所不能得者"。这里体现了孔子所说的"知之为知之，不知为不知"的原则，因此他说古人如果再生也未必不对此深心许可。

到了晚清，"以意逆志"说又从纯文学领域回流到其发源地经学之中。在方玉润(1811—1883)《诗经原始》中,已被广泛用于文学作品的复原式解诗法又在《诗经》学阐释领域发扬光大,实现了复原理解方法的一轮环流。方玉润是明清时期复原式解《诗》法的集大成者。闻一多解释《诗经》时,将道德的枷锁全部甩开而回归到诗的本义,实际上从方玉润的《诗经原始》就可以寻到端倪。"原始"就是想要回归到诗人的本意,不去理会《毛序》《诗集传》以及过往所有解《诗》的理解论,而是回归到《诗》本身的含义。他认为"佳诗不必尽皆征实",即不必将《诗》落实到具体的人物,诗写得好,不需要任何历史人物的故事加持,自然可以成为经典流传下去,即所谓"诗到真极,羌无故实,亦自可传"。方玉润对《毛序》讲"刺"十分不以为然,他认为如果篇篇讲究讽刺,那么"忠厚之旨"就已荡然无存了。"即《诗》之所为教,又何必定求其人以实之,而后谓有关系作哉?"读者自己本身的审美就已经足够了,何必一定要和历史人物挂钩呢?这种读《诗》方法已经与我们现代的解诗方法非常相近了。

方玉润《诗经原始·自序》:

> 反复涵泳,参论其间,务求得古人作诗本意而止,不顾《序》,不顾《传》,亦不顾《论》,唯其是者从而非者正,名之曰《原始》,盖欲原诗人始意也。虽不知其于诗人本意如何,而循文按义,则古人作诗大旨要亦不外乎是。(SJYS, p.3)

在《诗经原始·自序》中,方玉润十分坚定地表明自己的解诗方法与原则。一方面是涵泳的工夫,在沉潜于文本之中体悟古人作诗之本意。这一主张无疑取源于朱熹的读书解经之法,但这套讽诵涵泳之学,在方玉润这里已经历过从经学到文学,从解经到解诗的方法论环流。其次,他明确表示不会囿于《毛序》《诗集传》等前人解经之论,不以传统经解为圭臬。这一点较朱熹而言已更为通脱。朱熹虽对《毛序》存有微词,但仍承袭其根本要义。方玉润则标举抛开《序》《传》《论》,直指诗人原始之意,且相信通过究探诗文本义,可以得到古人作诗大旨。

> 案:《诗》多言外意,有会心者即此悟彼,无不可以贯通。然唯观《诗》、学《诗》、引《诗》乃可,若执此以释《诗》,则又误矣。盖观《诗》、学《诗》、引《诗》,皆断章以取义;而释《诗》,则务探诗人意旨也,岂可一概论哉?(*SJYS*, p.51)

方玉润之论继承了朱熹的"涵泳"之说,不是强求古人之意,而是通过涵泳得以让古人之志浮现于自己的脑海。和前人不同的是,方玉润强调这种涵泳应该排除前人的不同解释,让古人之志直接地呈现出来。具体地说,也就是摆脱当时影响最大的《毛诗序》、朱熹《诗集传》以及姚际恒(1647—约1715)《诗经通论》等经典著作的影响,直接根据《诗经》的本文,从而是其是而非其非,探求诗人的本意。

> "颂者,美之词也,无所讽议。"果足以尽颂之义乎?未也。盖颂有颂之体,其词则简,其义味则隽永而不尽也。如《天作》与《雅》之《绵》,均之美太王也;《清庙》《维天之

命》与《雅》之《文王》,均之美文王也;《酌》《桓》与《雅》之《下武》,均之美武王也。试取而同诵之,同乎? 否乎? 盖雅之词俱昌大,在颂何其约而尽也! 颂之体于是乎可识矣。《敬之》《小毖》虽非告成功,而谓之为雅可乎哉?《鲁》之《有駜》《泮水》则近乎风,《閟宫》与《商》之伍篇则皆近乎雅,而其体则颂也,故谓为变颂也亦宜。

案:颂有变体,可谓创论,亦实确论也。然而篇中所举,未尽其义也。盖《闵予小子》似祝词,《访落》《敬之》《小毖》似箴铭,《閟宫》不唯似大雅,且开汉赋褒扬先声。凡此皆颂之变焉者也。若《商颂》伍篇,则颂之源耳。虽非告成功,实祭祀乐,安得谓之为变耶?(SJYS, p.61)

右《芣苢》三章,章四句。《小序》谓"后妃之美",《大序》云"和平则妇人乐有子矣"。皆因泥读芣苢之过。按《毛传》云:"芣苢,车前,宜怀妊焉。"车前,通利药,谓治产难或有之,谓其"乐有子",则大谬。姚氏际恒驳之,谓"车前非宜男草",其说是矣。然又无辞以解此诗,岂以其无所指实。殊知此诗之妙,正在其无所指实而愈佳也。夫佳诗不必尽皆征实,自鸣天籁,一片好音,尤足令人低回无限。若实而按之,兴会索然矣。读者试平心静气,涵泳此诗,恍听田家妇女,三三五五,于平原绣野、风和日丽中群歌互答,余音袅袅,若远若近,忽断忽续,不知其情之何以移而神之何以旷。则此诗可不必细绎而自得其妙焉。唐人《竹枝》《柳枝》《棹歌》等词,类多以方言入韵语,自觉其愈俗愈雅,愈无故实而愈可以咏歌。即《汉乐府·江南曲》一首"鱼戏莲叶"数

语,初读之亦毫无意义,然不害其为千古绝唱,情真景真故也。知乎此,则可与论是诗之旨矣。(*SJYS*, p.85)

这两节选段便足以体现方玉润的解诗特点。他先是不拘一格地认同《诗》之"颂"也有正变之分,并且进一步申发其义。在此过程中,他还将具体篇什与各类文体相挂钩,更称《閟宫》开启汉大赋褒扬之先声。由此可见,方玉润的解经视野已跳出经学范畴,足以沟通起经学与文学的双重视野。在解读《芣苢》时,他先是批评大、小《诗序》穿凿附会,泥于芣苢之象,又中允地肯定姚际恒之说的合理处,并且进一步指出好诗之妙处正在于"无所指实而愈佳也",不必一一牵合历史、附会求实。对此,他主张当平心静气涵泳体味,感受这类好诗所呈现的绝妙情境,他运用一组唯美化的语言,描摹出诗中田家妇女于田间群歌互答的情景,在丰富的感官想象中探知他们愉悦的心情。这便是方玉润所主张的"循文按义"以"原诗人始意"。更有意味的是,他在解读完《芣苢》后转而谈及文学传统中的汉乐府和唐人《竹枝词》等等,强调其同样无所指实,且方言入韵语,反而更具雅趣和音乐性,可谓情真景真。

古经何待圈评?月峰、竟陵久已贻讥于世,然而奇文共欣赏,书生结习,固所难免,即古人精神,亦非借此不能出也。故不惜竭尽心力,悉为标出。既加眉评,复着旁批,更用圈点,以清眉目。岂饰观乎?亦用以振读者之精神,使与古人之精神合而为一焉耳。(*SJYS*, pp.2-3)

卷耳　念行役而知妇情之笃也。

采采卷耳,不盈顷筐。嗟我怀人,后三章从此生出。寘彼周行。一章　陟彼崔嵬,我马虺隤。我马指夫马。我姑酌彼金罍,此"我"字乃怀人之人自我也。维以不永怀。二章　陟彼高冈,我马玄黄。呼夫马曰"我",亲之之词耳。我姑酌彼兕觥,维以不永伤。三章　陟彼砠矣,我马瘏矣。我仆痡矣,云何吁矣。四章"矣"字,节短音长。虚收有神。四章

右《卷耳》四章,章四句。《小序》谓"后妃之志",《大序》以为"后妃求贤审官",皆因《左传》引此诗,谓"楚于是乎能官人",遂解"周行"为"周之行列",毛、郑依之。欧阳氏始驳之云:"妇人无外事,求贤审官,非后妃责。"其说是矣。然其自解,则以后妃讽君子爱惜人才为言,仍与旧说无异。姚氏际恒既知其非,而又无辞以解此诗,乃曰"且当依《左传》,谓文王求贤官人,以其道远未至,闵其在途劳苦而作";旋又疑执筐"终近妇人事",不敢直断,遂以首章为比体,此皆左氏误之也。殊知古人说《诗》,多断章取义,或于言外,别有会心,如夫子论贫富,而子贡悟其切磋;夫子言绘事,而子夏悟及礼后,皆善于说《诗》,为夫子所许。左氏解此诗,亦言外别有会心耳,岂可执为证据?况周行可训行列,执筐终非男子。"求贤审官"是何等事,而乃以妇人执筐为比耶?惟《集传》谓"后妃以君子不在而思念之",下皆"托言登山,以望所怀之人"差为得之。然妇人思夫,而陟冈饮酒,携仆徂望,虽曰言之,亦伤大义,故又为杨氏用修所驳,曰"原诗人之旨,以后妃思文王之行役而言。陟

冈者,文王陟之。玄黄者,文王之马。痡者,文王之仆。金罍兕觥,文王酌以消忧也。盖身在闺门而思在道路,若后世诗词所谓'计程应说到凉州'意耳。"然仍泥定后妃,则执筐遵路,亦岂后妃事耶?且"维以不永怀"、"维以不永伤"者,聊以自解之辞耳,则"酌彼金罍"二语当属下。说虽曰"饮酒非妇人事",然非杜康,无以解忧,不必以辞害意可也。故愚谓此诗当是妇人念夫行役而悯其劳苦之作。圣人编之《葛覃》之后,一以见女工之勤,一以见妇情之笃。同为房中乐,可以被诸管弦而歌之家庭之际者也。如必以为托辞,则诗人借夫妇情以寓君臣朋友义也乃可,不必执定后妃以为言,则求贤官人之意,亦无不可通也。(*SJYS*, pp.77–78)

在《诗经原始》各篇诗的诠释中,方玉润会先对前辈学者的诠释作一个简单的回顾,并且逐一批评分辨,而后再提出自己的想法。以其对《卷耳》一篇的注解为例,他先对此篇的章句结构作一个定义"右《卷耳》四章,章四句",然后就从《小序》开始梳理各朝各代对此篇的诠释,注意这里的《小序》是《古序》的意思,即《毛诗序》第一篇序和以后每一篇序里面的第一句,而这里的《大序》则指的是每一篇《小序》后面详细解释的内容。"《小序》谓'后妃之志'",《大序》将后妃之"志"定义为"后妃求贤审官","楚于是乎能官人",出自《左传·襄公十五年》:"君子谓:'楚于是乎能官人。'官人,国之急也。能官人,则民无觊心。《诗》云:'嗟我怀人,置彼周行。'能官人也。王及公、侯、伯、子、男、甸、采、卫大夫,各居其列,所谓周行也。""周行",这里不是大路的意思，而是周代官位的排列，《左传》引用此诗就是要证明任用贤人的重要。从这段话中，我们能够看出，《毛序》的解《诗》虽然有一些凭空想象，但也有很多是从《左传》等赋诗、引诗的断章取义延伸而来的，《卷耳》就是一个很明显的例子。"毛、郑依之"，《毛传》《郑笺》都同意《大序》的观点，认为这篇是后妃本人求贤审官。

"欧阳氏始驳之"，方玉润注意到欧阳修已经对《小序》的诠释提出反对意见，欧阳修认为"求贤审官"不是后妃要做的事，"妇人无外事，求贤审官，非后妃责"，这一点方玉润十分赞同，但他又抓到欧阳修的漏洞"以后妃讽君子爱惜人才为言，仍与旧说无异"，就是说欧阳修仍然认为这首诗是后妃以旅途的比喻劝诫文王爱惜人才，没有跳出汉唐经师的桎梏。姚际恒（1647—约1715）将此诗的主语变成文王，认为是文王自己去求贤，然而因为执筐采卷耳听起来像妇人做的事，因此他又不能十分确定自己以文王为主语的这个说法。方玉润点评姚："既知其非，而又无辞以解此诗……不敢直断。"朱熹跳出了前人的理解框架，将这首诗理解为一首"后妃以君子不在而思念之"的怀人诗，方玉润认为是"差为得之"，原因是"然妇人思夫，而陟冈饮酒，携仆徂望，虽曰言之，亦伤大义"，女子在山岗上饮酒听起来不合理。杨慎（1488—1559）对此诗的解读是方玉润最为认同的，杨慎认为此诗"原诗人之旨，以后妃思文王之行役言"，也就是说在后妃登山之后全部都是虚写，都是后妃自己的想象。最后，方玉润提出了自己的观点："故愚谓此诗当是妇人念夫行役而悯其劳苦之作。……如必以为托辞，则诗人借夫妇情以寓君臣朋友义也乃可,不必执定后妃以为言,则求贤官人之意,亦无不可通也。"在对前人论述的一番梳理和辨证的基础上,他提出自己的观点就比较有说服力了,他基本同意杨慎的观点,但认为不必与后妃挂钩。我们也能由此看出,《卷耳》这首诗中的代词"我"指示不明,加之篇章结构的断裂,使得其诠释空间十分大,因此从古至今才会有如此多不同的诠释角度。

> 君子于役　妇人思夫远行无定也。
>
> 君子于役,不知其期,曷至哉? 鸡栖于埘,日之夕矣,羊牛下来。君子于役,如之何勿思! 一章　君子于役,不日不月,曷其有佸? 鸡栖于桀,日之夕矣,羊牛下括。君子于役,苟无饥渴! 二章
>
> 《小序》谓"刺平王",伪《说》以为"戍申者之妻作",皆凿也。诗到真极,羌无故实,亦自可传,使三百诗人,篇篇皆怀讽刺,则于忠厚之旨何在? 于陶情淑性之意又何存? 此诗言情写景,可谓真实朴至,宣圣虽欲删之,亦有所不忍也。又况夫妇远离,怀思不已,用情而得其正,即《诗》之所为教,又何必定求其人以实之,而后谓有关系作哉?(*SJYS*, pp.192－193)

方玉润评《诗》论《诗》讲求"原诗人始意"。从他的文字中能看出,他努力挣脱窠臼,大胆批判了影响力深远持久的《毛诗序》、朱熹《诗集传》以及姚际恒《诗经通论》等经典著作的说法,评诗时直接根据《诗经》的本文,从而是其是而非其非。例如方玉润评《周南·卷耳》,首先总括说明此诗意在"念行役而

知妇情之笃也",否认了《左传》对其的误解,亦否认了毛、郑、欧阳、姚等前人对《左传》的错误承袭。其评《王风·君子于役》的方式亦同于前文所述,否认了《小序》所谓"刺平王"的说法,认为此诗意在"妇人思夫远行无定也"。由此观之,方玉润品评《诗经》时不取断章取义、穿凿附会的传统,特立独行,别开生面。

【第七章第五节参考书目】

杨琅玲:《方玉润的〈诗经〉研究及评价》,《苏州大学学报(哲学社会科学版)》2010年第5期,第128—130页。

李金善,韩立群:《方玉润及其〈诗经原始〉研究述评》,《河北大学学报(哲学社会科学版)》2013年第1期,第43—47页。

李畅然:《清人以"知人论世"解"以意逆志"说平议》,《理论学刊》2007年第3期,第111—113页。

李建盛:《"以意逆志"诗学命题的诠释学探讨:从汉代理解到当代阐释》,《中国社会科学院大学学报》2023年第5期,第52—71页。

第六节 沈德潜、姚鼐等人的讽诵涵泳读诗法

涵泳法强调读诗时,不是用逻辑的、理性的思维来读诗,而是要全部沉醉于作品之中,尤其是作品的声音。讽诵涵泳的读诗法实由宋代朱子所发明。朱子提出讽诵涵泳能得到诗人之志,但并未展开论述这一活动的内在原理和机制。

元代虞集(1272—1348)《诗家一指》[1]曾有所回应:

---

[1] 关于《诗家一指》作者问题,本书同意张健《〈诗家一指〉的产生时代与作者——兼论〈二十四诗品〉作者问题》的观点,取虞集说。

> 晦庵论诗,所谓读诗须沈潜,讽咏义理,咀嚼滋味,方有所益。须是先将那诗来吟咏四五十遍了,方可看注,看了注,又吟咏三四十遍,便意思自然融液浃洽,方有是处。诗全在讽咏之功。看诗不必著意里面而分解,但凭涵泳自好。古人意思,温厚宽和,道得言语,自恁地好。诗看义理外,更看他文章。诗者古之乐章也,亦如今歌曲,虽然,音节却不同也。(*QMSH*, p.117)

朱熹的弟子及再传弟子继续强调熟读讽诵、优游涵泳之义,这套阅读理论也从解经领域延伸至各类经典诗文的阅读,语言声音发挥的作用也获得越来越多的重视。就如此论,亦承朱熹的观念,直言"诗全在讽咏之功",只需涵泳其意味,不必细究其言语,且点明诗的特征与古乐章、今歌曲接近,只存在音节组合的旋律差异。因此虞集认为"涵泳"之一个方法便能有效掌握文意,是因为诗为歌曲,本有感染读者、听众的能力,读者与听众实不要花其他功夫来推敲与领略文意。

明末清初,钟惺和谭元春强调,讽诵涵泳做得透彻,就可以通过声音进入诗歌最为精髓且虚无缥缈的意境,而古人的精神就自然地浮现于脑海之中。这种阅读活动可称之为神交情融式或说同感式理解,而同时的朱鹤龄解读杜诗时就用了此法。

如谭元春(1586—1637)《诗归序》:

> 夫真有性灵之言,常浮出纸上,决不与众言伍,而自出

眼光之人,专其力,壹其思,以达于古人,觉古人亦有炯炯双眸,从纸上还瞩人,想亦非苟然而已。(*TYCJ*, p.594)

从这段我们看到,阅读不是为了得到诗人之志,而是要进入诗人的精神,从而"达于古人,觉古人亦有炯炯双眸,从纸上还瞩人"。同时期的陈组绶(？—1637)《诗经副墨·序》也主张于声字顿挫中与古人相对:

> 三百篇中,一事之激越,一声之转变,一字之顿挫生活,自出眼光,静中寻绎,恍然对其人,忾然闻其声,居有无限灵惊,浮出纸上,若歌欲舞,如泣如诉,而后乃合,悲或以喜焉,忧或以怀焉,惊或以释焉,愧或以平焉,则说诗而诗在矣。(*SJFM*, p.4)

这里对《诗经》的解读也强调的是在声字章句的讽诵顿挫中感受叙事人、诗作者的情绪、心境,有如与古人面对面交流一般。朱鹤龄(1606—1683)《辑注杜工部集序》也以此解杜:

> 子美没已千年,而其精诚之照古今,殷金石者,时与天地之噫气,山水之清音,嶒岈响答于溟涬、頩洞、太虚、寥廓之间。学者诚能澄心袚虑,正己之性情,以求遇子美之性情,则崆峒仙伏之思,茂陵玉碗之感,与夫杖藜丹壑,倚棹荒江之态,犹可俨然晤其生面而揖之同堂,不必以一二隐语僻事,耳目所不接者为疑也。(*YAXJ*, *juan* 7, pp.300-301)

朱鹤龄解杜诗也追求能与子美之性情达成古今遇合,于是他提出"澄心涤虑,正己之性情"。所谓"澄心涤虑",即朱熹提倡的"虚心涵泳"的"虚心"。而朱鹤龄所言之"不必以一二隐语僻事",即表现出一种反对割裂式诠释及胡乱缔结类比关系的倾向,也就类近于"虚心涵泳"中"涵泳"的整体感悟。

又如:叶矫然(清初人)《龙性堂诗话初集》:

> 诗有为而作,自有所指,然不可拘于所指,要使人临文而思,掩卷而叹,恍然相遇于语言文字之外,是为善作。读诗自当寻作者所指,然不必拘某句是指某事,某句是指某物,当于断续迷离之处,而得其精神要妙,是为善读。
> (QSHXB, p.946)

此论认为读诗当求作者所指,但又不必拘于文字之内,而应求言外之旨,于文本断续迷离之处详加玩味,求精神要妙。这种从作品本身出发,又能超越文本之外的作法、读法,也需整体涵泳方能有所感悟。

此外沈德潜(1673—1769)也多次强调讽泳涵濡的价值,如其《说诗晬语》:

> 诗以声为用者也,其微妙在抑扬抗坠之间。读者静气按节,密咏恬吟,觉前人声中难写、响外别传之妙,一齐俱出。朱子云:"讽咏以昌之,涵濡以体之。"真得读诗趣味。
> (QSH, p.524)

这里直接引朱子"讽咏涵濡"语,指出声音的"抑扬抗坠"暗藏诗之微妙,读者只需平心静气,沉浸文中,反复吟咏,把握其节,便能获得超出文字、声音之外的妙处。

又《唐诗别裁集》:

> 读诗者心平气和,涵泳浸渍,则意味自出;不宜自立意见,勉强求合也。况古人之言,包含无尽,后人读之,随其性情浅深高下,各有会心,如好《晨风》而慈父感悟,讲《鹿鸣》而兄弟同食,斯为得之。董子云:"诗无达诂。"此物此志也。(TSBCJ, p.1)

沈德潜已完全将朱熹的"讽诵涵泳"之法推广到文学作品的阅读,主张涵泳浸渍于古人言辞中,不可任意妄断。他同时也深知人之性情深浅各异,对同一诗作的感受也会存在区别,这并无妨害,因为"诗无达诂",各自有所会心足矣。

至清代后期,桐城派刘大櫆等人还将声音咏诵与文章的结构、作品内在神气相联系。文章学对声音、句子、章、篇等层次皆有关注,音节则是其最基础的层次。通过音节的组合与输出,可与文章最精妙的"神"相契合。于是,这种理论阐释下的诵读活动无疑发展了此前的讽诵之学。它不只停留于虚幻层面讨论讽诵与作者的精神交接,而是在整个作品中关注文本语言的层次。

刘大櫆(1698—1779)《论文偶记》:

> 音节者,神气之迹也。字句者,音节之规也。神气不

可见,于音节见之。音节无可准,以字句准之。

音节高则神气必高,音节下则神气必下,故音节为神气之迹。一句之中,或多一字,或少一字;一字之中,或用平声,或用仄声;同一平字仄字,或用阴平、阳平、上声、去声、入声,则音节迥异,故字句为音节之矩。积字成句,积句成章,积章成篇。合而读之,音节见矣;歌而咏之,神气出矣。(*LWQJ*, p.6)

相较于人声与诗歌阅读的关系,语言声音对清代文章学创作与阅读的影响还未得到充分讨论。朱子虽提出讽诵涵泳能得诗人之志,却未论述该活动的内在原理与机制。对此,明清人做出具体解读,使其既在形而上的层面巩固与神气说的关系,又令其具体操作章法分明,切实可行。他们一方面指出讽诵声音可以进入作品最为精髓且虚无缥缈的境地,另一方面认为这种阅读经验可与古人精神相接,达成对话。尤其至清代后期,桐城派文章学对字句、声音、章、篇等问题格外关注,音节更成为其最基础的媒介。其代表人物刘大櫆将咏诵与文章的结构、作品的内在神气相联系。

这两段话按照"和顺积中而英华发外"的理路,将"神气""音节""字句"串为内外相通的体系。其中,超乎言语无法解释的"神"通过"气"来表达,而文章之"气"则通过"音节"体现,通过阅读文章的音节可以看到"神气之迹"。若是"神气不可见",可以"于音节见之"。而"音节无可准"的文章,即难用音节来感知者,可"以字句准之"。因此"神气者,文之最精处也;音节者,文之稍粗处也；字句者，文之最粗处也"。文章精、粗之间需一个媒介来为二者进行传导，这个媒介便是"稍粗"的音节[1]。

这套贯通个人辞气与神气的论述，其实正遵循朱熹等宋儒的理论。在"涵养乎中"的前提下，只有熟读精思，令所读言语、所思之意在古人与本人心口之间通脱无碍，才可谓由内而外将神气与辞气修持到位。此前张健已指出：朱子吸取了词章之学的传统，但对其作了理学的改造，使之成为理学文章论的组成部分。朱子这套文章论实启桐城派义理、词章之说，有物、有序之论，而桐城派崇尚欧、曾，其端绪亦在朱子文论中[2]。于是，之后刘大櫆立足朱子熟读精思之论，将具体操作落实为"字句—音节—神气"的系统，不仅辨析三者在形之上下、内外、精粗间层层相依的关系，还剖析字的多少、声韵、组合、歌咏之效，细致演绎音节歌咏呈现内在神气的种种情形。由此一来，刘大櫆实际用咏诵解决了文章学结构分析的问题，并将其联通于审美中超验的"神"的境界。这方面郭绍虞、张少康等先生已有分析。

与朱熹从阅读层面谈讽诵涵泳不同，刘大櫆是在创作的层面进行阐发，但却也是从阅读的理解中推演出这一主张，将声音传神气这套玄而又玄的理论与宋代以来文章学的结构分析相结合，使结构的文字、句法、章法等关节环环相扣、全部打通。至于刘大櫆所称的"积字成句，积句成章，积章成篇，合而读之，音节见矣，歌而咏之，神气出矣"。此前刘勰《文心雕龙》"章

---

[1] 蒋寅：《论桐城诗学史上的姚范与刘大櫆》也点明过音节的媒介作用，见《江淮论坛》2014年第6期。
[2] 张健：《义理与词章之间：朱子的文章论》，《北京大学学报》2019年第3期，第97—111页。

句"篇也有相似表述:"夫人之立言,因字而生句,积句而成章,积章而成篇。"区别就在于刘勰的思路只推进到文章成"篇",而且完全没考虑到声音,刘大櫆则将其引向篇章之外的"神气",并以声音作为成句成篇的联结基础,且贯穿整条理路,文外最高意义层次的"神气"又与声音内外相生,如其所言:"文章最要节奏,譬之管弦繁奏中,必有希声窈渺处。"他对字句组合的讲求正是为了呈现音节的层次变化,而对音节的强调则具体表现为节奏的急缓强弱,其最终目的不在于外现的管弦繁奏,而是感知节奏变换下的窈渺希声,这一"窈渺希声"正是超验层面的"神"。

音节的组合与输出,可与文章最精妙的"神"相契合。这种观念下的诵读活动无疑发展了此前的讽诵之学。它不再停留于概念化层面讨论讽诵与作者的精神交接,而是在整个作品中关注语言文辞的声音与组合。而且,对文章语言声音超验价值的重视,不仅能指导阅读和鉴赏活动,还能在讽诵感受中怡养其气,乃至"在读古人文字时,便设以此身代古人说话,一吞一吐,皆由彼而不由我。烂熟后,我之神气即古人之神气,古人之音节都在我喉吻间,合我喉吻者,便是与古人神气音节相似处,久之自然铿锵发金石声"。当"我"之神气音节一如古人,则"我"所作的文章也自然能发金石之声。就此而言,刘大櫆的诵读涵泳论,同时具有理解论和创作论的建构意义,为桐城派文章学的建构奠定坚实根基。

姚鼐(1732—1815)《惜抱先生尺牍》也对吟咏讽诵工夫十分看重:

诗、古文,各要从声音证入,不知声音,总为门外汉耳。(《与陈硕士》。XBXSCD, juan 7, p.13)

文韵致好,但说到中间忽有滞钝处,此乃是读古人文不熟。急读以求其体势,缓读以求其神味,得彼之长,悟吾之短,自有进也。(《与陈硕士》。XBXSCD, juan 6, p.9)

深读久为,自有悟入。若只是如此,却只在寻常境界。夫道德之精微,而观圣人者不出动容周旋中礼之事;文章之精妙,不出字句声色之间,舍此便无可窥寻矣。(《与石甫侄孙》。XBXSCD, juan 8, p.9)

刘大櫆之后,纵声吟咏已是桐城派文章学普遍认同的方法与传统。姚鼐也主张诗与古文之法皆不可绕开声音,并揭示在实际操作中讽诵工夫不足所产生的问题,提出急读、缓读等具体要领。他认为体味古文过程中出现滞钝之处,即阅读和理解出现困难、疑惑,正源于诵读不熟练,以致文脉不理,不解声韵所指向的神气。围绕"读"的工夫,他还强调讽诵熟练的工夫并非平泛地"读",而是要做出各种读法区分,以获得不同的阅读体验。其中,急读可知文章体势的起伏缓急,缓读则可慢慢体味文字蕴含的兴味,从而优游涵泳。在这些多样且反复的诵读中,读者必能在"字句声色之间",体验到古人文章的种种精妙,并以此滋养身心,裨益其神,助长声气。

又如黄子云(1691—1754)《野鸿诗的》所云:

学古人诗,不在乎字句,而在乎臭味。字句魄也,可记诵而得。臭味魂也,不可以言宣。当于吟咏诗,先揣知作者当日所处境遇,然后以我之心,求无象于窅冥惚恍之间,或得或丧,若存若亡,始也茫焉无所遇,终焉元珠垂曜,灼然毕现我目中矣。现而获之,后虽纵笔挥洒,却语语有古人面目。(QSH, pp.847 - 848)

将吟咏与"知人论世"联系起来谈,颇有新意。对吟咏所致神交情融的境界的描写,具体而生动,还带有几分诗意。

延君寿(1765—?)《老生常谈》也认为涵泳于心方能入得诗中:

读古人诗,本来不许心粗气浮,我于陶尤觉心气要凝炼,方能入得进去。有看古人诗略一披阅,便云不过尔尔,吾已了然于心口,此无论聪明人、钝汉子,皆自欺欺人也,断不可信。(QSHXB, pp.1820 - 1821)

延君寿在此专门强调读古诗不可心粗气浮,略加披阅就以为了然于胸,言下之意正在于要心气凝练,涵泳于古诗文辞之间,方能沉浸其中,得遇古人之意。

以上观点在晚清曾国藩等人那里进一步得到发挥,强调通过具体作品的吟咏玩味,发掘古人的精神世界。

曾国藩(1811—1872)《谕纪泽》:

如四书、《诗》《书》《易经》《左传》诸经、《昭明文选》、

李杜韩苏之诗、韩欧曾王之文,非高声朗诵则不能得其雄伟之概,非密咏恬吟则不能探其深远之韵。(ZGFQJ, p.406)

凡作诗,最宜讲究声调。……先之以高声朗诵,以昌其气;继之以密咏恬吟,以玩其味。二者并进,使古人之声调,拂拂然若与我之喉舌相习,则下笔为诗时,必有句调凑赴腕下。诗成自读之,亦自觉琅琅可诵,引出一种兴会来。古人云"新诗改罢自长吟",又云"煅诗未就且长吟",可见古人惨澹经营之时,亦纯在声调上下工夫。(ZGFQJ, p.418)

讽诵涵泳之法在曾国藩等人那里又进一步得到发展,他强调通过具体作品的吟咏玩味,发掘古人的精神世界。而且,与姚鼐的急读、缓读之分相类,曾国藩还将讽诵之学细分为高声朗诵和密咏恬吟这两大类。就此看来,高声朗诵能通畅神气,是相对动态、外化的读法,而密咏恬吟,此前沈德潜已提出过"静气按节,密咏恬吟",则重在感受作品的韵味,相较而言偏于静态和内化。这一区分实可对应朱熹强调的讽诵与涵泳二端。当"古人之声调,拂拂然若与我之喉舌相习",也就意味着与古人精神世界相通,乃至自己创作时也会下笔即富有声气。

张裕钊(1823—1894)则就声音如何与文意相结合的问题,指出身体之气与文意的联合,如其《答吴至甫书》:

古之论文者,曰:"文以意为主,而辞欲能副其意,气欲能举其辞。"譬之车然,意为之御,辞为之载,而气则所以行也。欲学古人之文,其始在因声以求气。得其气,则意与辞往往因之而并显,而法不外是矣。是故契其一,而其余可以绪引也。盖曰意、曰辞、曰气、曰法之数者,非判然自为一事,常乘乎其机,而绳同以凝于一,惟其妙之一出于自然而已。自然者,无意于是,而莫不备至,动皆中乎其节,而莫或知其然;日星之布列,山川之流峙是也。宁惟日星山川,凡天地之间之物之生而成文者,皆未尝有见其营度而位置之者也,而莫不蔚然以炳,而秩然以从。夫文之至者,亦若是焉而已。……故姚氏暨诸家因声求气之说,为不可易也。吾所求于古人者,由气而通其意,以及其辞与法,而喻乎其深。及吾所自为文,则一以意为主,而辞、气与法,胥从之矣。……往在江宁,闻方存之云:"长老所传,刘海峰绝丰伟,日取古人之文,纵声读之。姚惜抱则患气羸,然亦不废哦诵,但抑其声使之下耳。"(ZYZSWJ, juan 4, pp.84-85)

古人所追求的养气以写就好文章,最终仍需在诵读音节处下工夫。对此,张裕钊强调"因声求气"之说,就声音如何与文意相结合的问题,指出身体之气与文意的联合的方法。张裕钊此论可谓另辟蹊径,借鉴姚鼐的声、气、神之说,进一步来打通意与气、辞、法的关系,让至虚的"意"落实为驱动整个行文过程的强大力量。而"因声求气"在整个过程中仍被置于最基本,也是十分关键的环节。

此外马其昶(1855—1930)在《古文辞类纂标注序》中也提出古人精神需于涵泳中冥契:

> 若夫古人之精神意趣寓于文字者,固未可猝遇,读之久而吾之心与古人之心冥契焉,则往往有神解独到,非世所云云也,故姚选平注至简。昌黎论文,务去陈言,凡一词一义为人人意中所有,皆陈言也;陈言为文家所忌,即何容取常人意中之语,以平议古人至精深奥赜之文乎?(BRXWJ, juan 4, p.250)

桐城派大师这样一套既可通于古人精神文气,又立足于具体作品语言的讽诵涵泳法,转而反身影响到晚晴的《诗经》学。例如,方玉润《诗经原始》成功地借鉴了桐城派文章学所倡导的讽诵涵泳法,不再像朱熹那样拘于《毛诗序》的道德框架,而是通过《诗》文本的讽诵涵泳而进入《诗》之原始,即直接体验诗人的情感世界。

方玉润《诗经原始》:

> 又曰:《诗》,声教也。言之不足,故长言之。性情心术之微,悉寓于声歌咏叹之表。言若有限,意则无穷也。读《诗》者先自和夷其性情,于以仰窥其志,从容吟哦,优游讽咏,玩而味之,久当自得之也。盖其中间,有言近而指远者,亦有言隐而指近者。总不可以迫狭心神索之,不可以道理格局拘之也。噫!赐、商可与言《诗》,其成法具在也。否则,"诵《诗》三百,虽多,亦奚以为"?(SJYS, p.61)

方玉润对声音的推重,很大程度上源于他对《诗经》作品最初"声教"语境的追溯。在《诗经原始》自序中,他指出古人诵读《二南》《二雅》《三颂》,自会识得风化所始、治乱由变、政治得失、功德隆替,这些都是在"诵"的过程中得以感知到的,至于"其他文词工拙,训诂详略,在所弗论",也就是说文辞本身的训诂析辨等等实为无需留意的末节,所应着力处当在于:"日唯事讴吟以心传而口受,涵濡乎六义之旨,又复证以身心性命之微微而已矣。"在这一基本观念下,传世的序、传、训诂、章句皆为后起之辞。故而方玉润申明:"乃不揣固陋,反复涵泳,参论其闻,务求得古人作诗本意而止,不顾《序》,不顾《传》,亦不顾《论》,唯其是者从而非者正,名之曰《原始》,盖欲原诗人始意也。虽不知其于诗人本意何如,而循文按义,则古人作诗大旨要义不外如是。"序文最后,他借万伯舒之口曰:"盖未有《序》时,《诗》可以诵而无辩,既有《序》出,《诗》必明辩而后诵,此《原始》一书所由作也。"

又《诗经原始·凡例》:

> 读《诗》当涵泳全文,得其通章大意,乃可上窥古人义旨所在,未有篇法不明而能得其要领者。今之经文,多分章离句,不相联属。在明者,固可会而贯通;在初学,殊难缀而成韵。解之者又往往泥于字句间,以致全诗首尾不能相贯。无怪说《诗》者之难于解颐也。是编每诗无论章句多寡短长,均联属成篇,不肯分开。唯于每章下细注画明,如汉乐府"一解""二解"之例,以清段落。庶使学者得以一气读下,先览全篇局势,次观笔阵开阖变化,后乃细求字句研炼之法,因而精探古人作诗大旨,则读者之心思与作者之心思自能默会贯

通，不烦言而自解耳。(SJYS, p.2)

若究《诗经》之原始，则讽诵声教自然成为不二法门。前人解释《诗经》，往往是分开章节解释的，这样的弊端是导致整首诗的文脉断裂。因此方玉润这里特别强调章节之间的关系，主张从整体文思的发展来体会诗人之"志"，使读者之心和诗人之心相通。至于这种主张如何实现，便在于"涵泳全文""一气读下"，在熟读讽诵、优游涵泳的基础上，逐步展开对全篇局势的把握，再体会笔势的开阖，继而细化到字句精炼之法，而其最终的导向是要上升到古人作诗之旨，令今之读者与古之作者神气相接，默会贯通。这套条分缕析、兼顾整体与细节、文本之内外的读法，与刘大櫆等人的字句、音节、神气之说，正具有相通的学理进路和精神关怀。这种植根于"声教"的解诗观念在《诗经原始》的正文中也多次被重申。

【第七章第六节参考书目】

陈引驰：《"文"学的声音：古代文章与文章学中声音问题略说》，《文艺理论研究》2012 年第 5 期，第 35—42 页。

柳春蕊：《论晚清古文理论中的声音现象》，《文艺理论研究》2008 年第 3 期，第 61—68 页。

蒋寅：《沈德潜的诗学贡献及其历史地位》，《厦门大学学报》2016 年第 6 期，第 90—96 页。

蒋寅：《论桐城诗学史上的姚范与刘大櫆》，《江淮论坛》2014 年第 6 期，第 165—170 页。

Ge, Liangyan. "Authoring 'Authorial Intention:' Jin Shengtan as Creative

Critic." *Chinese Literature: Essays, Articles, Reviews* 25 (2003): 1-24.

Huang, Martin W. "Author(ity) and Reader in Traditional Chinese *Xiaoshuo* Commentary." *Chinese Literature: Essays, Articles, Reviews* 16 (1994): 41-67.

Hsia, C. T. "Yen Fu and Liang Ch'i-ch'ao as Advocates of New Fiction." In *Chinese Approaches to Literature from Confucius to Liang Ch'i-Ch'ao*, edited by Adele Austin Rickett, 221-257. Princeton: Princeton University Press, 978.

第八章　明清：读者再创造理解论

　　明清理解论最重要的发展，非再创造理解论的兴起莫属。再创造理解论与类比理解论和复原理解论迥别的独创性，集中表现在宏观和微观两个方面，即对整个解《诗》史的评价和对作品意义的定位。在评价先前解《诗》传统方面，再创造理解论完全超越了类比理解论和复原理解论之间延绵数百年的门户之争，对这两个相互对立传统的同时肯定，展示更加广阔的胸怀。他们普遍强调解《诗》传统不断革新的能动性，也即《诗》的诠释随世更迭，永无终止。早在中国的汉代，董仲舒已经意识到了这个问题，因此他在《春秋繁露》中说"《诗》无达诂"（见《理解论评选》§010），永远没有一个解释能够称之为解《诗》的正确标准。而且诗的解读是多样的，富于各种背景和指向性。这一认知早在欧阳修《诗本义》中已见端倪，《诗本义》提出的四种解诗之意便揭示出《诗》的解读具有多样性。至明清，这一认知得到很大的推广与深化，发展成新的再创造理论。钟惺称"《诗》为活物"，便形象地描述出解诗之说"屡迁数变"（见《理解论评选》§142），开启清代学者进一步的深化阐释。魏源在欧阳修基础上提出更加具体的解《诗》层次："有作《诗》者之心，而又有采《诗》、编《诗》者之心焉；有说《诗》者之心，而又有赋《诗》、引《诗》者之心。"（见《理解论评选》§143）《诗》之所以能够成为经典，就在于它的开放性和包容性，任何人都可以来解释它，任何人都能够从中找到自己的慰藉或启发。诠释，也绝不是某种意义发现的终结，而是无终止的诠释循环（hermeneutic circle）。对解《诗》的多元化的肯定，便意味着解诗的权威性传统受到挑战，例如龚橙便喊出"《诗》之谊非一家独尊"（见《理解论评选》§144），明确对诠释系统权威提出质疑。

在定位作品意义的微观层次上，主要的再创造理解论者，如谢榛、王夫之、叶燮、吴雷发、何文焕等，无不竞相提出自己的看法。谢榛《四溟诗话》讲："诗有可解、不可解、不必解。"（见《理解论评选》§146）诗中有些意义不可用言语解释，即为不可解论。毛先舒《唐诗解》用《诗经》的分析方法来分析唐诗，认为最佳的唐诗是没有办法解释的，针砭时人解释唐诗往诗书上用功夫，对唐诗的具体作品及段落加以具体的解释，只知道追求旨意，不知道诗歌意义是没有穷尽的。同样的观点见于薛雪《一瓢诗话》，强调杜诗不可解，有无穷无尽之义。而作品处于可解与不可解之间往往是最完美的状态。随着对诗的可解与否的讨论逐渐加深，批评家所讨论的范围已由经学范围的《诗》逐渐扩展至文学层面的"诗"，同时，在析辨可解与不可解之间，时人还区分出诗人之意和说诗人之解的差异，这便对读者的能动性予以极大肯定，并由此挑战原作者的权威。王夫之言"作者未必然而读者何必不然"，这是讲在阅读过程中，读者可以进行一种再创造。王夫之《诗广传》所描述的"四情"之游便是这种再创造的过程(见《理解论评选》§148)。甚至于说诗者"传其说之是,而不必其尽合于作者也"(袁枚语)(见《理解论评选》§152),读者的诠释潜能甚至超过作者。

综上所述,明清再创造理解论的巨大贡献,首先是对《诗经》的宏观诠释系统的再创造,即在宏观层面强调《诗》的多义性,《诗》的诠释具有变化性、非绝对性,以及解诗者的能动性。其次则是深入到微观层面,对具体诗篇的意义进行可解与不可解的析辨,强调读者的权威,等同甚至超过作者。在此基础上,传统经解的权威、作者的权威,纷纷受到挑战,而原本受经世致用、训诂考据所禁锢的作品文学魅力、带有主观体验色彩的读者阅读,都由此得以被重视起来。由此在明代中后期出现一批将《诗经》视为文学经典来阅读、用臆想解《诗》的群体,他们不拘于训诂考据或是所谓的前代经解权威,依从自己的主观阅读体验和学识储备,开辟出一支发挥读者主观能动性,且富有文学色彩的诠释模式。当读者能凭藉自己的臆想来确立一种解读视野时,这本身就在撼动作者的权威。就此而言,臆想式解《诗》法已为再创造的理解论趋势奠定基础。这种看重读者主观感受的趋势,还催生出移情自化的读小说、读诗法。读者在阅读小说或诗歌时犹如与作者发生灵魂的置换,从而更好地与作品情节肌理产生情感的共振,与作者神交情融,乃至移情自化,再造出自己新的灵魂世界。

第一节　钟惺等人再创造理解论的宏观建树

早在北宋时,欧阳修《诗本义》已提出诗中存在四义:"诗人之意,太师之职,圣人之志,经师之业。"即诗人之意、圣人之志、古编者之意以及经疏解诗之意。

> 《诗》之作也,触事感物,文之以言,善者美之,恶者刺之,以发其揄扬怨愤于口,道其哀乐喜怒于心,此诗人之意也。古者国有采诗之官,得而录之,以属太师,播之于乐,于是考其义类,而别之以为风、雅、颂,而次比之,以藏于有司,而用之宗庙朝廷,下至乡人聚会,此太师之职也。世久而失其传,乱其雅颂,亡其次序,又采者积多而无所择,孔子生于周末,方修礼乐之坏,于是正其雅颂,删其烦重,列于《六经》,著其善恶,以为劝戒,此圣人之志也。周道既衰,学校废而异端起,及汉承秦焚书之后,诸儒讲说者整齐残缺,以为之义训,耻于不知,而人人各自为说,至或迁就其事以曲成其己学,其于圣人有得有失,此经师之业也。惟是诗人之意也,太师之职也,圣人之志也,经师之业也。今之学《诗》者不出于此四者,而罕有得焉者。(SBY, juan 14, pp.6a – 6b)

欧阳修在此总结出四个层面的解诗之意,每一种都对应着不同的诠释语境,且存在互补性、历时的递变性,这足以体现出解诗模式的多样性以及诗的多义性。

在历史的更迭中,围绕《诗》积累起不同层面的理解,它们并未此消彼长,而是彼此互动共存。至明代,钟惺等人指出,不同时代有其主导的解诗法。其《诗论》:

《诗》,活物也。游、夏以后,自汉至宋,无不说《诗》者。不必皆有当于《诗》,而皆可以说《诗》。其皆可以说《诗》者,即在不必皆有当于《诗》之中。非说《诗》者之能如是,而《诗》之为物,不能不如是也。何以明之?孔子,亲删《诗》者也。而七十子之徒,亲受《诗》于孔子而学之者也。以至春秋列国大夫,与孔子删《诗》之时,不甚先后,而闻且见之者也。以至韩婴,汉儒之能为《诗》者也。今读孔子及其弟子之所引《诗》,列国盟会聘享之所赋《诗》,与韩氏之所传《诗》者,其事、其文、其义,不有与《诗》之本事、本文、本义,绝不相蒙,而引之、赋之、传之者乎?既引之、既赋之、既传之,又觉与《诗》之事、之文、之义未尝不合也。其何故也?夫《诗》,取断章者也。断之于彼,而无损于此。此无所予,而彼取之。说《诗》者盈天下,达于后世,屡迁数变,而《诗》不知,而《诗》固已明矣,而《诗》固已行矣。然而《诗》之为《诗》自如也,此《诗》之所以为经也。(YXXJ, pp.391 – 392)

之前对解释论的讨论中,学者们要么完全忽略赋诗、引诗,要么在批评汉唐学者"断章取义"时,用稍带贬义的语气提及赋诗、引诗。然而,这里钟惺大胆地将赋诗、引诗抬高到和孟子"以意逆志"论并举的地位。他引用了"赋《诗》、引《诗》、传《诗》"里一直存在的"断章取义",强调从《诗》中断章取义往往是为了传达与原文毫无关系的意思。然而,当用《诗》者重新创造出这种全新的文外意的时候,钟惺注意到文外意最终看起来和文本的原意仍然相关。钟惺认为,文本本身和文本外要素互动互生的过程因"断章取义"而成为可能,这种互动过程反过来又使得《诗》成为"活物",即无论何时何地,"皆可以说《诗》"。基于此,钟惺认为可对《诗》加以恰当的重新定义:"夫《诗》,取断章者也。"从历史演进的视角来看《诗经》阐释的发展,我们会发现《诗》的多义性不断丰富,而对《诗》的诠释也在不断多样发展。于是,原作者或编者的权威便逐渐被瓦解,读者的阐释获得更多合法性辩护。

到了晚明,很多批评家们已对长久以来崇毛派和崇朱派两大阵营之间的互相指斥产生厌倦,开始不再以孟子"以意逆志"法作为评价解释方法的最终准则了。为了讨论解释方法,尤其是解《诗》方法,他们又回到先秦赋诗引诗实践,试图在其基础上建立起更为宽泛,更有包容性的解释范式。钟惺《诗归序》。如他对解释之自由度的强调;又如,他认为任何解释都合理;再如,他认为文内意(部分)和文外意(整体)的互动过程中有着开放式的互相转化的互动;最后,最重要的是,钟惺相信文本赖以生存的方式恰恰在于解释过程中对意思的不断重新创造。

钟惺的这一全新解释方法,带有诸多现代批评理论所称的"诠释学(hermeneutic)"的特征,不过,真正意义上的"诠释学"须反对任何权威对文本的解读。显然,竟陵派的钟惺、谭元春(1586—1631)等人都没有做到这一点。尽管他们认可《诗》的诸多不同解释都同样合理,然而他们依然认为作者具有最高的权威,他们因此不断要求今之读者能与古之作者精神相通:"庶几见吾所选者以古人为归也。引古人之精神以接后人之心目，使其心目有所止焉，如是而已矣。……惺与同邑谭子元春忧之，内省诸心，不敢先有所谓学古不学古者，而第求古人真诗所在。真诗者，精神所为也。"[1]

这种对解释多样性的包容与推崇，在清代诗评中同样进一步得到延续，如魏源（1794—1857）《诗古微·毛诗明义》对解诗多样性的阐释：

> 夫《诗》有作《诗》者之心，而又有采《诗》、编《诗》者之心焉；有说《诗》者之心，而又有赋《诗》、引《诗》者之心焉。（SGW, p.54）

> 自国史编《诗》讽志，于是列国大夫有赋《诗》之事；自夫子删《诗》垂训，于是齐、鲁学者有说《诗》之学。然说《诗》者意因诗生，即触类旁通，亦止因本文而引申之，盖诗为主而文从之，所谓"以意逆志"也。赋《诗》与引《诗》者，诗因情及，虽取义微妙，亦止借其词以证明之，盖己情为主而诗从之，所谓兴之所之也。"以意逆志"者，志得而意愈畅，故其后为传注所自兴；兴之所至者，兴近则不必拘所作之人，所采之世，故其后为词赋之祖。（SGW, p.58）

魏源这里也将围绕《诗》的解读分为作诗者、采编者、说诗者、赋诗引诗者几大类，这一判断上承欧阳修《诗本义》提出的

---

[1] ［明］钟惺《诗归序》，李先耕、崔重庆标校：《隐秀轩集》，上海：上海古籍出版社，1992年，第235—236页。

四种解《诗》之意(见《理解论评选》§030),可谓对"诗"的多义性做出进一步阐发,并分辨其异同。其中,赋、引《诗》者与说《诗》者皆依靠比类旁通,但前者以自己之情为主,不拘于原《诗》背景,后者以归循诗文本为主,追求"以意逆志",由此引出传注之学与词赋之学的源流脉络。

又如龚橙(1817—1878)《诗本谊·序》中提出《诗》之谊非一家独尊:

> 有作《诗》之谊,有读《诗》之谊,有太师采《诗》、瞽蒙讽诵之谊,有周公用为乐章之谊,有孔子定《诗》建始之谊,有赋《诗》引《诗》节取章句之谊,有赋《诗》寄托之谊,有引《诗》以就己说之谊。(*SBYb*, p.275)
>
> 读《诗》者,自当先求作《诗》之心,以通其词,而后知古太师与周公、孔子之用,与赋诗、引诗之用,岂可漫无分别?(*SBYb*, p.276)

从欧阳修《诗本义》到龚氏此语,有关解《诗》的观念已颇为通达且条理细化。龚氏指出《诗》之谊并非一家独尊,而是在历史演进中存在作者、读者、采《诗》者、用《诗》者等各家之谊,每一家的阐释都有其具体语境,也都有其合法性、合理性。龚氏主张后人读《诗》,既要先通文辞本义,也应理解且能分辨后之用诗者的诠释。

至晚清皮锡瑞(1850—1908)时,他在《经学通论·第二篇·诗经》中也就《诗》之意有正、侧旁出之分:

> 就《诗》而论,有作《诗》之意,有赋《诗》之意。郑君云:"赋者或造篇,或述古。"故《诗》有正义、有旁义、有断章取义。以旁义为正义则误,以断章取义为本义尤误。是其义虽并出于古,亦宜审择,难尽遵从,此《诗》之难明者一也。(JXTL, juan 2, p.1)

皮锡瑞也指出《诗》之意有正、侧旁出之分,且较龚橙而言更对作《诗》之意、赋《诗》之意等作出价值判断,以为当以正义为本,正义即作诗者之本意,不可混淆于旁义,更不可以断章取义为本义,所以要仔细审择。

第二节　谢榛等人再创造理解论的微观建树

微观层面的诗篇再造论,主要着眼于具体作品阐释中有关内部诗意可解与否的析辨。该问题可追溯到宋代严羽等人讲求的"玲珑透彻""镜花水月"之论。降及明清,谢榛指出"诗有可解、不可解、不必解"的命题,揭示出诗歌解读中存在的理解之差异性。并且他最终强调"勿泥其迹",应当圆融通脱。(谢榛等明清人的再创造式理解论与参悟文字的创作论可相互参照,见《创作论要略》第六章第三节等。)

谢榛(1495—1575)《四溟诗话》:

> 诗有可解、不可解、不必解,若水月镜花,勿泥其迹可也。(QMSH, p.1305)

宋严羽用"玲珑透彻"等语描述诗歌的言外之境,而谢榛则提出"诗有可解、不可解、不必解"的重要命题。清初叶燮则用征实的分析语言解释了这种"玲珑透彻"的含义,他提倡把可解、不可解两者结合在一块,让作品兼备虚、实两种特质,至虚而又至实,虚实在作品中彼此互动:"寄托在可言不可言之间,其指归在可解不可解之会,言在此而意在彼。"(《原诗》)他认为能将"可解"与"不可解"完美结合一体的作品,才算是达到最高的艺术境界。

谢榛之后,王世懋、王夫之、毛先舒、叶燮、袁枚、何文焕等人都进一步做出阐发,各有所见,并引申出有关诗的"恍惚无定"、诗境的虚实交织、作者之意与读者之意、诗的象趣与指义、可读与不可解等丰富讨论面向。这些观点都颇与西方现代审美观念相通,同时也赋予读者解诗更大的能动性。如王世懋(1536—1588)《艺圃撷余》云:

> 《诗》四始之体,惟《颂》专为郊庙颂述功德而作。其它率因触物比类,宣其性情,恍惚游衍,往往无定,以故说诗者,人自为说。若孟轲、荀卿之徒,及汉韩婴、刘向等,或因事傅会,或旁解曲引,而春秋时王公大夫赋诗,以昭俭汰,亦各以其意为之,盖诗之来固如此。(QMSH, p.2151)

王世懋在此先将《诗》的大部分作品定性为"触物比类"恍惚无定之作,是以说诗之人会各有解法,在不同语境引导下各有所见。而且他称"诗之来固如此",这种通脱包容的解诗观念似乎含有一点诠释学式思维。

王夫之(1619—1692)《姜斋诗话》：

"诗可以兴,可以观,可以群,可以怨。"尽矣。辨汉、魏、唐、宋之雅俗得失以此,读《三百篇》者必此也。"可以"云者,随所"以"而皆"可"也。于所兴而可观,其兴也深;于所观而可兴,其观也审。以其群者而怨,怨愈不忘;以其怨者而群,群乃益挚。出于四情之外,以生起四情;游于四情之中,情无所窒。作者用一致之思,读者各以其情而自得。故《关雎》,兴也,康王晏朝,而即为冰鉴。"訏谟定命,远犹辰告",观也,谢安欣赏,而增其遐心。人情之游也无涯,而各以其情遇,斯所贵于有诗。(QSH, p.3)

这段文字中,王夫之已经将读者提高到可与作者相提并论的地位上。他强调"作者用一致之思,读者各以其情而自得",这一"各以其情而自得"的过程从根本上来讲,与原始创作毫无轩轾。与作者相同,读者一样地在作品中倾注了自己的全部的情感,而这种倾注也一样地是毫无保留的和充满想象力的。为了证实这种情感投注理论,王夫之写道:"人情之游也无涯,而各以其情遇。"

孔子"诗可以兴,可以观,可以群,可以怨"的评语中,主语"诗"一般被认为指《诗经》一书,因此这一论断可看成是对《诗经》四种功用的概括。然而,根据王夫之这里的上下文和所给出的两个例证,王夫之将"诗"一字解作是单独的诗作。因偷换主语,王夫之将孔子所言变成了对读者读《诗》反应的描绘。按照王夫之对孔子所言的全新读法,他将"兴、观、群、怨"重新定义为读者阅读具体《诗》作品中所可能体验到的"四情"。同样,他也将"可以"二字看作是指每一首诗均能在读者身上同时引发四种不同的情感(即"兴、观、群、怨")。从这种新的角度来看,"可以"二字成为理解"兴、观、群、怨"的关键,令此四字的意义互为注解,相互融合。又如他在《姜斋诗话》论"可以"的诗歌境界:

> 兴、观、群、怨,诗尽于是矣。经生家析《鹿鸣》《嘉鱼》为群,《柏舟》《小弁》为怨,小人一往之喜怒耳,何足以言诗?"可以"云者,随所以而皆可也。《诗三百篇》而下,唯《十九首》能然。李杜亦仿佛遇之,然其能俾人随触而皆可,亦不数数也。又下或一可焉,或无一可者。(*QSH*, p.8)

在这里讨论这种艺术境界时,王夫之一字不差地重复了他对"可以"二字的论述,进而指出这样的艺术境界只有在中国诗歌的精华处才偶有一见。这种艺术境界的理论与当代美学中的诗歌复义理论颇相仿佛。毛先舒(1620—1688)《唐诗解序》云:

> 古诗无解,解者,为诗者之不得已也。盖诗者,性情之精微也,启乎心声,朦胧开拆;放乎厥辞,演漾善变。旁侧见理,正言而若反。非如典谟记传之文,县一说即可定古

人归指矣。

诗至唐,众体悉备,菁华大宣,诗之海也。今亡论为诗与不为诗者,即三尺童儿,莫不称唐人诗盈口。何者?读其辞,清华相引,宫徵互发,高者入云,沉者冥渊,不必核其专指,而情为移焉。顾可县一说而定之欤?然自杜、李诸公集,洙、鹤、士赟之徒,往往有解。而华亭汝询唐氏,又录四唐诸诗而详注之,网罗搜括,毕尽而无遗,岂非虑涉海之无涯而故为是槎筏欤?夫诗有象趣,有指义。不可解者,虑执指义而掩象趣耳……或曰:孔子删诗,不立解,政欲使人深思而得之,自商、赐、粲、熹之说兴,而谈经之家纷如市哄,是诗学淆乱,繇解之者多。不知古诗无解并无题,虚而无方,使人之自得之也。后既为题,而复为解,说不厌详,使人之自择之也。圣人之立言与文人之修辞,固不侔哉。且使古经无诸说,旨久已益晦,而况后人之所为作乎?虽然,毋执指义,毋掩象趣,终以是为槎筏则已矣。庄周有云:"送君者皆自崖而返,君自此远矣。"吾安得是人而与读唐氏诗解乎哉?(*SGTJ*, juan 3, p.808)

毛先舒认为,诗的创作出乎性情之微而朦胧善变,其归指难如典谟记传那样明确稳定,故"古诗无解"。然而后世读者难免要溯求其义,他指出诗有象趣、指义二端,后人若一味考求指义而忽略象趣,便陷入不可解的境地。他还认为孔子删诗而不立所谓确凿之说,也是意在使人深思而自得,由此一来,诗家解说虽繁,读者只需自得自择即可,不必泥于一端。然而,毛先舒也未否定古人解经的贡献,称"且使古经无诸说,旨久已益晦,而况后人之所为作乎"。

薛雪(1681—1770)《一瓢诗话》云:

> 杜少陵诗,止可读,不可解。何也?公诗如溟渤,无流不纳;如日月,无幽不烛;如大圆镜,无物不现,如何可解?小而言之,如《阴符》《道德》,兵家读之为兵,道家读之为道,治天下国家者读之为政,无往不可。所以解之者不下数百余家,总无全璧。杨诚斋云:"可以意解,而不可以辞解;必不得已而解之,可以一句一首解,而不可以全帙解。"余谓:读之既熟,思之既久,神将通之,不落言诠,自明妙理,何必断断然论今道古耶?(QSH, p.714)

薛雪从诗作本身特质出发,提出杜诗可读不可解的看法,因为杜诗中的气象、道理无所不包,任何一种解读都难以包举所有,且读者还可能泥于文辞,陷入牵强附会。故而他主张的可读不可解,其操作要领便在于熟读深思,自明妙理,不必落入言筌或厚薄古今。

袁枚(1716—1798)《程绵庄诗说序》云:

> 作诗者,以诗传;说诗者,以说传。传者,传其说之是,而不必其尽合于作者也。如谓说诗之心,即作诗之心,则建安、大历有年谱可稽,有姓氏可考,后之人犹不能以字句之迹,追作者之心,矧《三百篇》哉?不仅是也,人有兴会标

> 举,景物呈触,偶然成诗,及时移地改。虽复冥心追溯,求其前所以为诗之故而不得,况以数千年之后,依傍传疏,左支右吾,而遽谓吾说已定,后之人不可复有所发明,是大惑已。(XCSFSWJ, juan 28, p.1765)

这里将作诗之意与说诗之意的流传脉络分为二途,且明确指出说诗者不必尽合作者本意。袁枚接着说明,这一主张是出于所谓作诗本意已随时移事易而难确考,故而不必拘于一家之说,更不必仍固执地考求作者本意。

何文焕(乾隆时期人)《历代诗话考索》云:

> 解诗不可泥,观孔子所称可与言《诗》,及孟子所引可见矣,而断无不可解之理。谢茂秦创为可解、不可解、不必解之说,贻误无穷。(LDSH, p.823)

何文焕对谢榛"可解、不可解、不必解"之说持批评的态度。他则从经学视野来讨论可解与否的问题。他主张《诗经》没有不可解的内容,皆应该且必须落到实处。

还需强调的是,在理论阐述的层次上,将作者拖下神坛的任务是由清初王夫之完成的。不类钟、谭二人,王夫之认为阅读不是"引古人之精神以接后人之心目"的行为,而是正如原始创作一样毫无保留的、充满想象力的创作过程。如果说复原式解释诗法表现出一种由读者而作者的线性过程,王夫之的阐释模式则于多方面展现了循环式的过程。首先,作者与读者的角色替换就具有某种循环的特征。随着本来是处于从属地位的读者占据了作者的位置,作者则从其原先主导地位上被拉下来,虽然他仍然是一个制造了作品意义的人,但是随着他的读者逐渐增多,而每一个读者又都为作品增添了新的意义,他最终沦为创造其作品意义的众多成员中的一份子。王夫之将"兴观群怨"四种功能的关系理解为共生并起、交互影响。这四种功能组成的"四情说"都以可解的态度去面对每首作品,所有解读都是可以成立的。因为"兴观群怨"这四情是随着读者读诗时的状态而动态变化的,那么同一部作品便可能引发不同类型的理解,可作为"兴",也可作为"观""群""怨"。这一作法也显示了他的阐释方式之非线性特征。本节可与《创作论评选》5.3"钟惺、谭元春等人参悟文字的摄魂说"相互参照,详见§146—165。

【第八章第一、二节参考书目】

邬国平著:《竟陵派的文学理论》,载《中国古代文论精粹谈》,第1版,济南:齐鲁书社,1992年,第361—376页。

刘毓庆著:《从经学到文学:明代〈诗经〉学史论》,北京:商务印书馆,2001年,有关钟惺的"诗活物"说与《诗经》评点,见第345—359页。

蔡宗齐著:《中国古代阐释学的个例研究:阐释"兴、观、群、怨"的三种模式》,《九州学林》2004年第2卷第3期,第26—41页。

Owen, Stephen. *Readings in Chinese Literary Thought*. Cambridge: Harvard University Press, 1992, Chapter 10 "The 'Discussions to While Away the Days at Evening Hall' and 'Interpretations of Poetry' of

Wang Fu-chih", pp.451–457.

Ge, Liangyan. "Authoring 'Authorial Intention': Jin Shengtan as Creative Critic". *Chinese Literature: Essays, Articles, Reviews* 25 (2003): 1–24.

Huang, Martin W. "Author(ity) and Reader in Traditional Chinese *Xiaoshuo* Commentary". *Chinese Literature: Essays, Articles, Reviews* 16 (1994): 41–67.

Hsia, C. T. "Yen Fu and Liang Ch'i-ch'ao as Advocates of New Fiction". In *Chinese Approaches to Literature from Confucius to Liang Ch'i-Ch'ao*, edited by Adele Austin Rickett, 221–257. Princeton: Princeton University Press, 1978.

第三节　戴君恩臆想式解《诗》

传统《诗经》学把《诗经》视为儒家经典,对其解读注重训诂考据,强调经世治用,这令《诗》所具有的文学文本之特性及解读者的主观感受遭到忽视。明代中后期,出现了一批将《诗经》当作文学文本研究的解《诗》家,使《诗经》学走出经学研究的樊篱,戴君恩便是其中代表者之一。此前我们在论吴淇的"以意逆志"说时已指出,这里的"意"既不是文章的"意",也不是读者的"意",而是作者在创作时的心理活动,只有读者能体会到这种活动时,才可谓达到作者之"志"。这是吴淇对"以意逆志"的新创之处。戴君恩(1570—1636)《读风臆评》则更进一步,将孟子"以意逆志"理解为"说诗者不以辞害意"[1],并受到阳明认

---

[1] [明]戴君恩:《读风臆评》,载《四库全书存目丛书》经部第61册,影印明万历四十八年刻本,济南:齐鲁书社,1997年,第233页。

为读《诗》应"意有所得,辄为之训释","不必尽合于先贤,聊写其胸臆之见"[1]之影响,形成了基于个人理解与感受的基本解《诗》原则。不同于传统解《诗》法把《诗经》当作经典进行解读,或注重考据,或强调政治,令《诗经》作为文学本身的魅力以及解读者的主观体验遭到贬损。戴氏解《诗》时有意识地反驳传统解《诗》观点,特别是朱熹的"淫诗说",并进一步表达自己的对《诗》意的解读。但他表达自己观点的方式亦非虚浮地抒发己见,而是以点明诗篇之结构及勘破诗意之虚实两法来支持自己的观点。在章法结构上,戴氏注重挖掘诗歌章法本质,总结出许多细致繁复的"格法",不仅将"格法"用在评价常规行文结构上,更是用"格法"辅助《诗》意的解读。此外,在《诗》意与境上,戴氏将"虚境"作为修正《诗》意的工具,借以反驳传统解说,进而提出自己对《诗》意的解读。戴氏在解读过程中用词灵活生动,还巧妙使用"以诗解《诗》"达到发散与意会的效果,其文学风格特点鲜明。戴氏受自由抒发性情思潮影响,将《诗》当作文学作品解读,力求摆脱经学训诂的樊笼,追求无需考据,不从权威,依靠自己学问、主观感受来评《诗》,由此得以形成灵活运用"格法"及"虚境"来辅助《诗》意解读的解《诗》特色。

> 爱检衣箧,得《国风》半部,展而玩之,哦之咏之,楮之翰之,嗟夫!此非夫天地自然之籁,颜成子游之所不得闻,

---

1 [明]王阳明:《五经臆说序》,载吴光等编校:《王阳明全集》,杭州:浙江古籍出版社,2010年,卷二二,外集4,第917页。

南郭子綦之所不能喻，而归之其谁者耶？彼其芒乎？忽乎？俄而有情，俄而有景，俄而景与情会，酝酿郁浡，而啸歌形焉。当其形之为啸歌也，景有所必畅，不极其致焉不休；情有所必宣，不竭其才焉不已。或类而触，或寓而伸，或变幻而离奇。莫自而计夫声于五，莫自而计夫正于六，而长短疾徐、抑扬高下，无弗谐焉，使之者其谁耶？非器非声，非非器，非非声。以不闻闻，或闻闻，或否；以不解解，或解解，或否。何哉乎？紫阳氏窍与竹焉当之也。调调刁刁、禺禺翏翏者之日接吾前，而吾且失之乎？剑首乃曰："吾于解诗无恨。"诗如有知，宁不挪揄竹素间耶？凡吾耳目见闻，大率依傍物耳。才有依傍，即有制缚，譬臧获受约束主伯。尺尺寸寸，传习惟谨，何暇出乎域中？惟臆也，不受制缚，时潜天，时潜地，时超象罔，时入冥滓，夫欲破习而游于天也，则莫如臆矣！是故蔑舍紫阳，以臆读，以臆评，以臆点涴断画，册而呈之，直指吴公摄皋、闵公爰进不慧而语曰：善夫子舆氏不云乎？以意逆志，是为得之。昔也，子列子御风而行，泠然善也，非其身能御之，亦意御焉耳！意也者，臆也。子能如是，吾且与子相御而游乎十五国之间。
(*DFYP*, pp.230 – 232)

戴君恩描述自己解《诗》的过程，超越语言、思维，而与宇宙漫游。"臆"，不受控制，"不受制缚，时潜天，时潜地"，凭空想象，使阅读成为一个新的创作。

戴氏《读风臆评》自明代万历年间成书至近代，均产生不可忽视的影响力。崇祯年间,凌濛初(1580—1644)在《言诗翼》中称得到一本无名氏著的《国风》抄本,当时他并不知抄本书名,亦不知作者姓名,但由于"不忍心埋没"[1],也将其编入《言诗翼》中。经考证,这本匿名评本实际上就是《读风臆评》[2]。崔述(1740—1816)在其著作《读风偶识》的序中,表明自己对《诗经》的兴趣正与儿时阅读《读风臆评》相关[3]。清光绪年间,陈继揆(生卒不详)有感于戴君恩"以臆读,以臆评,排空而撅实,观词而不害志"[4]的解《诗》特点,并对此特点发出"丹黄点浼,使兴观之旨,了然于纸上"[5]的赞赏,闲暇时为《臆评》没有展开说明的部分作补充,成《读风臆补》一书,延续了戴氏的"臆评"之法。姚燮(1805—1864)和徐发仁(生卒不详)两人亦有感于戴氏"臆想式"解《诗》之法,深感于其"逆诗以意而诗意明"[6]之道,进而为《读诗臆补》作序。

> 气无眹乎芒乎而智智尔,俄飘忽也,触乎籁不自遏也。为微辨焉,凄以厉焉,天之风也。心无动乎眇乎而寂寂尔,若抽苜也,缘乎物不自知也,或怡氤焉,或郁以勃焉,诗之风也。善矣哉,明荆南戴忠甫之读《风》乎,咏叹之,淫泆之,味其辞则低徊之,往复之;寻其旨则优柔之,餍饫之,浃

---

1 [明]凌濛初编:《言诗翼》,《四库全书存目丛书》经部第66册,影印上海图书馆藏明崇祯刻本,济南:齐鲁书社,1997年,第699页。
2 侯美珍:《晚明诗经评点之学研究》,台北:花木兰出版社,2009年,第223页。
3 [清]崔述:《读风偶识》,北京:中华书局,1985年,第3页。
4 [清]陈继揆:《读风臆补》,载《续修四库全书》经部第58册,影印复旦大学图书馆藏清光绪六年拜经阁刻本,上海:上海古籍出版社,2002年,第159页。
5 [清]陈继揆:《读风臆补·风次》,第164页。
6 [清]徐发仁:《读风臆补叙》,《读风臆补》,第160页。

其心。始也导窾而入,入泖穆也,悦悦乎迎也继也引绪而出出绵纡也,恍恍乎揭也,今所传《读风臆评》是也。以意逆志是为得之,戴君其得之矣。陈子舵严取戴君所臆者臆补之,引伸其所未达,广其所未详,即名其书曰《臆补》,余为之序焉,序曰:子惟臆戴君之臆以臆风人之臆乎?倏焉而愉焉?荡往焉?(*DFYB*, p.3)

这段序文用一系列叠词来描绘《风》诗的种种特性,同时推出戴君恩《读风臆评》,揭示其在低回咏叹中导窾而入,在细密的己意中逆得风人之志,并进而肯定后人续补其意的引申之功。

又徐发仁《读风臆补叙》:

温柔敦厚,诗教也。而诗之失愚,诗岂能愚人哉!溺其志而失于自用,人自愚耳。夫诗本性情,每什每章各有其性情所在,然若雅正礼节颂告成功,毛公训诂既传,马注、郑笺纷纷继作,其义类既衷一定,读者可无二三?其间惟《国风》多里巷歌谣、男女赠答,其中贞淫美刺、反复缠绵,有不可以一端泥者。藉非深于情者,以己之情推诗之情,旁见侧出,以达其欲达难达之情,安得千载上下忾息如闻而神明遥浃也乎?陈子舵岩深于情者也。深于情故深于诗,而尤深于诗之风。平日读风,恒有得于声音微眇之间,欲于笺疏会其意,而迄不得其意,偶获前明戴忠甫《臆评》一书,恍若自其意之所出,于教学之暇,加评于戴评之后,或注以经,或取之史,或采汉魏六朝及唐宋以下诸家诗,以疏通证明之。孟子曰"以意逆志,是谓得之",戴君逆诗以意而诗意明,陈子补《臆评》之评,而戴评之意尤明,而风人作诗之志愈益明,岂第不失之愚,亦觉温柔敦厚之旨盎然于字里行间焉。诚足大快人意也。属弁简端,爰叙其概如此。咸丰三年良月中浣桐江芝田徐发仁书于饱闲散斋(DFYB, p.7)

徐发仁明确指出诗本乎性情,且不同篇什各有性情,而各类训诂章句解经之说,无疑限定了解诗的取向,尤其会令《风》诗的理解拘泥于一端。对此,他力主"己之情推诗之情,旁见侧出,以达其欲达难达之情",这正是戴君恩《读风臆评》所做的。这种偏于文学性的臆想解《诗》法,还可见于徐光启(1562—1633)、沈守正(1572—1623)、邹之麟(1574—1646)、万时华(1590—1639)、牛运震(1706—1758)、王晋汾等明清人的诗评,如:

沈守正评《卷耳》:

采卷耳以下,都非实事,所谓思之变境也。一室之中,无端而采物,忽焉而登高,忽焉而饮酒,忽焉而马病,忽焉而仆痡,俱意中妄成之,旋妄灭之,缭绕纷纭息之,弥以繁夺之,弥以生光景卒之,念息而叹曰:云何吁矣! 可见怀人之思自真,而境之所设皆假也。(KMLDZYSY, juan 1, p.544)

沈守正从写景、叙事、言情的虚实交织来重看《卷耳》,令诗中情境活灵活现,更由此揭明怀人之真,设境之虚。

徐光启《毛诗六帖讲意》评《卷耳》：

> 通篇皆是托言，凡托言皆是幻想，非实事也。采物，幻想也；登高饮酒，亦幻想也。思而不遂，展转想象，展转起灭，遂有几许境界，几许事件耳！"诗以道性情"，又曰"诗言志"，此之谓也。此作实说，便说不通，此等《诗》中多有之，如《采绿》《何人斯》《载驰》之类，不一而足，可以类推。细读《离骚》，便晓此意。（MSLTJY, juan 1, p.5）

徐光启解《卷耳》，看出诗中虚拟的托言想象，并举一反三，深知不可将这类诗言穿凿坐实，而应以其托言幻想背后的性情为指归。

邹之麟《诗经翼注讲意》则对《卷耳》托言怀人作了主观敷演：

> 通诗以"嗟我怀人"为主。下三章皆承怀人而言，正形容其怀之不能已也。末吁字与嗟字相映，注中托言，非惟采物登高是托言，并饮酒、人马俱病皆托言也。采卷耳根，思念来君子不在泛说。崔嵬二章，重登高勿与酌酒平看。我姑二句，玩永字只是思之之情不能自已，但欲饮酒暂开其怀耳，非真欲释其忧而不思也。云何吁矣，言往从之计不遂，思念之情无已，我将如之何。其忧笑哉，甚言其不能忘意。（SJYZJY, p.5）

邹之麟同样是从托言怀人的角度，结合自己的感受，来串解《卷耳》全篇,且进行情境的还原和敷演,这些虽具有颇醒目的主观色彩,但皆立足于诗文本自身,切中情理。

又万时华《诗经偶笺》评《蒹葭》:

> 此诗意境空旷,寄托玄澹。秦川只尺,已宛然三山云气,竹影风声,邈焉如仙。大都耳目之下,不乏幽人,豪杰匈怀,自有高寄。只此杳杳可思,正使伊人与作诗者,俱留千古不尽之味。更不必问其所作何人,所思何侣也。"蒹葭"二句,形容秋江景物,总非笔墨所至,此与"袅袅兮秋风,洞庭波兮木叶下"已置今古文人秋咏都落下风。至今容与寒汀者,一念此语,不独意会,且觉心伤。"在水一方",原从浩淼波光之外,若灭若没,若隐若现,恍见此境,与下"道阻且长""宛在水中央"更无二际。此等处境象,自知语言皆赘。若以为意在一方及求之而道终阻,而中央终宛在者,固非。以为既溯洄求之复溯游求之者,亦未妙得其解也。(*SJOJ*, pp.181-182)

万时华直接从意境切入,由《蒹葭》诗句产生重重情境的想象,并不断引申至古今文人吟咏之思,这种立足于个体感知臆想的解诗法,体现出十分鲜明的文学色彩。

又牛运震《诗志》评《关雎》:

> 孔子曰:"《关雎》乐而不淫,哀而不伤。"二语已尽此诗之妙。不伤者,舒而不迫;不淫者,淡而不浓。细读之则有

优柔平中之旨,洁净希夷之神。写哀极绵曲之态,写乐用平直之调,"辗转反侧""琴瑟""钟鼓",都是空中设想,虚处结情。解诗者以为实事,失之矣。(SZ, juan 1, pp.1 - 2)

这里已然从一种创作策略及阅读感受出发,对《关雎》的意象内容及孔子评语做出具有文学性的主观解读。

王晋汾评《关雎》(《读风臆补》篇后评)亦称:

诗之妙,全在翻空见奇。此诗只"窈窕淑女,君子好逑"便尽了,却翻出未得时一段,写个牢骚慢受的光景;又翻出已得时一段,写个欢欣鼓舞的光景,无非描写"君子好逑"一句耳。若认做实境,便是梦中说梦。(DFYB, p.25)

到了民国时期,朱自清(1898—1948)在编写讲义《诗名著笺:诗经经典笺释》时选了十五篇《诗经》中的诗篇,引用数家释《诗》之言,其中《关雎》等十一篇都摘录了《臆评》的评点,可以见得其是将《臆评》作为讲解《诗经》的重要参照。周作人在《谈〈谈谈《诗经》〉》中以三首诗为例反驳胡适先生"穿凿"的据"实"解《诗》,提出"不定要篇篇咬实这是讲什么"[1]的解读方式,这恰与"臆想式"解诗法不谋而合。可以说以《读风臆评》为代表的臆想式解诗模式在明清至近现代解经、解诗传统中,开启了十分重要的新局面。

---

[1] 周作人:《知堂书话》,北京:人民大学出版社,2004年,第494—495页。

【第八章第三节参考书目】

朱自清著:《诗名著笺:诗经经典笺释》,台北:千华驻科技出版有限公司,2023年。

周作人:《知堂书话》,北京:人民大学出版社,2004年。

村山吉广著,林庆彰译:《崔述〈读风偶识〉的侧面——和戴君恩〈读风臆评〉的关系》。《中国文哲研究通讯》1995年第5卷第2期,第134—144页。

村山吉广:《戴君恩〈读风臆评〉初探》,载《第二届诗经国际学术研讨会论文集》,北京:语文出版社,1996年,第469—483页。

刘毓庆等:《历代诗经著述考:明代》,北京:中华书局,2008年。

刘毓庆:《戴君恩的"格法"说与〈读风臆评〉》。《中国典籍与文化》2000年第2期,第74—78页。

侯美珍:《晚明诗经评点之学研究》,台北:花木兰出版社,2009年。

黄霖等编:《诗经汇评》,南京:凤凰出版社,2016年。

张洪海著:《〈诗经〉评点史》,上海:上海社会科学院出版社,2018年。

王霄蛟:《戴君恩的诗经观——以〈读风臆评〉为中心》,《诗经研究丛刊》2010年第18辑,第209—236页。

第四节　梁启超等移情自化的读诗法、读小说法

移情自化的读诗法、读小说,也聚焦于作品对读者产生的神交情融,关注阅读过程中读者对文本情节内容、思想情感的心理共振,乃至产生自我反思、改造的作用。这种方法也可视为对讽诵涵泳同感式读诗方法的进一步发展。从早期的诗乐感人心、美教化之论,到明清小说批评中频频可见的劝善惩恶、教人闻道之说,都是移情自化法运用在不同阶段的体现。

*《礼记·乐记》：

> 钟声铿,铿以立号,号以立横,横以立武。君子听钟声则思武臣。石声磬,磬以立辨,辨以致死。君子听磬声,则思死封疆之臣。丝声哀,哀以立廉,廉以立志。君子听琴瑟之声,则思志义之臣。竹声滥,滥以立会,会以聚众。君子听竽笙箫管之声,则思畜聚之臣。鼓鼙之声讙,讙以立动,动以进众。君子听鼓鼙之声,则思将帅之臣。君子之听音,非听其铿锵而已也,彼亦有所合之也。（LJZY, juan 39, p.1541）

音乐向来被古人视为易于感化人心、神交情融的艺术表现媒介,春秋战国诗乐论中,已不乏以声乐反映心性德行的论述,如郭店楚简云"其心变则其声亦然"（《性自命出》）,上博简《孔子诗论》云"其言文,其声善"（《孔子诗论·简三》）,等等。于是不同音声足以配应不同的性情与文字,产生对应的感染效果。这里《乐记》就以雅乐八音为基础,将其分别与不同品格之臣建立联想关系,所以君子听其音便有所合。这里的"所合",便是音乐感化移情的效果。

叶廷秀（1599—1651）《诗谭自序》则指出移情自化在读诗方面的作用机制：

> 《近思录》曰："兴于诗者,吟咏性情,涵畅道德之中而歆动之,有吾与点之气象。"又云："兴于诗,是兴起善意,汪洋浩大,皆是此意。"此真说诗之善者也。夫古今之人不同

而此心同,古今之诗不同而此理同。逆其心而端之以理,取彼短吟,畅我满怀;取彼快谈,印我至性。明道先生曰:"学者不可不看诗,看诗便使人长一格价。"诗之益人,信如是,而后益人也。(QMSH,p.4153)

叶廷秀先由宋儒《近思录》论"兴于诗"出发,称赞其"吟咏情性""兴起善意"而使人歆动认同的解读。并进一步指出,今人之所以能读古诗而知古人之志,且能够移情自化,是因为古今人心可通。古今诗同传此理,故而今人能在"以意逆志"中识古人情性,反观自我情性而得到感化。

明清人对这种理解方法的依据、作用机制等还做出了深入的探讨。他们认为古今之人心志可通,古今作品其理亦同,故而能够在阅读古人作品中畅己之怀、反身自视。移情自化之法在小说批评中发挥了重要作用,小说不再只是消遣戏谑的稗野杂谈,而是能改造个人思想,乃至反过来影响整个社会的读物。在阅读小说过程中,读者让自己的灵魂被作者勾去,脱胎换骨成为作者,从而产生移情自化的神奇效果。如蒋大器(1455—1530)《三国志通俗演义序》、李贽(1527—1602)《忠义水浒传序》,认为读者读到书中人如此而联想到自己,从而受到书中人影响。

蒋大器(1455—1530)《三国志通俗演义序》:

> 书成,士君子之好事者,争相誊录,以便观览,则三国之盛衰治乱,人物之出处臧否,一开卷,千百载之事,豁然于心胸矣。其间亦未免一二过与不及,俯而就之,欲观者

有所进益焉。予谓诵其诗,读其书,不识其人,可乎? 读书例曰:若读到古人忠处,便思自己忠与不忠;孝处,便思自己孝与不孝。至于善恶可否,皆当如此,方是有益。若只读过,而不身体力行,又未为读书也。(SGZTSYY, pp.5–7)

这里提到的书例:"若读到古人忠处,便思自己忠与不忠;孝处,便思自己孝与不孝。"正是移情自化读小说法产生自我改造效果的直接体现。蒋氏此论也谈及读书当知人论世,前后文便形成一种从"知人"到"知己"的延伸作用。

李贽(1527—1602)《忠义水浒传叙》:

故有国者不可以不读。一读此传,则忠义不在水浒,而皆在于君侧矣。贤宰相不可以不读。一读此传,则忠义不在水浒,而皆在于朝廷矣。兵部掌军国之枢,督府专阃外之寄,是又不可以不读也。苟一日而读此传,则忠义不在水浒,而皆为干城心腹之选矣。否则,不在朝廷,不在君侧,不在干城心腹,乌乎在? 在水浒! 此传之所为发愤矣! 若夫好事者资其谭柄,用兵者藉其谋画,要以各见所长,乌睹所谓忠义者哉! (SHZ, p.1489)

李贽认为《水浒传》已不再只是区区一部稗谈小说,其忠义主题关涉着文本之外君王、朝堂各层的维系之道,皆能予以启发,乃至于从国之君主到宰辅忠臣皆不可不读,为政用兵皆能各见所长。可见这里已将小说的功效从改造自我,提升至改造家国朝政的更高境界。

此外又如清代闲斋老人《儒林外史序》也力推小说为人性世相之镜：

> 呜呼！其未见《儒林外史》一书乎？夫曰《外史》，原不自居正史之列也；曰《儒林》，迥异玄虚荒渺之谈也。其书以功名富贵为一书之骨：有心艳功名富贵而媚人下人者；有倚仗功名富贵而骄人傲人者；有假托无意功名富贵自以为高，被人看破耻笑者；终乃以辞却功名富贵、品地最上一层为中流砥柱。篇中所载之人，不可枚举；而其人性情心术，一一活现纸上。读之者，无论是何人品，无不可取以自镜。（*RLWSHJHP*, p.687）

序文已提出一种以小说为镜的观点：一部出色的社会讽刺小说，其叙述的人与事足以成为一面反映世相的镜子，令时人不只是读来消遣，还能进行对自我和社会的反思。

这种对小说反映世情，关乎政治伦理价值的观念，在晚清梁启超等人手中得到进一步推进，乃至成为改良群治的不二媒介。梁启超《论小说与群治之关系》认为小说在改造世界方面优于所有其他文体，正因为小说能够让读者彻底进入作者的世界，即在阅读作品的过程中，为作品所改造。梁启超认为小说有四种力，他借用佛教不同宗派的术语概括这四种力：熏、浸、刺、提。其中，"熏"，即 perfuming，是唯识宗的核心概念，意思是万物都是虚幻的，是从精神本体衍变出来的，而小说对人的影响力就是一种精神现象,反过来可以作用到外部世界;"浸",即小说对思想产生影响的累积,也就是禅宗中的渐悟;"刺"则是一种震撼心灵的作用,是禅宗中的顿悟。"提"则是读者自身对小说内容产生的强烈情感共鸣。他一方面把封建社会的各种落后现象都归咎于传统小说(如才子佳人小说)的毒害,另一方面希望通过一种新的政治小说内容来改造读者,培养具有现代意识的新国民。相较于传统同感式的读诗方法,这种移情自化、自我改造反思的读小说法更强调改造社会、政治和伦理的意义。晚清人的读小说法与文学论中小说开发民智,促进社会进步等内容可相互参照,见《文学论要略》第十章第二节。

梁启超《论小说与群治之关系》:

> 抑小说之支配人道也,复有四种力:一曰熏。熏也者,如入云烟中而为其所烘,如近墨朱处而为其所染,《楞伽经》所谓"迷智为识,转识成智"者,皆恃此力。

这里梁启超分析了小说改造个人思想和社会的力量。他从佛教的不同宗派中获得心理学和宇宙论的洞见,并且采用了"熏""浸""刺""提"四个佛教术语来描述小说影响个人思想和改造社会的方式。

"熏"是这四个术语中的第一个,也是最重要的一个,原本是法相宗和唯识学(the Ideation-Only School)的术语。为了把握住他用这个术语所要表达的内容,我们必须首先理解它在唯识论中的源初涵义。唯识宗的核心命题是"万法唯识"(All this world is ideation only),这意味着外部世界是从内识中升起的幻象,也就是"无住",即我们的知觉和其制造的外在表象之间即时的交互作用,并将宇宙进化论和宇宙学合并为知觉的运作。佛教对思想做出最为细微和复杂的分析,将思想分为八觉,每一种都是一个独立的现实。前五种是感性的知觉,视、听、嗅、味、触;第六种是以感觉为中心的知觉,它从对感觉的认知(perception)中形成概念;第七种是以思想为中心之识,在自我中心的基础上产生愿望和理念;第八种是所有识的仓库,善和恶的"种子"储藏于此处,并且变成精神活力,制造出外在的表象。所有这八种识在这种变动不居的状态中都是不变的。

在这种交互改变的结构中,概念"熏"意味着知觉仓库通过对来自外部现象的认知和观念而发生的"影响"。这种影响导致来自外部现象的新种子被加入进来,这个新种子又反过来产生新的外部现象。梁启超在"熏"这个概念中为他对小说影响力的分析,找到了理想的图解。首先,他看到"熏"和小说对个人思想的影响这二者之间的相似。这样,他能够通过前者来解释后者。

> 人之读一小说也,不知不觉之间,而眼识为之迷漾,而脑筋为之摇飏,而神经为之营注。今日变一二焉,明日变一二焉,刹那刹那,相断相续,久之,而此小说之境界,遂入其灵台而据之,成为一特别之原质之种子。

通过使用"熏"这一概念,梁启超不仅展示出在阅读的瞬间,小说对精神产生影响,并且揭示出这种影响的积累是如何在对人思想的改造中达到高潮的。之后,为了更深入的分析,他采用通过新"熏"的种子对外部现象的反改造,来解释小说改造人的思想,随后又通过被改造的读者影响整个社会。正如新"熏"的种子产生新的外部现象,并且改变了已有种子的构造,小说对个人思想的改造也同样带来新的思想和行动,这些新的思想和行动又对其他人发生影响,从而改变世界。

有此种子故,他日又更有所触所受者,旦旦而熏之,种子愈盛,而又以之熏他人,故此种子遂可以遍世界。一切器世间有情世间之所以成、所以住,皆此为因缘也。而小说则巍巍焉具此威德以操纵众生者也。

值得注意的是,梁启超借用"熏"这个概念,其目的不仅仅在于说明小说是如何通过个人思想和社会来实现其影响的,而且他还要展示小说影响所产生的两个可能相反的后果。正如"熏"令人"迷智为识,转识为智"(《楞伽经》),梁启超指出,小说的影响也会毁坏或提升个人思想和社会。

二曰浸。熏以空间言,故其力之大小,存其界之广狭;浸以时间言,故其力之大小,存其界之长短。浸也者,入而与之俱化者也。人之读一小说也,往往既终卷后数日或数旬而终不能释然。读《红楼》竟者,必有余恋,有余悲;读《水浒》竟者,必有余快,有余怒。何也?浸之力使然也。……三曰刺。刺也者,刺激之义也。熏浸之力利用渐,刺之力利用顿;熏浸之力在使感受者不觉,刺之力在使感受者骤觉。刺也者,能入于一刹那顷,忽起异感,而不能自制者也。……四曰提。前三者之力,自外而灌之使入,提之力,自内而脱之使出,实佛法之最上乘也。凡读小说者,必常若自化其身焉入于书中,而为其书之主人翁。读《野叟曝言》者,必自拟文素臣;读《石头记》者,必自拟贾宝玉。读《花月痕》者,必自拟韩荷生若韦痴珠;读梁山泊者,必自拟黑旋风若花和尚。虽读者自辩其无是心焉,吾不信也。……知此义,则吾中国群治腐败之总根原,可以识矣。吾中国人状元宰相之思想何自来乎? 小说也。吾中国人佳人才子之思想何自来乎? 小说也。吾中国人江湖盗贼之思想何自来乎? 小说也。吾中国人妖巫狐鬼之思想何自来乎? 小说也。若是者,岂尝有人焉,提其耳而诲之,传诸钵而授之也? 而下自屠爨贩卒,妪娃童稚,上至大人先生,高才硕学,凡此诸思想必居一于是,莫或使之。若或使之,盖百数十种小说之力,直接间接以毒人,如此其甚也。(即有不好读小说者,而此等小说,既已渐渍社会,成为风气。)(*WQWXCC*, *juan* 1, pp.16 – 18)

梁启超试图进一步指出和检讨传统中国小说的有害影响所导致的中国社会的悲惨现状。他使用了佛教术语"熏""浸""刺""提"来描绘小说影响个人思想和社会的不同方式。他认为,"浸"适合于描述小说对读者旷日持久的影响。一个人"沉浸"于小说的时间越长,他的思想被小说改造得也就越彻底。"刺"则与"浸"相反,指突然而来的、具有强烈的知觉冲击,所以可用来描述小说在瞬间唤起读者的感悟。将这两个术语结对使用,梁启超显然受到了佛教南宗和北宗各自信奉"顿悟"和"渐悟"这一对观念的启发。事实上,他将"浸"看做是"渐悟"的过程,而"刺"看作是"顿悟"的过程。不仅如此,他还将"刺"与南宗的"一棒一喝"以促成突然的开悟加以比较。"提",也就是对自我的改造或"提升"。他认为,"提"影响思想的方式比"浸"和"刺"更为上一等。"浸"和"刺"的影响力是"自外灌之使入",与此相反,"提"引发思想内部质的变化,故言"自内而脱之使出,实佛法之最上乘"。

【第八章第四节参考书目】

商伟:《礼与十八世纪的文化转折:〈儒林外史〉研究》,严蓓雯译,北京:生活·读书·新知三联书店,2012年。

夏晓虹:《觉世与传世:梁启超的文学道路》,北京:中华书局,2006年,第三讲《"新小说之意境"与"旧小说之体裁"》。

Cai, Zong-qi. "The Rethinking of Emotion: The Transformation of Traditional Chinese Literary Criticism in the Late Qing Era." *Monumenta Serica* 45(1997):63-110. 中文版:蔡宗齐著,蒋乃玢译:《"情"之再思考:晚清时期中国传统文学批评的转型》,《中国美学研究》2018年第11辑,第283—309页。

谭帆:《中国古代小说评点的价值系统》,《文学评论》1998年第1期,第93—102页。

谭帆:《中国小说评点研究》,上海:华东师范大学出版社,2001年,第四章 小说评点之价值,第144—168页。

周兴陆著:《中国文论通史》,上海:上海人民出版社,2021年,第418—461页。

理解论要略
选录典籍书目

BRXWJ	［清］马其昶：《抱润轩文集》，收入《清代诗文集汇编》第781册，上海：上海古籍出版社影印民国十二年（1923）京师刻本，2009年。
CQFLYZ	［汉］董仲舒，［清］苏舆义证：《春秋繁露义证》，北京：中华书局，1992年。
CQZZZY	［晋］杜预注，［唐］孔颖达正义：《春秋左传正义》，《十三经注疏》，北京：中华书局，1980年。
CSQS	［清］王夫之：《船山全书》，长沙：岳麓书社，1988年。
DFYB	［明］陈继揆：《读风臆补》，明戴君恩原本，北京大学图书馆藏。
DFYP	［明］戴君恩：《读风臆评》，《四库全书存目丛书》经部61册，台南：庄严文化事业有限公司，影印版为明万历四十八年刻本，1997年。
HSWZJS	［汉］韩婴撰，许维遹校释：《韩诗外传集释》，北京：中华书局，1980年。
JSTPDCZQJ	［清］金圣叹：《金圣叹评点才子全集》，北京：光明日报出版社，1997年。
JXTL	［清］皮锡瑞：《经学通论》，北京：中华书局，1954年。
JYTJ	［清］徐枋：《居易堂集》，《续修四库全书》第1404册，上海：上海古籍出版社，2002年。

续 表

KMLDZYSY	[明]凌濛初:《孔门两弟子言诗翼》,《四库全书存目丛书》经部66册,台南:庄严文化事业有限公司,影印版为明崇祯刻本,1997年。
KQJX	[清]姚莹:《康輶纪行》,清同治刻本。
LCXSDL	[清]吴淇著:《六朝选诗定论》,扬州:广陵书社,2009年。
LDSH	[清]何文焕:《历代诗话》,北京:中华书局,1981年。
MSZY	[明]张元芳、魏浣初:《毛诗振雅》,《历代诗经版本丛刊》本,山东:齐鲁书社,2008年。
LJYSHQB	吴文治编:《辽金元诗话全编》,南京:凤凰出版社,2006年。
LJZY	[汉]郑玄注,[唐]孔颖达正义:《礼记正义》,《十三经注疏》,北京:中华书局,1980年。
LWOJ	[清]刘大櫆:《论文偶记》,香港:商务印书馆,1963年。
LYYZ	杨伯峻:《论语译注》,北京:中华书局,1980年。
LZQQJ	[宋]吕祖谦撰,黄灵庚、吴战垒编:《吕祖谦全集》,杭州:浙江古籍出版社,2008年。
MSLTJY	[清]徐光启:《毛诗六帖讲意》,收录于《徐光启著译集》第十二册,上海:上海古籍出版社,1983年。
MSXS	[明]郝敬:《毛诗序说》,《续修四库全书》第58册,上海:上海古籍出版社影印明万历崇祯间刻山草堂集内编本,1995年。
MSZY	[汉]毛亨传,[汉]郑玄笺,[唐]孔颖达正义:《毛诗正义》,《十三经注疏》,北京:中华书局,1980年。
MZYZ	杨伯峻:《孟子译注》,北京:中华书局,1960年。
MZZS	[汉]赵岐注,[宋]孙奭疏:《孟子注疏》,《十三经注疏》,北京:中华书局,1980年。

续 表

OYXQJ	［宋］欧阳修：《欧阳修全集》，香港：广智书局，出版年不详。
QLW	《全梁文》，《全上古三代秦汉三国六朝文》，北京：中华书局，1958年。
QMSH	周维德编：《全明诗话》，济南：齐鲁书社，2005年。
QSH	王夫之等撰：《清诗话》，上海：上海古籍出版社，1978年。
QSHXB	郭绍虞：《清诗话续编》，上海：上海古籍出版社，1983年。
QTWDSGHK	张伯伟：《全唐五代诗格汇考》，南京：江苏古籍出版社，2002年。
RLWSHJHP	［清］吴敬梓著，李汉秋辑校：《儒林外史汇校汇评》，上海：上海古籍出版社，2010年。
RWZ	［三国魏］刘劭著，［西凉］刘昞注，杨新平、张锴生注译：《人物志》，郑州：中州古籍出版社，2007年。
SBCJSPJDJ	李零：《上博楚简三篇校读记》，北京：中国人民大学出版社，2007年。
SBXJ	［清］魏源：《诗比兴笺》，香港：中华书局，1962年。
SBY	［宋］欧阳修：《诗本义》，四部丛刊本，台北：商务印书馆，1971年。
SBYb	［清］龚橙：《诗本谊》，《续修四库全书》第73册，上海：上海古籍出版社影印清光绪十五年（1889）刻本，1995年。
SGTJ	［明］毛先舒：《思古堂集》，《四库全书存目丛书》集部210册，台北：庄严文化事业有限公司影印清康熙刻思古堂十四种书本，1997年。
SGW	［清］魏源：《诗古微》，《魏源全集》，长沙：岳麓书社，1989年。
SGZTSYY	［明］罗贯中：《三国志通俗演义》，《古本小说集成》本，上海：上海古籍出版社，1994年。

续　表

SHZ	《水浒传(容与堂本)》,上海:上海古籍出版社,1988年。	
SJFM	[明] 陈组绶:《诗经副墨》,《四库全书存目丛书》经部71册,山东:齐鲁书社,1997年。	
SJMJY	[明] 魏浣初:《诗经脉讲意》,《四库全书存目丛书》经部66册,山东:齐鲁书社,1997年。	
SJOJ	[清] 万时华:《诗经偶笺》,载《续修四库全书》经部第61册,据复旦大学图书馆藏,明崇祯六年李泰刻本影印原书版,上海:上海古籍出版社,2002年。	
SJYS	[清] 方玉润:《诗经原始》,北京:中华书局,1986年。	
SJYZJY	[明] 邹之麟:《诗经翼注讲意》,京都大学人文科学研究所所藏刊本。	
SJZ	[宋] 朱熹:《诗集传》,北京:中华书局,1958年。	
SJZYML	[明] 何大抡:《诗经主意默雷》,明末友石居刻本。	
SS	[明] 胡应麟:《诗薮》,上海:上海古籍出版社,1979年。	
SSHJY	郭绍虞编:《宋诗话辑佚》,北京:中华书局,1980年。	
STS	[清] 徐增撰,樊维纲校注:《说唐诗》,郑州:中州古籍出版社,1990年。	
SZ	[清] 牛运震撰,宁宇点校:《诗志》,北京:中华书局,2020年。	
SZYS	[宋] 朱鉴撰:《诗传遗说》,第75册,上海:上海古籍出版社影印钦定四库全书本,1987年。	
TJ	[明] 郝敬:《谈经》,《山草堂集》内编第一,天启崇祯刊本,日本京都大学藏。	
TSBCJ	[清] 沈德潜选编:《唐诗别裁集》,石家庄:河北人民出版社,1997年。	
TYCJ	[明] 谭元春:《谭元春集》,上海:上海古籍出版社,1998年。	

续　表

WQWXCC	阿英编:《晚清文学丛钞·小说戏曲研究卷》,北京:中华书局,1962年。
WSTYJZ	[清]章学诚撰,叶瑛校注:《文史通义校注》,北京:中华书局,1985年。
WXDLZ	[南朝]刘勰著,范文澜注:《文心雕龙注》,北京:人民文学出版社,1958年。
WXTK	[元]马端临:《文献通考》,北京:中华书局,1986年。
XBXSCD	[清]姚鼐:《惜抱先生尺牍》,海源阁丛书16—17,扬州:江苏广陵古籍刻印社,1990年。
XCSFSWJ	[清]袁枚:《小仓山房诗文集》,上海:上海古籍出版社,1988年。
LCZWX	[梁]萧统选编;[唐]吕延济等注:《六臣注文选》,四部丛刊本。
XSC	[明]郝敬撰:《小山草》,《四库全书存目丛书补编》本,济南:齐鲁书社,1997年。
XXSRWJ	[清]秦瀛:《小岘山人诗文集》,《续修四库全书》第1465册,上海:上海古籍出版社影印清嘉庆刻增修本,1995年。
YAXJ	[清]朱鹤龄:《愚庵小集》,上海:上海古籍出版社,1979年。
YXXJ	[明]钟惺:《隐秀轩集》,上海:上海古籍出版社,1992年。
ZGFQJ	[清]曾国藩:《曾国藩全集·家书》,长沙:岳麓书社,1985年。
ZYZSWJ	[清]张裕钊著,王达敏校点:《张裕钊诗文集》,上海:上海古籍出版社,2007年。
ZZQS	[宋]朱熹:《朱子全书》,上海:上海古籍出版社,2002年。